AF142846

PUTAIN D'OISEAU

LES FLECHES DANS LE COEUR

12/14 rond-point des Champs Élysées, 75008 Paris

Impression : Bod-Books on Demand, Norderstedt, Allemagne

ISBN : 9782322096404

Dépôt légal :Octobre 2016

Pierre DABERNAT

PUTAIN D'OISEAU

LES FLECHES

DANS LE COEUR

ROMAN

Naissez et grandissez
Moi je suis là
Mourez et venez vite
Moi je suis là

Et dans mon paradis de flammes et de remords

Accourez mes amis dès que vous serez mort

1. Samedi 17 avril

Il accéléra et doubla un type en roller qui faillit tomber dans le canal. Un débutant. Il jeta un œil furtif puis se concentra sur la ligne droite devant lui. Il avait doublé la Ferme Cinquante à Ramonville-Saint-Agne. Il n'était pas question de s'arrêter là ! Il avait besoin de se défouler, de se défoncer le cul sur son vélo de malade. Pédaler à exploser ses poumons, à se claquer les cuisses jusqu'à l'épuisement total de sa colère. A cause d'elle !

Il avait le cerveau en feu. Ses pensées tourbillonnaient au rythme effréné de son pédalier. Le mouvement c'était la vie. Il ne savait plus qui avait dit ça. Le temps qui courait, qui ne se lassait jamais, sans une halte, sans un répit. Il aurait voulu être immobile comme le caillou perdu dans le désert qui défiait le temps du haut de sa petitesse. Il aurait voulu être immobile pour retenir sa jeunesse qui s'était diluée dans le sable de sa mémoire. Une jeunesse à laquelle il avait à peine touchée durant ses longues études de médecine.

La colère l'avait submergé. Il était droitier et il l'avait giflée en balançant sa main avec la hargne de son incompréhension. Elle avait dit des mots cruels qui l'avaient blessé profondément. C'était la première fois qu'il frappait une femme. Sa femme. Sous le choc elle avait vacillé. Elle s'était redressée avec du feu dans le regard. Le temps s'était arrêté et elle en avait profité pour lui retourner la pareille. Il ne s'y était pas attendu. En principe c'était lui le macho, enfin toutes ces conneries dont il s'était affublé pour se couvrir d'une fallacieuse excuse. Une excuse minable. Par contre elle avait cogné avec davantage de force. Son histoire, celle des femmes, était bien plus ancienne. C'était une militante et c'était ça qu'il aimait en elle. Le côté révolté et chaleureux.

Comme un adolescent il s'était mis à hurler. Des mots entrecoupés de hoquets, de spasmes. Il n'arrivait plus à respirer. Le temps avait repris sa marche lente. Elle s'était réfugiée dans la salle de bain. Enfin calmé, il était allé toquer à la porte et avait pleurniché :

- Chérie ! Mon cœur… Ouvre-moi.

Silence.

Il avait eu honte de sa défaite mais il avait insisté. Il était fait de ce bois, veule comme les pleurnichards.

- Ouvre-moi ! On doit parler…

Pour la première fois de sa vie elle avait été vulgaire :

- Va te faire foutre pauvre con !

Il avait fait demi-tour et s'était essuyé le visage. Des larmes avaient sillonné le pli de ses joues. Il s'était réfugié sur le canapé et avait allumé l'écran géant. La vision d'une course poursuite dans un polar avait accéléré brusquement le temps. Il avait monté le volume pour montrer que sa colère n'était pas éteinte. Il avait eu l'envie fugace de casser la table en verre, le vase en cristal, ou même ce satané écran plat mais il s'était ravisé. Ces objets avaient coûté chers et l'argent à ses yeux c'était capital. Mais elle… elle cette salope était capable de tout briser, de tout démolir, et de foutre le camp sans un sou en poche. Malgré les années, malgré son âge ! Cela lui faisait peur. C'était pour cela qu'il capitulait à chaque fois. Or, cette fois-ci, il était allé trop loin. Sa femme était entière, forte, possédait les couilles qu'il n'avait pas. Il l'aimait et il la détestait à la fois.

Il avait entendu la porte de la salle de bain claquer avec violence. Puis celle de la chambre. Il avait gardé les yeux sur l'écran. Deux sales types se poursuivaient en se tirant des bastos qui ne les atteignaient jamais. Il en avait oublié sa colère, sa femme, et s'était plongé dans le film. Comme une drogue cela l'avait calmé. Puis le film s'était terminé. Le temps avait repris son immobilité sournoise. Les minutes s'étaient étirées au ralenti. Il avait regardé sa montre. Il s'en souvenait très bien : une heure du matin passée de cinq minutes. Il avait éteint la lumière et s'était couché sur le canapé. Il avait tenté de réfléchir à sa situation. Tout cela pour une aventure. Une aventure vieille de plusieurs années.

Le matin, un samedi, il n'avait rien changé à ses habitudes. Après avoir enfilé le maillot jaune de sa tenue de cycliste, il avait mis son vélo dans sa voiture et avait pris la direction du canal du Midi. Sa colère était revenue nourrie par le manque de sommeil de sa très mauvaise nuit.

Paul Fremont le nez dans le guidon, perdu dans ses pensées et dans son pédalage frénétique, aperçut sur sa gauche le lavoir de Montgiscard. Il était déjà là, pensa-t-il... Il leva la tête, se redressa et en roue libre admira l'écluse pour souffler. Puis il se remit très vite à forcer sur la mécanique. Mais cent mètres plus loin le temps pour lui cessa d'avancer.

Il ressentit une douleur fulgurante dans la poitrine et il n'eut plus la force de tenir son guidon. En pleine vitesse il quitta la piste et s'écrasa sur le bas-côté. L'herbe était encore mouillée. Toute la nuit il avait plu. Son maillot jaune devint rouge sang. La dernière vision qu'il eut de ce monde fut l'empennage noir d'une flèche qui lui avait transpercé le cœur.

Il ne vit pas la silhouette sombre s'approcher de lui. Elle observa un instant le corps en restant à bonne distance puis elle disparut dans un fourré. Une minute plus tard deux tourterelles s'envolèrent précipitamment car le vrombissement d'un moteur leur avait fait peur.

Le corps de Paul Frémont ne fut découvert que dix minutes plus tard lors du passage d'un autre cycliste. Un autre maillot jaune. A croire que ceux qui faisaient du vélo ne choisissaient d'acheter que des maillots de cette couleur.

2. C'était mon juron favori

Était arrivé le jour maudit où je n'avais plus eu droit au sempiternel « oui commissaire » ou celui plus jouissif « vous avez raison commissaire ». Je n'avais plus eu droit à rien sinon à plier mes affaires, à serrer les pognes de mes collègues, à prendre la lourde et à me taire puisque tout avait été dit. J'avais fait une grosse connerie et j'avais reçu deux balles dans le buffet... J'avais eu de la chance... Un mois d'hôpital et sept mois de convalescence. J'étais passé ensuite devant le conseil de discipline. J'avais été mis à pied. En outre les hallucinations récurrentes qui me hantaient depuis mon adolescence figuraient aussi dans mon dossier en première page. Ce n'était pas pour rien si la plupart de mes collègues m'affublaient de ce blaze ridicule : Marcello l'oiseau. Ce surnom qui me collait comme un malabar enflé de salive. Pour entériner le tableau de ma nouvelle fichue carrière mon salaire avait été aussi réduit au minimum.

Voilà ! Je m'étais retrouvé debout face à un avenir que je ne maîtrisais plus… « Putain ». C'était mon juron favori. « Putain de moine ou bordel de moine ». J'aimais bien aussi. Des jurons acquis dès mon apprentissage de flic, des jurons que professait mon mentor à longueur de journée et qui m'étaient aussi chers que son visage dans le dépotoir hétéroclite de mes souvenirs. Ce type qui était mort. Un voyou lui avait enfoncé un couteau dans la gorge lors d'une arrestation musclée. Voilà pourquoi, un soir j'avais dégainé prématurément mon flingue et blessé gravement un innocent. Devant le conseil de discipline je n'avais pas su quoi répondre. Je n'avais pas su trouver les bons mots.

Cela faisait six mois que j'écrivais chez moi. Dans une banlieue pourrie. Face à un bras oublié de la Seine. De l'autre côté il y avait des quais abandonnés depuis des années. Des hangars ouverts à la pluie, au vent. Les drogués, les dégénérés, les clandestins, en avaient fait leur repère, un territoire où la police ne s'aventurait jamais.

Après ces années à traquer les mauvais garçons il m'arrivait quelquefois de rêver que j'avais jeté l'ancre face à une rivière vivante, grouillante de plantes, de poissons, dans une maison où le soleil du sud viendrait chauffer mes épaules frissonnantes.

Depuis six mois je cherchais donc à m'évader, à inventer des voyages lointains, écrire des chimères pour supporter cette mise à pied injuste, pour supporter ma lâcheté qui m'empêchait de prendre mon sac, de boucler ma porte et fuir Paris. Cette ville d'adoption, pareille à une vieille racine que l'on n'arrivait pas à extraire du sol.

J'écrivais pour avoir quelque chose à me raccrocher dans ce tunnel où se traînaient ceux qui étaient restés sur la touche. Les vieux abandonnés dans des taudis. Les malades qui crevaient seuls. Les retraités avec des pensions minables. Les chômeurs sans indemnités. Ceux qui étaient bons pour la casse, ceux qui durant leur vie, malgré les vicissitudes, les chemins détournés, la jungle où l'on ne pouvait que survivre, avaient cependant su rester dignes et honnêtes. Des pauvres imbéciles, des idiots, des ingénus. Voilà ce qu'ils étaient ces pauvres bougres ! Moi aussi j'étais un pauvre con que la grande maison Poulaga ne désirait plus avoir dans les jambes. J'écrivais pour tenter d'enrayer le processus inéluctable de la décrépitude morale. Ce sentiment douloureux que j'avais pris en pleine poire. J'étais bon pour l'oubli. J'étais hors de la vraie vie. Celle qui appartenait encore à ceux qui bougeaient, et plus rare, à ceux qui se réclamaient d'une quelconque utilité auprès de nos frères humains.

Hier soir à la télé, le gominé des infos avaient annoncé qu'une plate-forme pétrolière avait explosé quelque part sur le vaste océan. Un attentat qui avait été revendiqué par des terroristes, des extrémistes, des partisans de la destruction des humains. Des pauvres tarés au premier abord !

L'humanité était aujourd'hui une poubelle avec malgré tout des lieux encore privilégiés, propres, ensoleillés. Depuis des lustres les nantis s'étaient regroupés en excluant insidieusement les autres, le peuple qui crevait à petit feu, là où l'existence devenait insupportable. Sur les écrans le pétrole s'écoulait à flot. L'océan était noir comme cette barre d'immeuble où je créchais. Noir comme les assassins toujours en liberté. Noir comme la vie en général. Noir comme mon cœur qui tentait de trouver le soleil à travers ma plume. J'étais comme l'océan blessé, rendu immobile, incapable de forcer le mazout qui se répandait sur moi.

Ce sentiment je le ressentais d'autant plus fort depuis que je vivais seul. Durant mes déboires professionnels j'étais devenu invivable, coléreux et, pire pour une femme, je m'étais laissé aller physiquement. Mal rasé, mal habillé, mal lavé, mal nourri, j'avais même dédaigné mes belles montres. Bref! J'étais devenu une cloche. La femme que j'aimais ou que j'avais aimée, là aussi je n'étais sûr de rien, s'en était allée. Notre essai de vie commune s'était soldé par un échec. Nous avions essayé mais nous n'y étions pas arrivés. Rares étaient ceux qui parvenaient à fixer le bonheur chez eux. Nous nous étions aimés sans doute trop tard et nous étions séparés, sans le savoir, avant même d'avoir été unis. Plus jeune que moi de dix ans, plus brillante aussi, elle était commissaire à la Rochelle et moi à Paris. La distance au début ne nous avait pas gênés. Au contraire! Puis elle avait été promue. Un poste de coopération dans un pays de soleil avec une eau turquoise. Elle n'avait pas pu résister. C'était la lumière ou moi. Et je crois que j'aurais fait pareil.

J'étais resté seul avec mon oiseau ressuscité.

3. Lundi 26 avril

Charlotte se redressa et s'assit sur le côté du lit avec des gestes lents. Elle avait mal dormi. Sa chambre, la seule meublée du deuxième étage, était très humide quand il pleuvait. Sa patronne, madame Marthe Pringeant lui en avait bien proposé une autre, à l'étage en-dessous, mais elle avait refusé prétextant que c'était la sienne depuis le premier jour de son embauche et qu'elle s'y sentait bien. La véritable raison c'était que le capitaine, ne le voulait pas. Charlotte était de repos entre quatorze et seize heures. Malgré ses soixante-dix ans, le vieux montait la voir pour une sieste crapuleuse. La discrétion était de mise pour ces moments choisis.

Elle prit sa douche en cinq minutes pour effacer les senteurs de la nuit car elle était en retard. Au réveil il était sept heures vingt et elle devait prendre son service à la demie. La veille elle avait eu pour consigne de servir le petit-déjeuner sur la terrasse s'il faisait beau ou dans la véranda si le ciel était nuageux. Elle enfila à la hâte sa jupe noire, son chemisier et s'ébouriffa les cheveux avec la serviette qu'elle avait nouée en turban sur sa tête le temps de se vêtir. Elle dévala l'escalier séculaire qui craqua sous ses pieds et se précipita à la cuisine. Il était sept heures trente cinq mais à priori personne n'était encore réveillé. L'avantage dans cette famille, outre le vieux capitaine qui payait grassement les faveurs qu'elle lui prodiguait, était qu'il n'y avait pas de majordome pour lui donner des ordres. Certes elle avait du travail mais cela ne lui faisait pas peur. Charlotte, à trente deux ans passés, avait déjà pas mal bourlingué et besoin de faire le point sur sa vie. En outre l'air de la campagne lui faisait oublier celui du trottoir bordelais où le vieux était allé la chercher voilà bientôt deux ans.

Il faisait doux. Les nuages défilaient lentement dans le ciel. Elle dressa donc la nappe dehors. Le café était prêt et les tartines grillées attendaient dans une corbeille. Bizarrement personne ne s'était manifesté. D'habitude le capitaine était le premier. En tenue de cavalier. Il ne montait plus mais il avait conservé cette habitude vestimentaire. Le déjeuner pris, il s'en allait visiter ses chevaux puis il revenait se changer. Des manies de vieux, pensait-elle. Sa femme, quand elle était en forme appelait vers les neuf heures pour qu'elle lui apporte son thé dans la chambre. Mais la veille, elle avait eu une crise. Elle était partie se coucher plus tôt. Sa patronne était gravement malade. Elle avait un cancer qui la grignotait davantage chaque jour. Aujourd'hui, il était donc peu probable qu'elle émerge avant dix ou onze heures, estima-t-elle. Ensuite arrivait le couple infernal, comme elle les appelait. La fille du capitaine, Éléonore, et son mari, Jacques Daurade. Ils habitaient dans l'aile gauche du château. Leur fille Julie était rarement là. Toujours en décalée. Prenant son café au lait sur le pouce. Avalant ses tartines en déambulant dans l'allée, autour du grand bassin, comme si elle était ivre, le portable déjà collé sur l'oreille.

Charlotte regagna la cuisine et se servit une tasse de café. Elle s'attabla à la grande table de chêne, peut-être aussi ancienne que le château, et attendit que quelqu'un veuille se manifester. A huit heures la voiture de la femme de ménage, une vieille R.5 bleue se présenta à l'entrée. La sonnerie de l'interphone la fit sursauter. Elle se leva en soupirant et jeta un œil sur l'écran de surveillance. Elle actionna l'ouverture de la grille. Avec un peu de chance la voiture de Martine la cuisinière, une Citroën Picasso, blanche, allait, à son tour, se présenter. Elle aurait pu laisser la grille ouverte mais les ordres étaient stricts : il fallait refermer aussitôt. En traînant les pieds elle rejoignit sa place puis avala une autre gorgée de café. Cinq minutes plus tard la Citroën klaxonna. Charlotte se releva, cette fois en maugréant, pour ouvrir une seconde fois la grille.

Elle entendit alors la lourde porte de service qui s'ouvrait. C'était Michèle la femme de ménage. Trois minutes plus tard, ce fut au tour de la cuisinière de se garer sur le petit parking derrière et de rentrer en coup de vent dans la cuisine. La vieille pendule qui trônait au mur, au-dessus des casseroles en cuivre dont on ne se servait plus, indiquait huit heures sept. Et toujours personne pour déjeuner...

Charlotte s'en alla sur le perron et jeta un œil sur l'aile gauche. Les volets en bois marron qui jusqu'alors étaient fermés étaient maintenant ouverts. Éléonore et Jacques le mou, comme ici on le surnommait, allaient donc se présenter d'une minute à l'autre. Que leur fille, la drôlesse de Julie, ne soit pas là, c'était normal. A dix-neuf ans passé, elle passait souvent la nuit dehors à traîner, soit disant chez des copines, en ville ou ailleurs. Quand elle dînait au château elle affichait l'image d'une jeune fille sage, puis, la dernière bouchée avalée, elle plantait ses parents et se réfugiait dans son immense chambre pour se coucher à pas d'heure...

Mais que le capitaine, Jean-Auguste Pringeant ne soit pas encore là, dans sa tenue désuète de cavalier, cela commença à l'inquiéter.

Charlotte était hésitante. Soit, elle allait toquer à la chambre du vieux, soit elle patientait en ne prenant aucune initiative, en se cantonnant dans sa fonction de simple bonniche. Elle opta pour ne rien entreprendre. Elle s'empara d'une chaise pour tenir compagnie à Michèle et Martine. La cafetière métallisée posée sur la table exhalait sa bonne odeur de pur arabica. Charlotte n'avait pas encore fini sa tasse. Les employées se servirent alors copieusement à leur tour. Michèle ajouta du sucre dans son bol et Martine s'en abstint. C'était l'habitude avant de se mettre au travail.

- Qu'est-ce qui se passe ce matin ? entama la femme de ménage.
- Je ne sais pas ! Personne ne se radine pour le petit-déjeuner ! Le vieux n'est pas encore arrivé. C'est bien la première fois.
- Éléonore et son caramel mou vont se pointer, précisa Martine. En passant en voiture devant chez eux j'ai vu qu'ils étaient levés.

Elle allait continuer quand Charlotte se redressa en bousculant sa chaise.
- Ah ! enfin dit-elle.

Elle se précipita à l'encontre des Daurade qui arrivaient

nonchalamment, en longeant le bassin. Éléonore devant et Jacques, le mari, derrière.

- Bonjour Madame... Votre père n'est pas encore arrivé. C'est bien la première fois, osa-t-elle avancer. Voulez-vous que je vous serve ou bien devons nous attendre le capitaine ?

- Vous dites qu'il n'est pas encore là ? C'est bizarre. Allez donc voir ma fille !

Charlotte ne supportait pas que l'on prenne avec elle ce ton familier et supérieur. Elle fut sur le point de lui voler dans les plumes mais elle se ravisa. Parfois elle oubliait qu'elle n'était plus à défendre son bout de trottoir. Elle devait dorénavant mettre de l'eau dans son vin. Le capitaine avait été parfaitement clair sur ce point. Sinon, elle repartait à la case départ.

- Oui madame ! parvint-elle à marmonner.

Elle fit volte-face en se demandant, pour la unième fois, si cette garce d'Éléonore était au courant de l' arrangement qu'elle avait avec son père. Charlotte était d'une nature lymphatique. Mais pour une fois elle accéléra le pas. Le capitaine dormait au rez-de-chaussée. Le couloir était long et il desservait de nombreuses pièces toutes meublées. Ce qui n'était pas le cas au premier étage. Le château était bien trop grand pour si peu de monde. Le capitaine aimait ce lieu qui flattait son orgueil de propriétaire.

4. Charlotte réprima le hurlement

Elle frappa à la porte de la chambre. N'obtenant aucune réponse elle tourna la poignée en céramique et entra. Le lit était intact. Tout de suite elle s'alarma. Le vieux ne s'était pas couché. Elle pensa immédiatement au bureau. Il y avait un canapé en cuir qui datait du siècle passé et sur lequel une fois il l'avait attirée. La pièce se trouvait au premier étage, côté nord. C'était l'antre du vieux et rares étaient ceux qui s'y rendaient à moins d'y être invités. Elle monta quatre à quatre les marches, poussa plusieurs portes qui grincèrent à son passage et entra prudemment dans le bureau.

Charlotte réprima le hurlement que les femmes dans les films poussent en découvrant un cadavre. Elle resta médusée par le spectacle. Le corps du capitaine était étendu devant la fenêtre ouverte. Il était sur le côté, la tête collée au sol, une jambe repliée sous son ventre, les bras tendus vers l'avant comme s'il avait voulu attraper quelque chose avant de mourir. Charlotte se déplaça avec précaution et aperçut ce qu'elle n'avait pas vu au premier abord. La flèche noire qui était plantée dans sa poitrine. Le tapis avait bu en partie le sang qui s'était échappé de la blessure tandis qu'une flaque était allée mourir sur le parquet en bois et s'était agrandie contre la plinthe.

Charlotte s'extirpa de l'immobilité dans laquelle son corps avait trouvé refuge. Elle recula lentement et sortit de la pièce. Puis elle fit demi-tour, dévala les escaliers et se rua sur la terrasse. Elle s'affala sur une chaise face à ses patrons. Ses jambes ne la portaient plus. Elle essaya d'articuler un mot mais elle n'y arriva point. Étonnée, perplexe, Éléonore dressée devant elle, son mari dans son dos, la fixait avec des yeux d'une intensité de braises.
- Qu'y a-t-il ?

Comme Charlotte n'arrivait toujours pas à proférer le moindre son Éléonore réitéra sa question, cette fois-ci sur un autre ton.
- Mais qu'est-ce que vous fichez, ma petite ? Qu'est-ce qui se

passe ?
- Il est mort ! Il… il est mort. Dans le bureau…

La tension, la peur, monta subitement jusqu'à son niveau maximum en une seconde :
- Qui… qui est mort ? parvint à dire Éléonore tandis que son époux se prenait la tête à deux mains.
- Le capitaine.

Ce fut le signal d'une cavalcade effrénée vers le bureau. Michèle et Martine avaient entendu la nouvelle. Elles s'étaient mises aussi à courir avec un temps de retard derrière le couple. Charlotte, prostrée sur sa chaise, s'était relevée péniblement et avait repris à son tour la direction du bureau. Elle entendit le cri d'Éléonore qui venait de découvrir la scène. Dans le couloir elle se heurta à monsieur Daurade, une main sur la bouche, qui se précipitait dehors sans doute pour vomir. Quand elle arriva sur place, le seuil de la pièce était obstrué par Martine et Michèle qui n'avaient pas osé aller plus loin. Elles regardaient Éléonore qui s'était agenouillée devant le corps de son père. Elle ne pleurait pas mais affichait une pâleur exsangue.
- Qu'est-ce qu'on fait ? demanda Martine qui semblait ne point être trop affectée par les événements.
- Je ne sais pas, rétorqua Michèle.
- Il faut prévenir la police, parvint à souffler Charlotte qui retrouvait peu à peu ses esprits.
- Oui ! C'est ça il faut appeler la police.

Charlotte fit demi-tour et laissa les deux employées, agrippée chacune au chambranle de la porte. Elles ne voulaient rien perdre du triste spectacle. En chemin elle croisa Jacques Daurade, blême comme une nappe de famille, qui revenait soutenir sa femme. Le téléphone était dans le hall d'entrée mais Charlotte préféra utiliser son portable pour appeler la police.

5. Mercredi 28 Avril

La journée commença par un appel téléphonique. J'étais installé dans la cuisine, devant mon ordinateur portable qui n'avait plus de batterie. Il bipait pour réclamer d'être rechargé sous peine de représailles imminentes. Mon esprit vagabondait loin du sale temps. J'avais besoin d'une autre tasse de café. Ma main décrocha le combiné.
- Marcello ! cracha l'écouteur dans mon oreille droite.
- Ouais ! C'est toi Fred ?

Fred était capitaine à la criminelle de Toulouse. On se connaissait depuis longtemps. Il avait bossé sous mes ordres à Lyon quand j'étais jeune commissaire et sacrément con quant à la direction des hommes. Il m'avait supporté par une alchimie bizarre. Celle qui unit certains hommes pour la vie. Certes les mutations nous avaient séparés mais on se téléphonait de temps en temps. Le lien de l' amitié ne s'était jamais rompu. J'avais reconnu sa voix familière et mon manque d'entrain venait de disparaître comme par magie.
- Tout juste ! Je parie que tu regardes la pluie à travers la fenêtre de ta cuisine qui te sert de bureau pour tes fichus écritures. Tu dois te dire que ce n'est pas un temps à mettre un flic dehors.
- Ex-flic ! repris-je.
- Non quand on est flic on le reste toute sa vie…
- C'est presque ça ! Et je me demandais aussi quel était le casse bonbon qui osait interrompre ma rêverie.

Je m'attendais à une réplique sur le même ton fantaisiste mais Fred m'opposa un silence gêné. Du coup je demandai plus sérieusement :
- Que veux-tu me dire ?
- Je suis passé commandant mais…

Je le coupai heureux de cette nouvelle.
- Super ! Félicitations mon vieux !
- Je te remercie mais ce n'est pas pour cette raison que je

t'appelle. En même temps que ma nomination et de ma trentaine d'affaires en cours j'en ai hérité d'une autre qui me pose un sérieux problème. J'ai besoin d'aide et j'ai pensé à toi.

- C'est sympa de ta part mais je suis maintenant à Paris et toi à Toulouse. Et moi je suis sur la touche sans doute jusqu'à la retraite… Je ne vois pas comment je peux t'aider ? C'est quoi d'abord… un meurtre ?

- Oui ! Un médecin tué d'une flèche en pleine poitrine.

- Ce n'est pas banal. Dans son cabinet ?

- Non ! Il faisait du vélo.

- Où ça exactement ?

- A une vingtaine de kilomètres d'ici.

- Et l'arme, c'est un arc ou une arbalète ?

- D'après la scientifique ce serait un arc. Mais on n'en sait pas plus.

- Et vous avez quoi à vous mettre sous la dent ?

- Pas grand-chose jusqu'à hier. J'ai oublié de te dire que le meurtre a eu lieu courant avril.

- Et tu as besoin de moi pourquoi ?

- Non pas de toi vraiment sans vouloir te vexer. Mais de ton oiseau, balança-t-il mi-figue, mi-raisin.

- Mon oiseau t'emmerde ! Je ne sais pas si tu as raison de vouloir travailler avec le seul commissaire du territoire qui a des hallucinations récurrentes et qui se manifestent sous les traits d'un oiseau qui parle. Les psychiatres n'en démordent pas. Ils disent que c'est mon inconscient qui se matérialise de cette façon. Cela ne doit pas m'inquiéter ! Ce n'est que mon intuition d'enquêteur, bizarrement, qui agit de la sorte sur mon cerveau de malade. Alors si tu ne crains pas d'avoir à bosser avec un foldingue qui doit voir son psychiatre régulièrement je veux bien venir respirer l'air du pays. Mais je ne pense pas que ma hiérarchie soit d'accord pour que je m'éloigne de Paris.

- C'est génial ! Quant à la hiérarchie ne t'en fais pas ! En outre si je te disais qu'au lieu d'avoir un brelan j'ai un carré ?

Fred aimait jouer au poker. Il y faisait souvent référence dans sa conversation. Connaissant ce travers je rétorquai jouant le jeu :

- Quelle est ta carte ?
- Double meurtre, double flèche !
- Deux cadavres ?
- Oui ! Et bien refroidis à l'heure qu'il est.
- C'est qui le deuxième ?
- Un vieux, un dur à cuire qui a fait fortune dans le biscuit humanitaire. On l'a trouvé hier dans son bureau une flèche dans le cœur.
- Même flèche sans doute ?
- Oui. Il a été abattu à sa fenêtre. Le tireur était posté vraisemblablement dans une barque.
- Comment cela ?
- Le vieux vivait dans un château près d'une rivière. Il faisait nuit. Ce sacré vieux avait l'habitude, qu'il vente ou qu'il neige, avant de se coucher, d'ouvrir la fenêtre de son bureau pour se taper un verre en contemplant le paysage et en écoutant des rengaines sur un tourne-disque. La berge est impraticable de l'autre côté. On pense que l'assassin s'est caché dans une barque sous la fenêtre. Le type devait le savoir. Il a attendu que l'occasion se présente. La fenêtre se situe à trois mètres environ au-dessus de la surface de l'eau. La silhouette du vieux dans la fenêtre éclairée sur la façade noire du château était une cible parfaite pour un bon tireur.
- Excellent tireur
- Ouais si tu veux. On a retrouvé une barque qui a montré des signes de déplacement récent. Mais elle n'a rien avoué d'autre.
- Dommage.
- L'autre a mis dans le mille. C'est comme le toubib. Tu as raison. Le mec qui a fait ça est un sacré bon archer. Comme par un fait exprès, dans cette histoire, le village qui se situe à proximité du fameux château possède une confrérie d'archers. Environ deux cents bonshommes. Comme par hasard dans quelques jours c'est leur fête annuelle. Ils vont se réunir sur le stade municipal pour tenter de déloger un volatile fictif accroché à un mât. Cela va être la fiesta durant tout le week-end. Celui qui décrochera le Papogay, c'est comme ça qu'il s'appelle, sera proclamé roi pour une année. Cela fait beaucoup de suspects.

- Vous avez établi je présume la liste des archers du Papo...
- Du Papogay !
- Oui ! C'est ça de ton Papogay.
- Non et oui. .. C'est compliqué. Pour le premier crime je n'ai pas eu le bon réflexe. Même si j'ai pris maintenant l'accent d'ici n'oublie pas que je suis normand. Je ne connaissais pas cette fête ancestrale. Je n'ai donc pas posé les bonnes questions au bon moment. Aucun ne m'a dit qu'il existait une confrérie d'archers. De plus le médecin n'habitait pas à Rieux-Volvestre. C'est là que se déroule la fête.
- Où vivait-il ?
- Près de Toulouse et il a été tué sur les bords du canal du Midi.
- Tu ne m'as pas dit quand le meurtre du vieux a eu lieu ?
- Avant-hier ! Dans la nuit de dimanche à lundi. Il n'est pas dit que le coupable soit un archer du village. Il y a aussi une bonne part de chance pour devenir roi. Le tueur est peut-être aussi un gars qui ne participe pas au concours mais qui sait tenir un arc.
- Tu as raison. Bon qu'est-ce qu'on fait ?
- Tu fais ta valise et tu rappliques. Mon patron a déjà téléphoné au tien. Il est d'accord pour que tu t'actives un peu à titre de consultant pour me seconder. Officiellement c'est moi qui suis chargé de l'enquête. Il est évident qu'ils ne peuvent pas se passer de toi. Tes notes de frais seront prises en charge. J'avais pour consigne de te prévenir. Tu as un avion aujourd'hui en fin d'après midi. J'irai te chercher à Blagnac. A plus !
- Salut à toi et dis à ta tendre Myriam de me préparer une blanquette de veau.
- Qu'est-ce que tu crois ? A l'heure qu'il est elle doit être déjà chez son boucher.
- Son amant ?
- Espèce d'enfoiré ! Allez... à ce soir !

Je raccrochai. Je reportai mon regard sur la vitre qui pleurait toujours des larmes de pluie. Je pensai à mon oiseau. Cela faisait maintenant un bail qu'il ne s'était pas manifesté.

6. Cela faisait maintenant plus d'un an

L'hôtesse ainsi que le commandant de bord me souhaitèrent la bienvenue. J'avais choppé au passage la Dépêche du Midi et le Monde. Je m'étais véhiculé tant bien que mal avec mon gros sac et mes journaux dans l'allée centrale. J'avais lu que c'était à l'arrière que l'on avait le plus de chance de s'en tirer en cas de pépin. Tout ça pour dire que je n'étais guère rassuré de monter dans ce tas de ferrailles, malgré les divers gadgets électroniques de l'aéronautique française. Quand l'Airbus avait fait le point zéro en bout de piste je m'étais recroquevillé sur mon siège comme une crevette. Ensuite lorsque les roues avaient quitté le sol j'avais fermé les yeux nerveusement et agrippé les accoudoirs comme si j'avais voulu leur passer les menottes. L'hôtesse avait repéré mon manège et elle m'avait apporté un verre d'eau. J'avais dû faire un effort pour la remercier avec un sourire tout feu éteint. Progressivement le sifflement régulier du moteur m'avait rassuré. Il y avait quelques années je prenais l'avion sans l'ombre d'une appréhension. Mais aujourd'hui j'avais le trouillomètre à zéro. Il semblait, aux dires de certains, passé le cap de la cinquantaine, c'était de plus en plus courant.

Calmé je plongeai dans la Dépêche du jour. Dans la rubrique fait-divers il y avait un entrefilet sur le crime de Rieux. Le journaliste ne s'étendait guère sur les circonstances du crime. Faute de renseignements. Il se contentait d'évoquer l'assassin qu'il surnommait « l'archer noir » pour faire sensation et donner du poids à son article. Il ne manquait pas, non plus, de faire le rapprochement entre la victime et la fête ancestrale qui chaque année réveillait la torpeur de ce village. Rieux-Volvestre était un ancien évêché, à l'époque du célèbre Martin Guerre. La fête en question démarrait le week-end prochain. Ce détail me frappa. La proximité de cet événement avait-elle réellement un rapport avec le double meurtre ? Dans l'article il n'y avait aucun commentaire sur la victime du canal. Cela était une excellente chose. Moins les médias se mêlaient d'une affaire, mieux je me portais.

Cela faisait maintenant plus d'un an que je n'avais pas mené une enquête. Ma hiérarchie me poussait à remonter sur le ring. Comme consultant. Passé la stupeur, le plaisir de ce retour en grâce, j'avais maintenant les jetons. Étais-je capable de mener des investigations avec les casseroles que je me traînais au cul ? Sans parler de mon putain d'oiseau ! Comment allait-il se comporter, celui-là ?

Je passais le reste du voyage à lire le Monde. Quand le ding-ding du micro retentit et que l'hôtesse annonça avec sa voix d'hôtesse que nous arrivions à Toulouse, l'angoisse me reprit.

J'aperçus à travers le hublot les scintillements de la ville rose. L'avion passa au-dessus des coteaux de Pech-David, survola les toits de quelques baraques puis il entama en douceur sa descente sur l'aéroport. L'hôtesse m'avait fait un signe d'encouragement avant de s'asseoir sur son siège et de boucler sa ceinture. Je lui avais répondu d'un hochement de tête voulant faire bonne figure.

Frédéric Costessec m'attendait près des tapis à bagages. Je l'avais repéré facilement. C'était un grand type à la chevelure blanche et ondulée. Un visage auréolé d'une couperose lui donnait l'air d'être en pleine forme même malade comme un chien. Il avait réussi à garder une allure svelte mais vu sa taille il pouvait supporter des kilos supplémentaires. Ce n'était pas comme moi qui mettais mon superflu de graisse dans le bide. Quand Frédéric m'aperçut sa voix tonitruante fit tourner le regard des passagers dans sa direction. Mais il s'en fichait. Il était comme si l'aéroport lui appartenait.

« Vieux frère ! » gronda-t-il comme dans Gatsby le Magnifique. On se congratula et comme je n'avais pas de valise en soute on fila directement au parking.

On papota comme deux pipelettes de choses et d'autres avant d'attaquer sur ce qui m'amenait ici. Fred me mit au courant de ce qu'il savait. C'est-à-dire pas grand-chose. Il conclut en me donnant un dossier dans lequel tout était consigné. Notamment il y avait un topo sur les habitants du château où avait eu lieu le deuxième meurtre. Quant au premier il y avait la photocopie du procès-verbal et le double de l'interrogatoire de la veuve du docteur Frémont. Rien d'intéressant. Tout était à découvrir.

Fred et Myriam m'offrirent l'hospitalité pour la nuit. Je n'avais pas voulu prendre la chambre que l'on m'avait réservée au Novotel à proximité de l'hôtel de police. Avant de nous mettre à table j'avais passé un coup de fil à la veuve du vieil industriel pour prendre rendez-vous. Plus tard dans la chambre d'amis, avant d'éteindre la lumière et quérir un sommeil très souvent absent, j'avais consulté le dossier que Fred m'avait remis. Je n'avais rien trouvé de probant excepté l'adresse du château et de la veuve Frémont.

7. Jeudi 29 avril

Le lendemain nous partîmes « pedibus jambus » jusqu'à l'hôtel de police. Nous traversâmes le jardin Caffarelli. Le ciel était couvert mais il faisait bon. Le vent d'Autan, agitateur de l'esprit toulousain, avait cessé. Une statue imposante d'un aigle trônait sur une stèle. L'œuvre de l'artiste s'intitulait « l'envol du Phoenix ». Ce symbole de résurrection, emblème de la ville d'Atlanta, jumelée avec Toulouse, avait été offert à la mairie pour commémorer la catastrophe de l'AZF du 21 septembre 2001.

Devant le grand bâtiment en briques quelques souvenirs me revinrent. J'étais déjà venu dans ce commissariat pour je ne sais quelle raison syndicale. Pourquoi n'avais-je jamais songé à demander une mutation ici ? Dans le bureau de Fred on fit le point. Il me présenta sa fine équipe. La plupart des trentenaires pétaient le feu. Il y avait aussi quelques vieilles branches dont j'avais parfois croisé le chemin. Brefs saluts de la tête, quelques mains serrées, des sourires polis et furtifs, puis ce fut le boulot et rien que le boulot. Au bout d'une heure nous avions fait le point. Cela se résumait en une peau de chagrin. Cette affaire de double meurtre avait mal démarré. Personne ne s'était soucié de la résoudre. Le commissariat était une ruche. Les abeilles policières travaillaient sous une pression constante. Les appels téléphoniques, les coups de gueules, les allées et venues des collègues dans les couloirs, étaient incessants. Trop de malfaiteurs et pas assez de flics. Cela se résumait à cela. C'était pour cette raison que l'on m'avait sorti du placard.
J'étais lâché quasiment seul sur l'affaire. Cela me convenait parfaitement. Mes réflexes de flic solitaire étaient revenus. J'avais toujours aimé jouer à cavalier seul.

Officiellement j'avais été écarté de mon service pour raison de santé. J'avais eu à ce titre le privilège, si cela en était un, de conserver ma carte professionnelle et mon arme de service. Fred me demanda si j'étais armé. Je lui répondis oui. Ce qui était un mensonge. J'avais laissé mon arme chez moi. Depuis mon défouraillage malheureux qui m'avait valu mes ennuis j'avais peur de me trimbaler avec un feu sur moi.

Puis Fred m'accompagna jusqu'au garage où une voiture m'attendait. Un flic pouvait bosser sans son arme mais jamais sans une voiture. C'était une Peugeot 306 qui était presque neuve. C'était au moins ça. On se serra la paluche et je mis les bouts après avoir branché mon GPS pour rejoindre Rieux-Volvestre.

Passé Muret, puis Carbonne, je traversai Rieux. Le château de Roquenoir, lieu du second crime, se situait peu après. Je quittai la départementale et m'engageai sur le chemin de terre qui traversait un champ en jachère. Le paysan y avait planté des fleurs et c'était du plus bel effet. Un portail en fer tarabiscoté, sous un ciel de glycines, gardait l'entrée du château. Il était fermé. Je garai la voiture devant un tas de gravier qui attendait d'être répandu. Je sortis de la voiture. En posant le talon sur le sol une douleur aiguë asticota ma colonne vertébrale. Je réprimai une grimace. C'était la jeunesse tout simplement ! Je claquai la portière et regrettai aussitôt mon geste. L'endroit était calme. Mais le tumulte parisien bourdonnait encore à mes oreilles.

J'appuyai trois fois sur la sonnette et arborai un sourire de circonstance pour la caméra qui fixait sur ma personne un objectif inquisiteur. Le portail s'ouvrit lentement et je sautai dans la voiture. Je roulai sur la belle allée de graviers blancs, longeai un grand bassin par la gauche, au milieu duquel un jet d'eau jaillissait avec difficulté. Je me garai sur un petit parking à côté d'une Range Rover. Cette fois-ci je fermai doucement la portière. J'étais habitué aux appartements sordides, aux rues sales et bruyantes, où mes enquêtes souvent m'avaient mené. Devant ce château puissant j'étais dans mes petits souliers. Je pivotai pour avoir un aperçu des lieux et repérai un garage ouvert. Les chromes d'une Triumph Spitfire scintillaient sous la brusque percée d'un rayon de soleil. Un emplacement vide indiquait qu'une autre voiture était sortie.

Puis je me décidai. Je rejoignis l'entrée principale et grimpai d'un pas bondissant les marches de la terrasse. La façade était imposante. Les pierres, les marbres, les encadrements, tout avait été rénové dans les moindres détails. Ce ravalement récent indiquait que les propriétaires ne manquaient pas de pognon. Je dodelinai de la tête sous le coup de cette pensée inopinée et appuyai sur l'antique sonnette. J'entendis du bruit et une silhouette se profila derrière la porte vitrée.

- Ah vous voilà ! Entrez donc.

J'étais devant Charlotte Green. La veille c'était elle qui m'avait répondu au téléphone et qui m'avait fait patienter pour demander à la veuve, Marthe Pringeant si elle consentait, malgré son état de fatigue, à rencontrer ce policier venu spécialement de la capitale. Mon nom avec sa connotation sicilienne l'avait intriguée. Mais j'étais français malgré quelques cousins du côté de Syracuse. Il était évident que je n'avais pas besoin de prendre des gants pour rencontrer les témoins d'une affaire mais Fred m'avait dit de me méfier et de mettre les formes. Ces gens se prenaient pour des aristocrates depuis qu'ils logeaient dans ce château. Celui-ci avait appartenu autrefois à un certain Edmond de Roquenoir, apparenté à la famille des comtes de Foix.

Le nom de cette bonne avec sa consonance britannique ne lui allait pas. Où avait-elle pu pêcher un nom pareil ? Elle était fichée et son passé était plutôt mouvementé. C'était une femme d'une trentaine d'années, aux cheveux blonds, dont les racines brunes réclamaient une couleur. Le visage était allongé. La bouche charnue avait déjà perdu de son authenticité. Les yeux émeraudes, maquillés, pétillaient de malice. Sous le chemisier blanc un soutien-gorge noir soutenait une poitrine orgueilleuse et provocante.

Je la suivis dans une salle aux murs couverts de boiseries anciennes, au centre de laquelle une table immense trônait pouvant loger une équipe de rugby, ses remplaçants plus les entraîneurs et les soignants.

Charlotte avait des jambes finement galbées. Sa jupe serrée mettait en évidence un cul prometteur. Des compensés rouges à talons lui procuraient une démarche chaloupée de trottoir. Ma libido fragilisée en profita pour se régénérer. J'étais de nouveau célibataire. Ma rupture avec Yolande m'avait procuré un goût amer de défaite.

8. Le contact de la vieille peau glacée

La vieille dame était encore dans sa chambre. Il était onze heures à ma Seiko Kinetic. Depuis la mort de son mari, cela faisait maintenant quatre jours, Marthe Pringeant ne s'était plus donnée la peine de la quitter. Passé le cap de la stupéfaction, celui de la douleur, puis de l'apitoiement sur soi, elle remontait doucement la pente de la mort. Combat inutile car elle se savait à son tour condamnée par le crabe. Six mois, un an tout au plus, pour une vie acceptable, supportable. Après c'était les affres de l'hôpital qui l'attendaient.

Charlotte frappa discrètement et me précéda dans le boudoir. L'ambiance qui régnait ici m'intimidait.

La pièce était spacieuse, sombre, mais avec de magnifiques meubles. Hors de prix, hors de ma portée... Une cheminée en pierre où l'on pouvait cramer un tronc entier occupait un côté du mur. Mais ça c'était avant. L'âtre était immaculé. Comme la vierge qui présidait au-dessus. Mon regard acéré remarqua un long radiateur de chauffage central dernier cri caché derrière un lourd rideau bronze, sous la seule fenêtre de la pièce. Entre les pans de velours un trait de lumière découpait l'obscurité. Dans le coin opposé, le plus obscur, soudain une lampe posée sur une table ronde éclaira la zone. Installée confortablement sur un fauteuil, Marthe, une épaisse couverture sur les genoux, posait un regard curieux sur ma modeste personne. J'avais enfilé ma veste noire en velours et mis pour l'occasion une cravate en soie jaune sur une chemise grise pour être à mon avantage. Mais son regard, fixe, hautain me fit recroqueviller encore plus.
- Bonjour, cher monsieur.

Elle me tendit une longue main décharnée, avec des veines proéminentes, couvertes de bagues aux reflets d'Aigue-marine.
- Bonjour madame. Je vous remercie de me recevoir et vous prie d'accepter mes condoléances.

Je serrai avec précaution cette longue main diaphane. Lorsque j'esquissai le geste de vouloir retirer la mienne celle-ci resta prisonnière dans la sienne. Le froid glacé de la vieille peau me

remonta le long de l'avant-bras. Je frissonnai. La vieille femme continua :
- Quand pourrais-je disposer du corps de mon mari ?
- L'autopsie... l'autopsie ! bafouillai-je.

La main s'ouvrit et je reculai instinctivement d'un pas. Marthe Pringeant avait ce regard énigmatique de ces êtres en fin de vie qui savent qu'ils vont bientôt rencontrer le spectre sombre de la mort. Avec cependant une dose d'humour qui lui fit me répondre car elle n'était pas dupe de l'effet qu'elle produisait :
- Prenez cette chaise, jeune homme et remettez-vous !

Je cherchai gauchement la chaise en question. :
- Où est-elle ?
- Celle-ci avec le dossier en cuir... Elle date du Moyen Âge mais elle est encore solide.

Je la tirai précautionneusement pour me rapprocher de son fauteuil. La chaise pesait un âne mort. Une fois assis, je retrouvai un peu d' aplomb.
- Merci ! Puis-je vous poser quelques questions ?
- Bien sûr ! Vous n'êtes pas venu pour cette raison ?

Je me mordis les lèvres d'agacement.
- L'assassinat de votre mari remonte à quatre jours. Je sais que l'on vous a longuement interrogée. Par contre je voudrais savoir quel genre d'homme votre mari était ?

Marthe Pringeant cessa de sourire. Une ombre voila ses pupilles. Elle réfléchissait. Je me doutais qu'il y avait beaucoup à dire sur un tel homme. Lorsqu'on posait cette question la personne interrogée faisait le tri de ce que l'on pouvait dire mais surtout de ce que l'on devait taire. Plus le temps de réflexion était long plus il y avait à cacher. C'était pour cette raison que personne généralement ne se pressait de répondre.
- Mon mari n'était pas aimé, commença-t-elle.

Elle s'arrêta, chercha ses mots puis reprit :

- Mais le tuer de cette façon, je ne comprends pas. Vous savez mon mari a longtemps était militaire et il en avait gardé la rigueur.
- Oui j'ai lu ça aussi, encouragea le policier que j'étais.
- Pendant ces années militaires il a rencontré en Afrique des associations humanitaires. Il a souvent assisté à la distribution de nourriture pour lutter contre la famine. Notamment avec des biscuits fabriqués avec du lait en poudre, des arachides, des huiles végétales et aussi de sucre. Des tablettes conditionnées aux alentours de cent grammes.
- J'ai entendu dire que ces tablettes avaient beaucoup de succès auprès des ONG.
- C'est exact mais elles étaient assez chères. Je ne sais pas comment mon mari s'est débrouillé car il n'était pas de la partie mais il a trouvé le moyen de fabriquer des tablettes beaucoup plus légères et avec les mêmes valeurs nutritives. Bien sûr moins chères. Dès qu'il a quitté l'armée il a inondé le marché et il a fait fortune.
- Le château est-il de famille ?
- Non ! Mon mari l'a acheté il y a quelques années. C'était une très bonne affaire mais je n'en sais pas davantage. Mon mari gérait l'argent et il n'y avait pas à redire à cela. Il n'aimait pas du tout que l'on mette le nez dans ses affaires. Même moi qui était son épouse ! C'est vous dire quel homme il était... Pour être franche l'argent n'est toujours pas mon problème. C'est ma fille Éléonore qui va prendre le relais si ce n'est pas déjà fait ! Elle a le nez dans son ordinateur depuis trois jours, ajouta-t-elle avec un petit accent de mépris qui me laissa songeur.

Je tournai la page de mon carnet et en entamai une autre.
- Votre fille est née à quelle époque ?

Marthe hésita, chercha une date dans sa mémoire défaillante.
- Je me suis mariée à vingt-cinq ans. Éléonore est née un an plus tard.

Elle avait prononcé cette phrase avec une voix émue, le regard noyé dans des jours révolus. Ceux de sa jeunesse et de sa pleine vitalité.

- Vous avez commencé à me dire que votre mari n'était pas aimé.

- La réussite suscite souvent la jalousie. La fabrique est devenue vite une usine. Nous en avons maintenant plusieurs.

- Et au sein de la famille comment cela se passait-il ?

- Très bien, articula-t-elle avec un temps de retard.

Je lui posai une autre question ayant toujours trait au caractère de la victime.

- C'était un homme autoritaire j'imagine ?

- Oui ! souffla-t-elle, cette fois-ci sans réfléchir.

La vivacité de la réponse me surprit et me fit lever le menton. J'avais posé cette question sans la regarder occupé à griffonner sur mon carnet.

- Autoritaire comment ?

- Il n'aimait pas qu'on le contredise. C'était comme pour cette Charlotte. C'est lui qui a imposé sa présence au château. Vous ne trouvez pas qu'elle a mauvais genre ?

Je ne voulus pas me mouiller et j'éludai la question. Pour ne pas lui laisser le temps de se reprendre j'attaquai en la piquant :

- Pourquoi donc ? Elle a l'air très bien cette petite…

- Ah ça ! Pour une fille a soldats oui ! Elle est parfaite. Elle porte la vulgarité sur son visage et je n'en voulais pas.

- Et c'est tout ?

- S'il n'avait tenu qu'à moi elle serait repartie.

- Pourquoi la gardez-vous maintenant ?

- Figurez-vous mon cher que ma fille la trouve très bien également. Et j'avoue que je n'ai pas la force de me battre pour si peu. Si elle veut la garder c'est son problème.

Je jugeai bon de changer de sujet. Je repris :

- Je sais que la mort de votre mari est un moment douloureux à vivre mais je voudrais revenir sur le soir du drame.

- Je ne sais pas grand-chose. J'étais malade et je suis restée couchée dans ma chambre.

- On a retrouvé votre mari dans son bureau. Y passait-il souvent les soirées ?
- Presque chaque soir. C'était son habitude, comme un rituel. Il lisait en écoutant sa musique de vieillard, ou il faisait ses comptes, ou je ne sais quoi !
- Il ne passait pas un moment avec vous ?

Elle rit franchement :
- Il n'était pas du style à s'embarrasser d'une femme âgée et malade de surcroît. Et je sais bien qu'il buvait en cachette de l'Armagnac. Mais je ne lui ai jamais dit que j'étais au courant. Comme toujours !

Ce « comme toujours » était un sentier à explorer et je m'y engageai.
- Que voulez-vous dire ?
- Je vous l'ai déjà dit ! Il faisait ce qu'il voulait et il n'aimait pas qu'on le dérange. Ce bureau c'était son antre. Nous nous y rendions que si nous y étions invités, que dis-je, convoqués.

Sacré bonhomme ! pensai-je en écrivant en lettres majuscules le mot « convocation ».
- Hum… Je vois… Et si vous me parliez de Julie votre petite-fille ?
- Julie ? Cette peste !
- Tiens donc !
- Elle n'obéit jamais. N'en fait qu'à sa tête.
- Tout comme son grand-père, à ce que je vois, dis-je en me prenant en retour un regard furibond.
- Pour ainsi dire oui, concéda-t-elle de mauvaise grâce. Mais ce que l'on attend d'une jeune fille ce n'est pas la même chose qu'un garçon.
- Et que demande-t-on à une fille ?
- L'obéissance. C'est la première qualité.
- Soumise vous voulez dire ?
- Non ! Obéissante.

Je n'insistai pas. Je ne voyais pas où était la différence et je griffonnai en caractère plus épais le mot « obéissance ».

- Fait-elle des études cette jeune personne ?

- Elle a obtenu le bac à dix-huit ans mais depuis elle ne fiche plus rien. Elle est inscrite à la faculté de lettres du Mirail mais elle passe plus de temps à traîner dans les boites de nuit et dans les bars qu'à lire du Zola ou du Sartre. Elle est pourrie par l'argent que lui donne son père. Ce stupide gendre dont j'ai hérité.

- Qui ne le serait pas madame ?

- C'est une façon de voir qui n'est pas la mienne.

- A-t-elle un petit ami ?

- Non ! Je ne crois pas.

- A vingt ans cela m'étonne.

- Un ami attitré non… mais certainement plusieurs. C'est une dévergondée. Son grand-père lui a acheté une voiture, une Austin, et quand elle n'est pas en ville c'est tout juste si elle daigne partager le repas du soir avec nous. Après elle file dans sa chambre ou plutôt je devrais dire son appartement. Adolescente, sans nous demander notre avis, elle est partie s'installer dans l'aile droite du château qui était vide. Il faut dire que c'est si grand ici… Parfois je me demande qui a poussé mon mari à nous installer dans un tel endroit. Il n'y a que des fantômes. Au moins elle ne nous casse par les oreilles avec sa musique de dégénérés !

Je notai quelques remarques et poursuivit :
- Votre docteur c'est bien Paul Frémont ?

Je la vis tressaillir mais elle se reprit vite. Durant ma carrière j'avais mémorisé pas mal de tics lors des interrogatoires et lu des ouvrages sur la gestuelle.
- Non cela ne me dit rien ! Il est d'ici ?

- De Toulouse.

- Vous savez j'en ai vu pas mal des docteurs depuis que je suis malade. Mais mon médecin traitant est un ami. Il habite sur la route de Saint-Girons. Maintenant il a la gentillesse de se déplacer. C'est une chose qui se perd, vous remarquerez, même dans les campagnes !

J'écrivis encore sur mon carnet qu'elle ne m'avait pas demandé qui était ce docteur. Indice qui démontrait qu'elle le connaissait ou qu'elle n'était pas curieuse. A creuser.

- Une dernière question et je vous laisse tranquille. Vous dites que c'était votre mari qui décidait de tout. Aujourd'hui qu'il est mort est-ce vous ?

- Certes mais pas pour longtemps… J'ai d'autres projets si vous voyez ce que je veux dire ?

- Oui madame, répondis-je, pris de court.

Je me levai et la remerciai pour m'avoir accordé cet entretien. Mais avant de prendre congé je réclamai une faveur : celle de pouvoir aller et venir à ma guise afin d'interroger ceux qui vivaient et travaillaient au château. Je n'étais pas obligé de le faire mais je voulais ménager la susceptibilité de la vieille femme. Ma fonction de policier enquêtant sur un double meurtre m'autorisait à bien des initiatives.

- Faites comme chez vous. Allez donc interroger tout ce beau monde.

En disant cela je vis qu'elle souriait. Ou bien était-ce son maquillage qui avait du mal à s'accrocher sur les rides de son visage blafard ?

Je quittai la pièce à reculons. Charlotte attendait dans le couloir. Avait-elle écouté à la porte ?

- Vous tombez bien, dis-je ! Allons dans un endroit tranquille, je voudrais vous causer.

- Avec plaisir, mon prince !

Et en prime elle se fichait de moi.

9. Elle était d'humeur à causer

Elle me conduisit dans une des chambres du château. Celle-ci possédait une armoire comme on en voit tant chez Emmaüs. Un lit avec un matelas sans drap ni oreiller, une chaise dont l'osier avait subi les griffes d'un chat et une table de chevet en marbre rose sur laquelle reposait une lampe de cuivre avec un abat-jour jaunâtre. Charlotte s'installa sur le matelas. Elle prit une position nonchalante, couchée sur le côté droit, appuyée sur un coude, avec une jambe repliée qui dévoilait une cuisse légère. Je m'installai sur la chaise et lui demandai de me raconter en détail comment elle avait découvert le corps. Ce qui s'était passé la veille et aussi durant la journée précédente. Puis je l'interrogeai sur le fonctionnement du château, comment elle percevait ses employeurs, ceux qui leur rendaient visite. Elle était d'humeur à causer. Fin limier je fis en sorte de ne pas l'interrompre. Je couvris plusieurs pages de mon carnet noir avant que le flot de paroles ne se tarisse puis je la remerciai. Durant la demi-heure que je venais de passer en sa compagnie j'avais eu du mal à me concentrer. Sa putain de jupe n'avait eu de cesse de remonter de plus en plus haut !

Il était presque midi. J'avais besoin de sortir. Marcher pour réfléchir. Mais avant je montai voir le bureau où il avait été assassiné.

Jean Auguste Pringeant avait atteint l'âge de soixante-dix ans avant de se faire occire. Il était natif de Montauban. Sur sa fiche signalétique il était écrit que le bonhomme mesurait un mètre soixante-seize et qu'il était en bonne santé avant sa mort tragique. Il possédait un corps svelte d'ancien cavalier, aux dos voûté, avec des omoplates saillantes, des cuisses et des bras encore musclés. Ses mains étaient noueuses aux ongles noircis car il n'hésitait pas encore à empoigner la pelle à crottin pour nettoyer les box de ses écuries. Ce détail qui m'avait accroché avait été rajouté par le légiste au stylo sur la fiche. Dans le dossier il y avait une photographie récente de lui. Son visage était sérieux et sa coupe de cheveux celle d'un ancien officier. Dans le bureau j'en avais vu plusieurs autres encadrées et accrochées au-dessus de la cheminée en marbre. Sur l'une d'elles il apparaissait avec une attitude repliée comme s'il avait été pris à l'improviste. Comme s'il n'avait pas eu le temps de poser. En voyant ces portraits j'avais cru lire dans les différents regards, pris à des âges différents, le même éclat comme si le capitaine avait voulu à chaque fois défier plus tard celui ou celle qui aurait eu l'outrecuidance de regarder sa photographie. Sur un portrait en tenue militaire on distinguait son regard d'acier et sur le côté gauche du front une cicatrice.

Jean Auguste Pringeant avait grandi à Carbonne où son père avait monté une entreprise d'articles de pêche. Après le passage à l'école publique du village puis le secondaire en pension chez les jésuites à Toulouse, il s'était engagé dans les parachutistes dès sa majorité et contre l'avis de ses parents. Au retour de la guerre d'Algérie, où il avait obtenu brillamment ses galons d'adjudant-chef, il avait réussi à entrer à l'école d'officier de cavalerie à Saumur. Plus tard il avait fini sa carrière militaire en 1973 avec le grade de capitaine. Le dossier signalait qu'il avait eu une sœur cadette de cinq ans qui avait donné naissance à un fils. Elle était décédée de la grippe peu de temps après son accouchement. Son fils Édouard était resté proche de son oncle. A sa sortie de l'école supérieure de commerce de Toulouse celui-ci l'avait fait rentrer dans l'entreprise. Quand le capitaine avait décroché Édouard était devenu le directeur général des usines Pringeant. Il vivait à Toulouse à proximité des bureaux de la compagnie.

Marthe Pringeant avait vu le jour en 1936 sur le sol français dans un village de la Haute-Garonne. Ses parents étaient catalans. Ils avaient quitté Barcelone quelques années avant la guerre civile. Ils étaient commerçants et avaient réussi à faire leur trou. Après la libération ils étaient devenus citoyens français au même titre que leur fille.

J'avais remarqué la façon dont elle parlait, avec une voix fatiguée mais qui n'était pas le fait de la maladie. Elle avançait les mots un à un, comme si les phrases étaient toutes d'une importance capitale. Dans le bureau de son époux, sur toutes les photos, elle apparaissait avec des cheveux blonds alors que sur l'une de sa prime jeunesse elle était brune parmi les brunes. Avec un type d'espagnole. J'avais eu du mal à la reconnaître. La vieille femme était d'une blondeur sophistiquée. Et l'absence du moindre cheveu blanc laissait présager que son coiffeur n'était jamais bien loin. C'était à croire, pensai-je, qu'elle avait toute sa vie voulu cacher ses origines.

Charlotte m'avait dit qu'elle avait deux frères. L'un vivait au Mexique et envoyait ses vœux régulièrement. L'autre était à Paris et lui téléphonait de temps à autre. Toujours aux dires de la bonne, Madame Marthe Pringeant était une femme croyante qui avait préféré se tourner vers une secte apparentée davantage à la vierge Marie plutôt qu'à son fils. Charlotte avait précisé que le vieux saligaud n'était pas tendre avec elle. Ils faisaient chambre à part depuis des lustres. Marthe connaissait aussi les habitudes dépravées de son mari et s'en fichait car, disait-elle, le sexe ne servait seulement qu'à fabriquer les enfants. Ce en quoi Charlotte avait cru bon préciser, avec un sourire canaille, que sa patronne avait tort sur le sujet. J'avais aperçu posé sur le coin du chevet de la veuve un roman de Danielle Steel. Il était clair qu'elle préférait se nourrir de ce genre de fiction pour fuir une réalité qui n'avait pas été toujours rose. Parfois quelques amies venaient lui rendre visite pour prier avec elle. Ces bigotes s'installaient sur des chaises, en formant un cercle. En se tenant par la main elles récitaient des prières et passaient en revue la litanie de leurs saints préférés. Durant ces heures de piété le capitaine fichait le camp dans ses écuries. Le château qui prenait des airs de couvent cela le fichait en rogne. D'aussi loin que je me souvenais je ne pensais pas qu'un dieu quelconque s'était penché sur notre misérable planète. Je ne voyais pas comment des êtres pouvaient avoir besoin d'un tel soutien moral pour affronter la mort.

10. Un oiseau me regardait

Je regardai l'heure. Il n'était pas loin de midi. Je n'avais avalé qu'un café en quittant le domicile de Fred. Sur Internet j'avais dégoté une auberge à Rieux-Volvestre. Une voix de femme m'avait répondu que l'établissement était fermé. J'avais insisté, décliné ma fonction, dit pourquoi j'étais dans la région. J'avais eu gain de cause. Obtenu une chambre. J'avais préféré cette solution-là plutôt que de rentrer le soir à Toulouse. Après le tumulte de la vie parisienne ce petit séjour au vert me semblait plus confortable.

Puisque j'avais l'autorisation d'aller et venir je cherchai la cuisine. J'étais dans le sud-ouest et de surcroît chez des aristos pleins aux as. Un magret ou un confit de canard n'était pas pour me déplaire. La cuisinière épluchait des carottes. Sur le gaz une énorme marmite en fonte exhalait une odeur de vin et de viande marinée.

- C'est une daube avec de la joue de boeuf. Cela vous tente Mr l'inspecteur ? dit Martine.

Je laissai planer le doute quant à mon grade et ne me le fis pas dire deux fois pour m'asseoir. Sur la table il y avait quelques ustensiles et une feuille de journal où s'étalaient des épluchures de carottes et d'oignons.

- J'ai trop pelé de carottes pour la daube. Ils auront une salade marocaine en plus. Paraît-il que les carottes ça rend aimable ! Cela leur fera du bien !

Je sautai sur l'occasion.

- Elle est comment Éléonore ? demandai-je sur un ton de confidence, en sortant mon carnet tandis que Martine donnait un coup d'éponge sur la table.

La cuisinière jeta l'éponge dans l'évier, se défit de son tablier crado, sur lequel elle s'était essuyée les mains et saisit deux verres dans le placard. Elle empoigna d'une main potelée une bouteille de Fronton et remplit les ballons. Puis elle déposa une assiette à mon intention. D'autorité elle me servit avant de s'asseoir. La daube mijotait tranquillement depuis le matin. Le repas n'était servi qu'à treize heures. Elle but une gorgée de vin. Pour une fois que quelqu'un lui demandait son avis elle n'allait pas se priver...

La daube était savoureuse. Je retournai dans le parc quand ce fut l'heure de servir le repas aux proprios. La salle d'apparat que j'avais traversée ne servait quasiment jamais. Les châtelains mangeaient quotidiennement dans une autre aux proportions plus intimes. Martine pour le service avait revêtu un nouveau tablier mais celui-ci était propre, agrémenté d'un liseré en dentelles digne des tenues d'autrefois. Le temps avait tourné. Un vent soufflait et des nuages arrivaient sur nous à grande vitesse. La pluie n'était pas loin. Je quittai le parc et m'en fus dans le bois qui séparait la propriété de la départementale. Je suivis un sentier et parvins à l'orée d'une clairière. Une cabane en rondins se dressait dans un coin. Je m'en approchai, en fis le tour et en ouvris la porte. Il n'y avait pas grand-chose à l'intérieur. Une table avec une seule chaise et des outils de jardinage rangés en vrac dans un placard ouvert. Je tirai la chaise et je profitai d'être à l'abri du vent pour me rouler une cigarette. En attendant d'arrêter définitivement.

Je sortis de ma poche mon carnet et je relus mes notes. Martine travaillait depuis des années au château. Elle était native du village et possédait un don précieux. Celui des cancanières capables de retenir des détails qui souvent s'avéraient si utiles au cours d'une enquête.

Éléonore Pringeant était née en 1966 à Saumur quand son père était à l'école militaire. Quand elle fut en âge d'entrer au secondaire elle fut mise en pension à l'école de Notre Dame des Champs à Toulouse. Une école tenue par les bonnes soeurs. Elle y resta jusqu'au bac puis fit trois années à la faculté de droit. Son père la fit entrer dans une banque et elle changea plusieurs fois d'agence. Durant cette période elle fut souvent malade. Un genre de dépression ou plutôt une allergie profonde au travail d'après ce qui se disait au village, à la sortie de la messe dominicale. A cette époque la jeune Éléonore éconduisit deux fiancés pour le motif qu'aucun ne désirait s'installer au château après les noces. Jacques Daurade, un collègue de la banque fut le seul qui accepta. Ils se marièrent en 1990 en grande pompe à la cathédrale de Rieux-Volvestre. Puis très vite elle abandonna son travail. C'était à croire qu'elle avait pris un emploi que dans le but de trouver un nigaud de mari. J'avais écrit « 1.69m pour 68 kg. ». Elle était passée en coup de vent à la cuisine un quart d'heure avant de manger. Elle m'avait à peine dit bonjour. J'en avais profité cependant pour lui dire que je désirais la voir dans le courant de l'après-midi. Éléonore avait hoché la tête dans un acquiescement muet et grognon. D'une démarche lourde elle avait tourné les talons. J'avais rajouté : « C'est une femme qui doit aimer manger... ». Coiffée d'une coupe au carré bon chic bon genre qui durcissait son visage aux pommettes de campagnarde, avec un joli nez mais qui reniflait trop souvent, avec des cernes précoces camouflées sous une épaisse poudre de jour, vêtue de vêtements de marque mais sans aucune fantaisie, Éléonore offrait l'image d'une femme mélancolique, toujours sur le point d'éclater en sanglots.

Quand j'eus rallumé pour la troisième fois ma clope qui ne cessait de s'éteindre faute de tirer dessus, je sortis de la cabane. Sur la gauche il y avait un sentier qui s'enfonçait davantage dans le bois. Toujours dans l'idée d'inspecter le territoire je le suivis. J'arrivai au mur de pierre qui longeait la route. Je pris par la droite. En cheminant ainsi je parvins jusqu'à la limite de la propriété qui se terminait le long de l'Arize que je remontai jusqu'au château. La rivière était d'une eau calme, vert olive et la zone exhalait une odeur fétide où l'on retrouvait aussi celle du gardon. Parmi les troncs et l'inextricable végétation sur les berges décorées de plastiques accrochés à des branches, un vieux ponton attira soudain mon attention. Les quatre piliers en bois qui supportaient l'ensemble étaient plantés dans la vase et obliquaient vers l'avant. Je m'arrêtai comme un setter à l'arrêt. Sur une balustrade un oiseau me regardait. Mon oiseau.

11. Tu ne vas pas chialer

C'était une hallucination. Le psychiatre m'avait expliqué ce processus assez diabolique. Lorsque mon cerveau se mettait au travail, qu'il élaborait des hypothèses tortueuses et fumeuses, lorsqu'il cherchait avec énergie l'astuce capable de confondre un criminel, tout cela au prix d'une immense cogitation, un oiseau apparaissait et me causait dans un langage que moi seul comprenais. Certains voyaient des écureuils roux d'un mètre dix, d'autres des vaches roses, quant à moi c'était un oiseau de toutes les couleurs. Au lieu de fermer les yeux puis de me concentrer, et de pratiquer le mouvement de respiration qu'on m'avait appris, pour avoir la force de tourner le dos à l'illusion, je me laissais dériver avec facilité vers mon cher fantasme. Je l'aimais mon oiseau. Il m'avait aidé à conclure ma première enquête. Ainsi que toutes les autres, je dois dire. Ces foutus toubibs pouvaient aller au diable ! En le voyant ainsi sur son perchoir je songeai que je ne l'avais pas vu depuis des mois. Il n'était pas question de rater nos retrouvailles. Prudemment je mis un pied sur le ponton qui craqua.
- N'aie pas peur mauviette ! Ce n'est pas aujourd'hui qu'il va s'écrouler.

Le piaf avait parlé comme toujours avec ce même ton ironique, souvent grossier, à la limite du mauvais goût qui lui était si particulier . Avec sa petite houpette sur la tête qui lui donnait un air clownesque, par un effet magique, ces piaillements se transformèrent en paroles bien audibles dans mes oreilles de cinglé.
- Bonjour l'oiseau.
- Salut mon pote. Alors tu remets ça ?
- Oui tu vois... Comment vas-tu ? Depuis le temps je croyais que tu m'avais oublié.
- Tu sais que tu n'es pas le seul dont je m'occupe.
- Oui je sais...

J'étais agacé de savoir que je n'étais pas l'unique sur le rang de ses confidences. Mais je ne pouvais rien y changer. Avec un soupir résigné je poursuivis :

- Te souviens-tu quand tu m'as expliqué comment faire ma première connerie de jeunesse ? Bien avant que je ne rentre dans la police.
- Eh le flic ! Tu ne vas pas chialer ? Tu n'es pas encore à la retraite pour penser à ta jeunesse... Depuis une bonne trentaine d'années je m'occupe d'une bande de pauvres mecs aussi guignolesques que toi. Crois-moi, ce n'est pas une sinécure ! J'ai besoin, comme vous les humains, de prendre des vacances de temps à autre. Mais à qui dois-tu ta brillante carrière policier ? A mi-mi, à cui-cui ! A ton vieux copain à plumes. Que ta garce de psycho-machin aille se faire voir par un de ses confrères ! Je vois cependant avec plaisir que tu ne suis pas ses conseils : fermer les yeux et respirer par le cul.

Je lui fis signe de se calmer. Il se tut, battit des ailes et d'un bon sauta sur mon avant-bras. Il continua :
- La flèche n'a pas d'empreinte. Donc c'est...
- Que l'assassin portait des gants.
- Et qui porte des gants dans ce foutu château ?
- Le jardinier.
- Oui je sais et ils sont verts. Mais encore ?
- La femme de ménage.
- Oui ! Ils sont roses. Mais encore ?
- N'importe quel bricoleur
- Oui ! Ceux-là sont en cuir. Mais encore ?

Il commençait à me courir sérieusement avec ses « encore ». Je rétorquai excédé :
- Arrête ton cinéma. Tout le monde peut porter une paire de gants.
- Le médecin ! Tu as oublié le médecin.
- Je ne vois pas ce que tu veux dire. Le seul médecin dans cette enquête a reçu lui aussi une flèche et je ne me suis pas encore réellement penché sur son cas.
- La vieille est malade n'est-ce pas ?
- Oui…mais je ne vois pas.

Cela faisait longtemps que je ne me demandais plus comment l'oiseau faisait pour connaître tout ce qui se passait.

- Mets des lunettes mon vieux et tâche d'y voir clair. C'est évident.

- Tu veux me dire qu'il était le médecin de Marthe Pringeant ?

- Exact mon gars ! Elle t'a menti tout à l'heure. Allez ça suffit pour aujourd'hui. A demain... Mais avant que je me tire un dernier conseil. Puisque tu es d'humeur à ne rien faire et à te balader, tu devrais te foutre à l'eau et aller voir de l'autre côté de cette rivière qui pue la merde ! Salut.

L'oiseau s'envola au-dessus de l'Arize et se faufila à travers le feuillage d'un saule pleureur. Je me grattai le menton. Bien sûr il n'était pas question de me foutre à la baille suivant le conseil scabreux du volatile. Par contre je cherchai la barque mentionnée dans le rapport. A quelques mètres il y en avait une, effectivement, remisée à l'envers sur l'herbe. Il devait s'agir d'elle. Elle était en polyester et donc assez légère. Mais il n'y avait aucune rame ni pagaie à proximité.

Les gendarmes avaient fouillé les alentours de la rivière sur un kilomètre de chaque côté. Ils en avaient déniché une autre en bois qui appartenait à un paysan. Celle-ci était amarrée à un arbre avec une chaîne et un cadenas. A priori ils n'avaient relevé aucune trace.

Suivant l'angle de tir et vu l'inextricable amas de ronces sur la berge opposée les gendarmes avaient émis une seule hypothèse sans se fouler. Celle que le tueur avait utilisé cette embarcation.

J'ôtai ma veste que je déposai soigneusement sur un escabeau qui était adossé contre le mur. Puis je retroussai les manches de ma chemise et entrepris de tirer la barque. Une fois à la flotte je l'attachai à un piquet qui semblait être là pour cette raison. Je n'avais rien pour souquer. Je me saisis d'un bout de planche qui allait faire l'affaire. De toute façon il n'y avait presque pas de courant. Ce n'était pas très large à cet endroit. Dix minutes plus tard je posais un pied de l'autre côté. Il y avait un passage dans la végétation. Quelques égratignures plus loin je m'étais retrouvé devant un champ.

J'avançai sur ce terrain accidenté de façon à me retrouver au niveau de la façade du château. En face de la fameuse fenêtre.

A genoux, je tentai de relever des traces mais les gendarmes avaient déjà labouré. Alors j'enlevai ma chemise pour ne pas la déchirer. Je devais revenir vers la rivière pour me placer face à la fenêtre. Torse nu, j'essayai de progresser dans le mur de ronces en me mettant à la place du type qui avait peut-être agi de la sorte. Avec un arc en plus. Empêtré, suant, égratigné de partout je parvins au bord de l'eau. Je m'accroupis et observai l'endroit. A ce moment-là je sentis les premières gouttes d'une averse. La pluie arrivait mais je n'en avais cure.

12. J'étais maintenant trempé

L'eau de la rivière coulait paisible. Une libellule vint survoler les roseaux qui masquaient une partie de la vue. Des pucerons tourbillonnaient autour de moi. Je me redressai et furetai dans le coin tel un clochard en quête d'un mégot. Sur le sol trempé il y avait des signes de piétinement. Une branche était brisée. Le lieu avait été pollué par les godillots des gendarmes. Il n'y avait plus rien à se mettre sous la dent.

Debout, sous la pluie, fixant le château, je restai dubitatif. Si l'assassin avait utilisé la même barque que moi il était étonnant que la victime ne l'ait pas entendu. Le vieux était au-dessus avec sa fenêtre ouverte. D'habitude en sirotant son Armagnac il écoutait des rengaines de son époque. Mais on n'avait trouvé aucun disque posé sur l'électrophone. En outre il n'y avait pas de radio ni de télé dans son bureau. Le vieux était mort sans musique. J'avais repéré aussi un clébard, un Labrador qui se baladait en liberté dans le parc et qui aurait pu donner l'alerte. Non ! me dis-je. Le type était venu par ici et il avait tiré du bord. Mais d'où, bon dieu ?

A ce moment-là j'entendis un cui-cui. Je levai la tête et aperçus l'oiseau. Il se moquait pour ne pas déroger à la règle. Il battait énergiquement des ailes mais sans vouloir décoller. Ce connard d'oiseau se pavanait comme une andalouse agitant son éventail.

- C'est mouillé ici !
- Oui je vois bien, lui répondis-je. Qu'est-ce qu'il y a encore ?
- Tu devrais venir sur cette foutue branche.

Aussitôt, après ce conseil débile, il s'envola, traversa la rivière et je le perdis dans le ciel gris. Le volatile ne se manifestait jamais sans une raison. J'obtempérai et me hissai non sans une certaine difficulté sur le tronc. Les branches étaient glissantes. Le feuillage humide. J'étais maintenant trempé. L'arbre était un figuier tarabiscoté qui avait poussé dans la verdure à l'abandon. A sa base des saloperies coincées par la dernière crue.

L'arbre était feuillu mais je commençai à avoir une idée. Une branche au-dessus de ma tête se scindait en deux et formait un appui pour y poser le pied. Je remarquai des éraflures significatives. Une chaussure avait laissé des traces noires de gomme. A mieux y regarder aussi une branche avait été fendue. A mon tour je grimpai plus haut et posai mon pied là où le tireur avait vraisemblablement posé le sien. Je regardai vers le château. Un tunnel de verdure filait droit vers la fenêtre du capitaine. Une trouée à travers laquelle l'assassin n'avait eu qu'à se positionner. Tranquillement il avait ajusté son tir puis le moment venu il avait décoché sa flèche meurtrière. Je crus distinguer l'oiseau. Il se tenait sur le bord de la fenêtre. Encore une fois il avait été étonnamment perspicace.

De nouveau sur le sol, je rebroussai chemin mais au lieu de retourner à la barque je piquai en direction du champ qui se situait derrière. Le tueur n'avait pu venir que par là. Je cherchai des traces de pas et j'en trouvai des dizaines. Celles encore des gendarmes. Prenant mon courage à deux mains je longeai le champ pour éviter de piétiner ce que le paysan avait planté et qu'en bon citadin j'étais incapable de reconnaître. Je rejoignis la route goudronnée. La pluie continuait à tomber. J'avais enfilé ma chemise sans la boutonner car j'avais chaud. Mon poitrail dégoulinait. Le temps de réajuster ma tenue, campé dans le fossé, plusieurs voitures étaient passées. Cette départementale entre Rieux et Montesquieu-Volvestre possédait un réel trafic. Il était difficile de stationner sur ce tronçon de route à cause des fossés de chaque côté. Le tueur avait trouvé une autre solution en utilisant un véhicule que l'on pouvait cacher facilement pour ne pas éveiller l'attention. Je penchai davantage pour un scooter ou une moto. Un trial par exemple. Tenu par l'idée je cherchai une cache. Je mis deux minutes à la trouver. Une grosse buse en béton était abandonnée. Elle avait dû servir de passage à une époque pour qu'un tracteur puisse passer sur le fossé. Plus tard quelqu'un l'avait déplacée. Derrière, je découvris dans la terre une marque profonde. Il y avait aussi des traces de pneus.

13. Éléonore m'ouvrit

De retour au château, en transpirant comme un sportif quinquagénaire véhiculant sa graisse le long d'une nationale en plein soleil, je me réfugiai dans la cuisine. Martine n'était plus aux fourneaux. Je me servis un verre d'eau à même l'évier. Je tirai une chaise et m'écroulai dessus. Mon corps paraissait plombé. L'escapade m'avait fichu sur les rotules. Dehors, contre toute attente, le soleil avait percé et la pluie avait diminué. Un arc-en-ciel éphémère scintillait dans la lumière. Je vivais à Paname et cela faisait des lustres que je n'en avais pas vus. Ma mère me disait lorsque j'étais enfant qu'au pied d'un arc-en-ciel il y avait toujours un trésor. Celui-là paraissait tomber dans le parc. Y avait-il un coffre caché quelque part ?

J'écoutai le silence pluvieux de l'ancestrale bicoque et tentai d'imaginer la vie d'antan quand les dames trimbalaient leurs fanfreluches ici pour se servir à boire. Il y avait dans un coin de la pièce le puits qui servait autrefois et sur lequel on avait entreposé une décoration florale bonne à jeter.

Maintenant, il me restait à coincer la mère Éléonore qui ne m'avait pas paru très sympathique au premier abord. Son mari était lui aussi du style courant d'air. Je ne savais pas s'il était à l'intérieur de l'enceinte. Quant à la môme Julie j'avais une petite idée où la trouver... Des ondes maléfiques de « death métal », musique de générique pour film d'horreur, provenaient d'une fenêtre au rez-de-chaussée de l'aile du château que la môme avait investie, au grand dam de sa grand-mère.

Sans jouer au profiler des fameux experts de la téloche j'avais une idée du type qui jouait aux indiens. Un homme jeune, ou en forme physique, pas vraiment comme moi, pour crapahuter dans les taillis, grimper aux arbres, fuir en moto de nuit. Il possédait la force de poignet nécessaire pour tendre un arc. Je pouvais déjà supprimer de ma liste des suspects la moitié des fameux archers de Rieux. Aux dires de Martine, la veille de la compétition ce n'était que ripaille et coups à boire. La plupart des archers étaient des anciens. L'expérience m'avait appris à me méfier des apparences. Puis je souris. Je pensai à mon piaf et me promis de lui demander ses sentiments au sujet de cette tradition.

Comme personne ne songeait à passer par la cuisine je sortis et partis à la recherche d'Éléonore Daurade. Un nuage avait mangé l'arc-en-ciel et des gouttes s'étaient remises à tomber.

J'accélérai le pas et allai toquer à une des portes qui semblait être celle des Daurade.

Éléonore m'ouvrit.

- C'est pourquoi ? demanda-t-elle d'une voix avachie et peu amène.

- C'est au sujet du meurtre de votre père, rétorquai-je d'une voix cassante.

Elle n'était pas aimable et je n'allais pas faire des ronds de jambes. Pour faire bon poids, je rajoutai d'une voix plus douce mais avec ce qu'il fallait de menace :

- Je suis le commissaire Visconti . Je suis venu spécialement de Paris pour enquêter… Je voudrais vous parler comme je l'ai fait ce matin avec votre mère.

- C'est bon ! Entrez.

Elle me précéda dans une pièce meublée avec goût. Elle me présenta un immense canapé en cuir de teinte beige qui ne venait pas de chez IKEA. Je n'eus pas le temps de m'appesantir sur le décor.

- Excusez-moi pour mon attitude. Je réagis toujours avec agressivité quand je suis épuisée.

- Et c'est le cas ? dis-je moqueur.

Elle poussa un immense soupir et baissa son regard sur ses mains qu'elle avait posées sur ses genoux. Je matai ces mains entrelacées et immobiles… Dix ongles coupés courts, un vernis transparent, des ongles à cent euros la pose avec, en prime, un brillant accroché sur le petit doigt gauche. Des ongles en résine pour cacher un mal de vivre, une angoisse permanente. La bourgeoise se bouffait les doigts et ne voulait pas le montrer...

Après tout rien que du banal !

J'attendis qu'elle relève sa frimousse de souris. La chanson d'Henri Salvador me revint en mémoire. « Mimi petite souris sors de ton trou, dépêche-toi… » Je n'avais pas de fromage et pour la faire réagir je lui demandai abruptement :
- Que faisiez-vous la nuit où l'on trucidait votre père ?
- Je dormais, répondit-elle simplement.

Je poursuivis :
- Commençons par le début. Racontez-moi la soirée…

Elle sembla réfléchir, la tête légèrement penchée. Les mains toujours comme si on leur avait retiré les piles. Elle était vêtue d'un chemisier blanc en dentelles, celui-ci, doublé, ne laissait rien voir de sa poitrine. Éléonore était ronde mais elle portait ses excès de sucreries sur les hanches. Son jean de marque moulait ses fesses, mais juste ce qu'il fallait, pour ne pas être de mauvais goût. Aux pieds des souliers en cuir fauve, à talons plats.
- Nous avons dîné ensemble vers 20h30. Enfin … Presque tous. Comme souvent Julie n'a pas daigné se joindre à nous. Mon père était de bonne humeur. Il nous a dit qu'il attendait la visite d'un propriétaire suisse.
- Pourquoi ?
- Pour lui vendre un cheval, voyons ! Mon père élevait des chevaux pour le complet.
- Les trucs à obstacles dans la forêt ?

Elle me lorgna avec dédain.
- Oui vous pouvez le dire comme ça si cela vous amuse.
- C'est dangereux non ?
- Assez ! Mais vous vous doutez bien que mon père ne montait plus. Mais nous avons un excellent employé qui s'occupe du dressage et qui monte les chevaux lors des compétitions.
- Un employé qui bichonne les canassons et qui fait de la compète à vos frais, répétai-je lourdement pour lui rabaisser son caquet.

- Elle soupira et plissa le nez pour m'expliquer d'une voix fatiguée :
- Oui à nos frais ! Car si un cheval gagne des médailles il se vend plus cher ensuite. C'est comme ça que cela fonctionne.
- Je comprends. Donc votre père était de bonne humeur. Il n'avait pas l'air inquiet, dis-je, davantage pour me fixer les idées que pour lui poser la question.
- Non pas du tout !
- Vous lui connaissiez des gens qui ne l'aimaient pas ? Sans vraiment parler d'ennemis. Le terme est un peu fort à mon goût.
- Il n'avait pas que des amis j'imagine… C'était un homme qui avait réussi. Il ne parlait jamais de ses affaires. Sauf celles ayant un rapport avec les chevaux.
- Et votre mère ?
- Elle était présente malgré sa fatigue. Elle fait toujours l'effort de dîner avec nous. A midi, par contre, elle se fait porter une collation dans sa chambre. Voilà c'est tout !
- Et votre mari, demandai-je ?
- Ah oui ! Je l'avais oublié. Bien sûr il était là aussi. Il est toujours là ! Ne put-elle s'empêcher de rajouter avec une pointe d'exaspération dans sa voix.

Cette dernière réflexion me laissa perplexe. Ce mec était un molasson aux dires des bonniches et voilà qu'il était transparent en écoutant parler sa femme.
- Et ensuite ?
- Chacun est retourné chez soi.
- Si j'ai bien saisi… en ce qui vous concerne, vous et votre mari, vous ne mangez pas chez vous, même pas à midi ? Vous avez pourtant une belle cuisine ? J'ai cru l'apercevoir en passant devant vos fenêtres ?
- Certes ! Mais nous sommes très famille et nous aimons nous retrouver aux repas.
- Et votre mari cela ne le dérange pas de manger chaque jour avec ses beaux-parents ?

Cette dernière pique je l'avais balancée pour l'énerver et la tester. Mon petit doigt me disait que cette femme sous ses airs coincés de bourgeoise faisait de son mari ce dont elle voulait.

- Mon mari travaille à Toulouse et il ne rentre pas dans la journée, se contenta-t-elle de dire sans préciser quel métier faisait son époux.

Elle ignorait bien sûr que je le savais. Il bossait chez l'écureuil.

- Et puis, dis-je pour détendre l'atmosphère, quand on a la chance d'avoir une cuisinière comme Martine, cela serait dommage de se passer de ses services. Ses plats valent bien que l'on fasse l'effort de se rendre à la salle à manger du château. Mais ensuite, après le repas vous étiez avec votre mari ?

- Nous avons regardé la télévision. Sur Arte, précisa-t-elle, pour bien me faire comprendre que chez eux on ne s'abaissait pas à regarder les autres chaînes.

- Et après dodo ? balançai-je avec mon sourire le plus niais.

Elle me jeta un œil étonné. Puis elle se força à répondre par un autre sourire, un brin railleur, mais avec ce petit côté hautain. Un sourire de la haute quoi !

- Oui dodo ! Comme vous dites.

- Avec votre mari ?

- Avec qui voulez-vous que ce soit !

- Ce que je veux savoir : faites-vous chambre à part ?

- Cela ne vous regarde pas !

- C'est mieux pour l'enquête.

Elle se leva soudain, les mains toujours inactives le long des hanches.

- Vous exagérez, monsieur le commissaire.

Je fis machine arrière.

- Excusez-moi madame !

J'avais appuyé sur le mot « madame » avec l'accent de ma mauvaise foi. Cette femme m'agaçait. Je ne savais pas pourquoi. Ou plutôt si. Je n'étais pas de son foutu monde et j'étais mal à l'aise dans ce château. J'étais plus habitué à la rue, à ses poubelles, à ses coins sales et secrets, à ses squats et aux appartements des prolos. Mes macchabées à moi appartenaient aux classes laborieuses. Quand un type plein de fric se faisait tuer à Paris ce n'étais pas moi qui était chargé de l'affaire. Sans doute à cause de mon langage châtié, de mes fringues, et de mon oiseau. Je continuai :

- L'habitude d'interroger les voyous. Cependant, ayez l'amabilité de me répondre. Cela m'évitera de poser la question au petit personnel.

- Vous avez raison. Eux… ils savent. Mon mari et moi avons des chambres séparées. Ce n'est pas la place qui manque ici.

- Depuis longtemps ? ajoutai-je sans pitié.

- Depuis le premier jour de notre union. C'est une façon de vivre, de se respecter l'un et l'autre.

- Mouais…Je vois, dis-je en faisant la moue. Pour moi on baise ou on ne baise pas, marmonnai-je entre mes dents.

- Plaît-il ?

- Non rien ! Je pensai à quelque chose, mentis-je à peine gêné. Et vous n'avez qu'une fille ?

Elle fit celle qui n'avait pas saisi mon association d'idées, pourtant évidente. Elle me répondit par un « oui » à peine audible. Un « oui » qui en disait long sur les relations qu'elle entretenait avec sa progéniture.

- Je crois savoir qu'elle est dans sa chambre ?

- Vous avez entendu sa musique de sauvage ?

- Oui ! Au fait, chère madame, Julie vous a-t-elle rejointe au cours du repas ?

- Au dessert seulement. Elle est passée en coup de vent puis elle est repartie en emportant une coupe de riz au lait et un fruit. Elle ne mange presque pas… Vous avez vu comment elle est ?

- Oui ! Comme une fille de son âge qui fait attention à sa ligne, dis-je en lorgnant ses hanches.

- Une dernière question s'il vous plaît avant de m'en aller. Connaissez-vous Pau Frémont ?

- Non ! Qui c'est ?

- Il était médecin et il a été tué comme votre mari.

- Le pauvre homme !

- Vous êtes certaine de ne pas l'avoir rencontré ?

- Non ! Je suis affirmative. Je suis rarement malade et nous avons un médecin de famille qui se déplace au château. C'est le docteur André Millet. Il est âgé et je me demande qui va le remplacer le jour où il prendra sa retraite. Nous auront vraisemblablement un espagnol ou un polonais ! Pauvre France. Enfin c'est comme ça ! J'espère que vous allez appréhender votre serial killer, comme l'on dit de nos jours pour parler d'un fou maniaque qui s'en prend à n'importe qui.

- Chère madame n'allons pas si vite en déduction… Rien ne prouve que les deux crimes ne soient pas reliés par une logique qui nous échappe encore.

14. C'est toi qui a censuré ma musique ?

Je pris congé pressé de rencontrer Julie avant qu'elle ne s'échappe. L'après-midi touchait à sa fin. Bientôt ce serait l'heure où les portables de la jeunesse se mettaient en transe. D'après ce que je supputais Julie n'était pas du genre à se coller devant l'ordinateur pour bosser tranquillement chez elle.

La musique derrière la porte tapait fort. Batterie rapide et guitare agressive. Une voix d'outre-tombe, extrêmement grave, sortait du tréfonds de la gorge du chanteur. Elle aurait donné le frisson à une super mamie se promenant dans ces couloirs en pleine nuit. Je cognai lourdement à la porte et j'entrai sans attendre la réponse.

Julie n'était pas dans la pièce. Dans le fond il y avait une table avec un ordinateur relié à une paire de baffles laquées derniers cris. Je m'approchai, m'emparai de la souris sans fil qui traînait et je coupai le son. Julie apparut dans l'encadrement de l'une des trois portes de la pièce où je me trouvai.

- C'est toi qui a censuré ma musique ?

Julie était grande, mince, avec un joli visage ovale. Elle était rayonnante de jeunesse. Des yeux verts me dévisageaient sévèrement. C'était une fille blonde, cheveux coupés mi-courts, sans maquillage, et sans bijoux. Juste des piercings à l'oreille droite. Trois brillants. Et un tatouage sur l'épaule gauche que l'on devinait dans la large encolure de son tee-shirt blanc. Pour le reste, un jean noir, sans doute de marque comme sa mère, mais troué aux genoux. Rien aux pieds. Une Jane Birkin en plus jeune et avec l'accent du sud-ouest.

Je ne rétorquai pas à son trait d'esprit et je me contentai de lui montrer mon insigne. D'un geste de la main je lui signifiai qu'elle veuille bien prendre place sur la chaise qui se trouvait à côté de l'ordinateur.

- Je veux te poser quelques questions au sujet du drame.
- Les keufs tutoient toujours les honnêtes citoyens ?
- La perfection en ce monde n'existe pas. Encore moins chez les honnêtes citoyens. En outre je tutoie qui je veux. Et je te

rappelle que c'est toi qui as commencé.

L'échange de politesse s'arrêta-là et elle me demanda ce que j'attendais d'elle.
- Parle-moi de ta famille ?
- Vous ne me demandez pas où j'étais quand mon grand-père s'est fait tuer ?
- Je ne crois pas qu'une jeune fille comme toi soit capable d'assassiner son grand-père. J'ai peut-être des illusions sur la vie mais après tout c'est un luxe que je peux m'offrir. Par contre, ce que pense, de sa famille, une fille comme toi, éloignée encore des préoccupations du monde cruel du travail, rajoutai-je avec le ton d'un professeur de lycée, m'intéresse au plus haut point.
- Tous des tarés !
- Tu peux développer et me faire un petit topo. Ton grand-père par exemple ?
- Un militaire. Il n'y a rien à ajouter.

Elle n'aimait pas l'armée. Cela n'avait rien d'original pour une gamine. Je l'encourageai à continuer. Elle soupira comme une élève obligée d'aller au tableau noir pour réciter une leçon à peine apprise. Je me doutais qu'elle en connaissait long sur cette noblesse de pacotille dont elle faisait partie malgré elle. Un château authentique qui avait été édifié par un seigneur, un certain Roquenoir, triste personnage qui avait massacré à l'époque pas mal de ses concitoyens. Et qui avait pour copain un certain Simon de Montfort.
- Le vieux décidait tout. Il ne supportait pas qu'on lui réponde. Lorsqu'on le faisait il prenait alors une voix mielleuse avec une manière de te passer la main dans le dos, de t'écouter et de te dire : tu as raison, ma fille, oui, mais… Il y avait toujours un « mais ». Ensuite venait son raisonnement et on devait s'y plier. Ma mère surtout…
- Ta mère ?
- Oui ! Son père c'était comme Dieu le père. Elle n'était pas fichue d'aller acheter des vêtements sans sa présence. Même les meubles de l'appartement, la décoration c'était toujours lui…

- Et ton père qu'est ce qu'il disait ?

- Il s'en fout. Il fume ses tiges. Va à la chasse. Fais le kéké dans sa banque et c'est tout.

- Un philosophe à ce que je vois.

- Pas vraiment ! Un faux cul plutôt ! Un lâche. Un flemmard. Il a épousé ma mère parce qu'elle lui a mis le grappin dessus. Elle a compris qu'il ferait tout ce qu'elle désirerait. Notamment par habiter ici avec les vieux !

- Pour l'argent ?

- J'en sais rien ! Pour ne pas avoir à se poser des questions sur l'extérieur. Pour le confort de ne rien fiche, de ne rien inventer, ne rien créer !

- Toi tu es une artiste…

- Pourquoi ça ?

- Pour ce que tu viens de dire ! Il n'y a qu'une artiste dans l'âme pour croire qu'il n'y rien de plus important que de créer dans l'existence. La majorité du troupeau se contente de se conformer à des standards que la société propose.

Le regard de Julie brilla.

- T'es pas si con toi ?

- Je te remercie. Tu parles comme mon oiseau.

- Ton oiseau ?

- Ouais ! Mon psy me dit que j'ai des hallucinations mais revenons à ta mère... D'après toi elle était très proche de son père. Pourtant elle ne m'a pas donné l'air d'être très abattue. Ta grand-mère m'a expliqué qu'elle avait déjà repris les rênes du château en main.

- Pour ce qui est du fric, c'est sûr !

- Et ta grand-mère, qu'en penses-tu ?

- Elle c'est différent. Elle est normale. Enfin ce n'est pas le style à faire des câlins, ni ma mère d'ailleurs. Elle va mourir et elle s'accroche à sa religion.

- Oui je sais ! Et qui d'autres ?

- Mon oncle qui dirige la société. Lui c'est la tronche de la famille. Il a fait des études mais c'était mon grand-père qui avait le dernier mot.

- Pourquoi ?

- Seul celui qui détient la majorité des actions dans une société possède le pouvoir. Mon oncle s'est endetté pour en acheter quelques unes, pour avoir ainsi la légitimité de n'être que le gérant.

- Je vois c'est le fils d'une sœur à ton grand-père ?

- Oui c'est ça !

- Il vit à Toulouse, si mes renseignements sont exacts.

- Oui ! Avec bobonne et ses trois mômes.

Son portable sonna et elle hésita. Je lui fis signe qu'elle pouvait répondre et je quittai la pièce en lui disant un au revoir de la main. J'avais ma dose pour aujourd'hui. Il me tardait de découvrir l'auberge du Cygne.

15. Vous parlez seul ?

Je regagnai le parking. Depuis l'invention du téléphone je pensai que celle du GPS était tout aussi géniale. J'avais pris le mien perso. La voix qui me guidait lors de mes déplacements avait un accent germanique. Je l'avais baptisée Greta. Je le branchai sur l'allume cigare. La sempiternelle phrase retentit : « Prenez la route en surveillance… » Je démarrai et pris l'allée de gravier pour revenir sur la départementale. J'arrivai jusqu'à l'hôtel sans m'être trompé. Il n'était pas bon avec Greta de ne pas obéir à la lettre. Si par inadvertance cela se produisait elle m'entraînait dans des chemins étroits et compliqués en répétant « recalcul… ». Je stoppai la voiture, sans couper le contact, devant une maison vieillotte qui ne donnait aucun signe de vie. J'examinai la façade mangée par une échappée de vigne vierge. Une enseigne indiquait que j'étais au bon endroit.

Je démarrai en douceur afin d'explorer les alentours. Greta me demanda immédiatement de faire demi-tour. Je lui coupai le sifflet. Si seulement on pouvait faire la même chose avec les personnes. La route descendait vers la Garonne. Après avoir dépassé une piscine municipale fermée je garai la voiture au bord de l'eau. A quelques mètres il y avait un quai flottant. Je coupai le contact, laissai la portière ouverte. J'allai m'y balader dessus. En aval il y avait un barrage.

A proximité des baraquements en tôle, des tables pour pique-niquer, des voiliers rangés sous des bâches, des remorques, le bric-à-brac d'une base nautique en semaine. Le fond de l'air était doux. La pluie avait enfin cessé et j'appréciais ce répit. Le fleuve coulait paisible. De l'autre côté, sur la berge en face, une fine silhouette. C'était un pêcheur. Je n'y aurais sans doute pas prêté attention s'il n'avait pas levé subitement sa canne. L'éclat argenté et frétillant du poisson qui avait mordu avait attiré mon regard. Je regardais le bonhomme avec une certaine envie en sachant que j'étais incapable de faire la même chose. Rester des heures à contempler les soubresauts capricieux d'un bouchon en liège ce n'était pas pour moi. Je n'étais pas prêt à entendre les immanquables moqueries de mon putain d'oiseau si par cas je m'amusais à cela.

Je retournai à l'auberge du Cygne. La porte était ouverte. Dans le hall d'entrée il n'y avait personne. Une plaque de verre recouvrait un comptoir en bois. Derrière il y avait un meuble à casiers avec une dizaine de clefs. Aucune ne manquait. Je cherchai une sonnette, ou un truc faisant du bruit mais il n'y avait rien. Avisant une porte je la poussai. C'était une salle de restaurant. Les chaises reposaient sur les tables. Je revins dans le hall où j'avais posé mon sac. Une porte en bois était marquée « privé ». Les minutes s'égrenant, enveloppé dans le silence de la maison qui ne laissait rien filtrer de sa vie intérieure, s'il y avait une vie, je toquai à la porte. Rien ! Toujours rien !
- Alors qu'est-ce que tu attends ! me dit soudain une voix aigrelette dans mon dos.

Je fis volte-face et me trouvai nez à nez avec mon piaf.
- Ah c'est toi !
- Et qui veux-tu que ce soit ! Ne me dis pas que le commissaire Visconti a peur de pousser une porte marquée « privé ». Je t'ai connu plus entreprenant.
- Et plus con ! C'est sûr. Dis-moi... à part m'inciter à franchir cette porte, tu n'as rien à me dire d'autre sur l'enquête ?
- Débrouille-toi ! Je t'ai déjà aidé cet après-midi. Je suis juste venu pour voir où tu vas loger durant ton petit séjour. Allez ! Je m'arrache !
- Ouais c'est ça tire-toi !
- Vous parlez seul ?

Je refis un autre demi-tour et me trouvai face à une femme. Décontenancé je répondis l'exacte vérité.
- Je parlais à mon oiseau. Une hallucination que j'ai de temps à autre.

Elle recula imperceptiblement d'un pas et me détailla de haut en bas. Elle me répondit :
- Je vois... Le coup de l'oiseau c'est original. Moi aussi il m'arrive de parler seule. Vous êtes le commissaire Visconti je

présume ?

- Vous présumez bien, répondis-je arborant mon sourire spécial pour femme quarantaine, brune, bien foutue, et dégageant un charme ayant traversé les Pyrénées.

- Espagnole ?

- Facile ! Avec mon accent…

- C'est ça… n'est-ce pas ?

- Il y a dix ans j'ai acheté la baraque. Avec mon mari on avait des tas de projets. Mais il est parti avec une fille d'ici. Une française…

- Ce sont des choses qui arrivent. Ma copine, elle, est partie pour un job.

Voilà les présentations étaient faites.

Curieusement, dans la seconde où nous nous étions vus, nous avions avancé sur l'échiquier de nos confidences, elle son roi déchu et moi ma reine perdue. Pour que le futur soit clair. Absolument clair. Le futur de ces quelques jours. S'ensuivit une absence de parole qui nous plongea dans une gêne réciproque. Conscients que nous étions allés très vite en besogne nous étions maintenant coincés. Elle voulut attraper mon sac mais je la devançai.

- Laissez ! Quelle chambre voulez-vous me donner.

- Elle se réfugia derrière le comptoir, se saisit d'une clef et me la tendit.

- C'est la deux, au premier... La meilleure. Vous y serez bien.

- Je n'en doute pas. Je vais me rafraîchir mais dites-moi, y a-t-il un endroit au village où je pourrais prendre mes repas ? J'ai vu que votre restaurant est fermé.

- Il y a le bistro des archers, place de la Halle, mais ils ne font que des sandwichs ou des croque-monsieur. A côté il y a un restaurant. C'est le seul. Mais j'ai prévu de vous nourrir ce soir. J'arrive à l'instant de faire les courses. Laissez-moi un peu de temps et vous ne le regretterez pas.

Je la remerciai car j'avais vraiment la dalle. Je ne me voyais pas m'en aller maintenant à la recherche d'une table correcte pour manger. Je pris mon sac et montai l'escalier en bois qui craqua sous mon poids. Dans la chambre je rangeai mes affaires dans l'armoire. La pièce était assez confortable, décorée avec simplicité et nantie d'un grand lit en bois. Dans un coin il y avait une télé à écran plat et une petite table sur laquelle je posai mon ordinateur. Je me l'étais trimbalé en pensant écrire le soir. Mais c'était une mauvaise idée. Sur le chevet une bible en cuir. Ce prosélytisme hôtelier m'avait toujours insupporté. Je m'empressai de la mettre dans le tiroir. Puis ayant ouvert la fenêtre, j'examinai l'extérieur. A travers le bois je n'aperçus que des morceaux de Garonne. Je me recoiffai devant la glace et descendis rejoindre mon hôtesse. Au passage je m'étais ravisé et j'avais récupéré la bible que je déposai ostensiblement sur le comptoir.

Un parfum appétissant me donna la direction à suivre. Je traversai la salle du restaurant et poussai une porte à battants. C'était une cuisine professionnelle avec des revêtements en inox et des fourneaux à gaz. Il n'y avait personne. L'odeur de poisson venait de plus loin. Désorienté je repartis dans le hall. Je stoppai devant la porte « privé ». Je frappai fort et n'obtenant aucune réponse je tournai la poignée. Je découvris une pièce chaleureuse meublée d'un modeste canapé blanc impeccable en face d'une table basse en bois et verre, de forme triangulaire avec, accroché au mur, un immense écran plat. Je le fixai surpris. Il était allumé. Cependant l'image était figée sur une représentation d'un village baignant dans la clarté d'un soleil rouge avec une musique piano qui diffusait en boucle son chapelet de notes jazz. On aurait dit un tableau dont la luminosité était accentuée par la pénombre de la soirée. Puis je vis dans un angle une table ronde sur laquelle une nappe anis était dressée. Deux belles assiettes, des couverts, des verres à pieds et une carafe en cristal dans laquelle une couleur sombre me fit entrevoir une agréable entame de repas. J'étais attendu et cela me fit chaud au cœur. Une inconnue se décarcassait sous prétexte que j'étais son unique client. Il y avait aussi au milieu de la table, un bouquet de fleurs coupées, des roses jaunes. Je devinai, devant ce décor intimiste, une tentative de séduction à mon égard pour le moins évidente. Devant cette scène de théâtre vide je sentis mon assurance vaciller. Les amazones, qui savaient ce qu'elles voulaient me faisaient peur. Comme à beaucoup d'hommes. Je tournai les talons et m'en retournai dans le hall.

Je m'assis sur le fauteuil et me plongeai dans le Gala de la semaine. Au bout d'un quart d'heure mon hôtesse se pointa.
- Quelle est cette bonne odeur ? demandai-je, posant ma revue et rangeant mes lunettes dans ma poche poitrine de ma chemise.
- Une blanquette de calamars, avec des oignons, des carottes et des poireaux, le tout accompagné d'une coupe de riz avec de la crème fraîche. Cela vous va ?
- C'est parfait ! Je ne m'attendais pas à partager un tel repas avec une aussi charmante hôtesse. Pour boire vous avez choisi quel vin ? ajoutai-je comme pour atténuer le compliment que je venais mine de rien de lui faire.
- Un vin rouge de la Rioja, répondit-elle comme si de rien n'était. Puis se ravisant avec son accent qui ajoutait un plus à sa séduction.
- Vous… vous avez vu la table ?

Je rougis comme un gamin.
- Dans le restaurant tout est plié. Là-bas la cuisine est vide et je vous ai cherchée. Devant votre jolie table je n'ai pas osé aller plus loin. Je suis revenu vous attendre ici. Désolé d'avoir été indiscret.
- Il y a longtemps que je vis seule. La visite d'un commissaire de Paris ne me laisse pas indifférente. Et… j'adore les histoires policières…

Je faillis répliquer qu'elle était comme la plupart des gens. Leur curiosité était la même. Face au morbide de mon métier ils étaient fascinés. Cette fois je ravalai la réponse cynique que je réservais d'habitude. Au contraire je lui répondis que j'étais ravi de lui tenir compagnie et lui promis quelques anecdotes pour pimenter notre soirée.

16. Vendredi 30 avril

Le lendemain je me levai de bonne heure. Il était six heures du mat. J'avais passé un excellent tête-à-tête avec Camilla. C'était son prénom. J'avais rejoint ma chambre passé minuit. Si j'avais été plus entreprenant, peut-être y aurait-il eu quelque chose de plus intime ? Je me levai tôt et en partant je griffonnai un mot de remerciement sur le comptoir.

Une simple phrase : « à ce soir ».

Dehors il pleuvait salement.

Je pris la direction de Toulouse. J'échappai au bouchon sur la rocade en passant devant l'ex-usine de l'AZF où avait eu lieu l'épouvantable catastrophe. La zone était décontaminée. Mais des mauvaises langues journalistiques évoquaient la présence d'une forte quantité d'obus datant de la dernière guerre enfouis encore quelque part. Le site se nommait le « Cancéropole ». Il était entièrement dédié à la recherche. Puis je tombai de cul devant le bâtiment des laboratoires Fabre. Une des premières sociétés à s'y être implantée. On aurait dit un astronef posé là et prêt à s'envoler dans un épisode de la guerre des étoiles.

J'avais prévu de rendre visite au neveu, Édouard, qui dirigeait les établissements Pringeant. Il était le fils de la fameuse sœur du capitaine qui était décédée de la grippe. A l'époque le père avait disparu et la jeune femme ne s'était jamais mariée. C'était pour cette raison que le neveu portait le nom de son oncle. Après le décès de sa mère le capitaine lui avait payé la pension et ses études supérieures. Plus tard Édouard avait bossé dans la société. Il en était devenu le gérant quand le capitaine avait pris sa retraite. En réalité le vieux avait continué à tirer les ficelles jusqu'à ce qu'il reçoive sa flèche dans le bide.

Au début il y avait eu une modeste unité de fabrication à Carbonne mais depuis leur expansion celle-ci avait été fermée. Il n'y avait qu'une seule usine sur le territoire français. Elle se trouvait dans la banlieue bordelaise. Par contre le siège était à Toulouse, en centre ville, et c'était là que je me rendais.

J'arrivai sans problème suivant les consignes de Greta jusqu'à la place Wilson. Il était inutile de chercher une place dans le quartier. A moins d'un coup de chance ! Je me garai au parking Jean Jaurès. Dehors je me faufilai dans la cohue des travailleurs se rendant au boulot. Je me calai sur la terrasse ensoleillée d'un troquet pour enfin avaler mon café que je n'avais pas encore pris. Des habitués, terminaient de prendre le leur et grillaient en quatrième vitesse leur cigarette avant de filer. Cela me donna l'idée d'en faire autant et sortis mon paquet de tabac pour m'en rouler une. Le temps que je mettais à me fabriquer une clope était du temps gagné pour mes poumons. En outre n'étant pas doué pour les faire suffisamment épaisses, elles s'éteignaient constamment.

Édouard avait son bureau aux allées Jean Jaurès. Dans un bel immeuble cossu rénové depuis peu. Je ne m'étais pas pressé. J'avais repris un autre café, mangé un croissant pur beurre et fumé ma cigarette, cette fois-ci, jusqu'au bout. Les employés du coin avaient quitté le bar. J'étais le dernier. Je payai à l'intérieur et me tirai.

D'un pas nonchalant j'étudiais les numéros des façades. Je n'étais pas loin. Celui que je cherchais était perché au-dessus d'un porche avec une porte ancienne ouverte. Je reculai pour détailler le lieu. C'était un vieil hôtel, retapé en bureaux, avec une cour intérieure pavée, où les carrosses autrefois venaient stationner. A l'intérieur une jeunette derrière un comptoir ultra design, avec un large sourire, me demanda ce que je désirais.

Je stoppai la ritournelle connue de « vous n'avez pas rendez-vous… » en désignant ma carte tricolore. Impressionnée la mignonnette se jeta sur le bigophone et prévint d'une voix d'hôtesse son boss. Je grimpai illico au quatrième. L'ascenseur m'annonça que j'étais arrivé. Mais il omit de me souhaiter une bonne journée. Je ne me faisais aucune illusion ... Un jour il y aurait un robot à l'entrée des immeubles pour vous recevoir.

Un couloir étroit, moquetté, qui sentait encore le propre et des portes fermées à l'exception d'une. Je m'avançai, et me trouvai face à une femme qui portait sa longue carrière professionnelle cachée derrière des lunettes de star hollywoodienne dans le pur style des années cinquante. Elles étaient rouge pétard. Elle se présenta comme étant la secrétaire de monsieur Pringeant et me demanda qui je cherchais. Elle se leva, posa délicatement ses lunettes sur son sous-main et me précéda devant la porte d'une pièce attenante.

- C'est là ! me dit-elle.

Mais avant qu'elle ne toque à la porte je lui demandai si elle travaillait depuis longtemps dans la société. Elle me répondit qu'elle avait été embauchée par le père alors qu'elle était toute jeune fille. Pendant des années elle était restée sa secrétaire particulière.

Partant du principe qu'une secrétaire c'est celle qui reste dans les secrets je posai la main sur son avant-bras et lui chuchotai à l'oreille que je désirais lui parler après mon entrevue. Elle recula, me dévisagea, puis elle haussa les épaules en signe d'acquiescement avant de frapper quelques coups à la porte du boss. Sans attendre la réponse elle tourna la poignée dorée puis d'un mouvement gracieux, s'effaça pour me laisser rentrer.

Le petit père Édouard, ça c'était ma façon de le nommer, trônait derrière un bureau qui en jetait et qui n'avait pour fonction qu'impressionner celui ou celle qui se trouvait en face. Je me présentai. J'évitai le fauteuil vieux cuir et piège à con. J'attendis qu'Édouard daigne lever son cul. Ce qu'il fit après un haussement de sourcils en émettant un gargouillis inaudible pour me souhaiter la bienvenue ou la malvenue suivant ce qu'il avait dans le crâne. Il savait pourquoi j'étais là. Devant la fenêtre se dressait une table ronde et deux chaises. D'un signe de la main, comme si j'étais chez moi, je l'invitai à s'asseoir.

Je le questionnai sur son activité, puis attaquai dans le vif du sujet. Le soir du meurtre il était en compagnie de sa femme au Théâtre du Capitole. Une commémoration du « Bel Canto » précisa-t-il où étaient invitées les huiles de la ville. La fierté d'appartenir au troupeau des élites alluma dans ses yeux des étincelles de pur bonheur. A priori le petit bonhomme n'avait pas du tout l'envergure d'un tueur. En lorgnant ses petites mains potelées il me sembla fort peu probable qu'il ait eu la force de tendre la corde d'un arc. Je lui demandai donc ce que j'avais à demander, en remplissant une feuille de mon carnet avec davantage d'arabesques que de détails. L'entretien terminé je le saluai et l'abandonnai au confort de son bureau. J'avais à peine le dos tourné qu'il était déjà devant son écran plongé sans doute dans un tableau complexe que j'aurais été bien incapable de piger. Chacun son job !

Le mien c'était d'inviter les secrétaires à boire un café.

17. Avec mon esprit tordu

Il y avait bien une machine à café mais je proposai de nous poser dans un bar. La secrétaire, Simone Pelletier, hésita un instant. S'absenter sans la permission du patron était une première. Mais je n'étais pas n'importe qui. Elle se ravisa, enfila sa veste et se saisit de son sac à main. Avant de me précéder dans l'ascenseur elle prévint une collègue qu'elle descendait avec «monsieur le commissaire ». Constatant qu'elle était ravie de l'escapade je me dis que j'allais apprendre pas mal de choses.

Simone Pelletier commanda un cappuccino et moi un autre café. Je n'avais pas eu vraiment le temps de poser la première question qu'elle démarrait.
- C'est horrible ! commença-t-elle en s'essuyant du coin de sa serviette, après avoir bu la moitié de sa tasse d'un seul coup.

Elle aspira profondément et continua :
- Depuis que monsieur Édouard a pris la place de son père ce n'est plus pareil. Il est…

Elle ne savait pas par où commencer. Je lui dis :
- Dites-moi tout ! Un flic, je veux dire, un commissaire c'est comme un curé. Vous pouvez tout me dire... Cela ne sera jamais répété. Édouard n'est pas un véritable patron, c'est ça ? ajoutai-je pour la mettre en douceur sur les rails des confidences.
- C'est cela ! Il ne sait pas prendre de décision. Un jour c'est blanc, puis l'autre c'est noir. Bon ! Mais je dois dire pour sa défense que le capitaine était toujours sur son dos. Je les ai souvent entendus se disputer. Peu de jours avant l'assassinat du capitaine j'ai même cru que monsieur Édouard avait une attaque. Il criait si fort que j'ai poussé la porte. Il tenait son oncle par le revers du veston. Il l'avait adossé contre la bibliothèque. Malgré son âge le capitaine a réussi à le repousser violemment puis Édouard s'est calmé. Après il s'est assis à son bureau pour ne plus rien dire.
- Cela arrivait souvent, vous dites ? Édouard ne m'a pas fait

l'effet d'être un homme énergique, plutôt même le contraire...

- Il n'a pas l'air mais c'est un coléreux et il pète souvent les plombs. Quand le capitaine a pris sa retraite il a voulu qu'il verse une caution de deux cent mille euros pour devenir gérant de la société.

- C'est légal ça ?

- Je n'en sais rien. L'expert comptable a convaincu monsieur Pringeant que s'il désirait s'attacher son gendre de cette façon il convenait davantage de lui vendre des actions.

- Pourquoi demander une telle somme ?

- Le capitaine ne faisait jamais confiance aux autres. C'était une façon d'avoir la main mise sur lui. Pour éviter qu'il ne démissionne. En réalité Édouard n'avait aucun pouvoir. Les décisions importantes étaient ratifiées par son oncle. Vous comprenez bien, monsieur le commissaire, que cette façon de travailler n'a pas encouragé les relations entre eux. Édouard m'a souvent paru découragé.

- Et maintenant comment est-il ?

- Très bien.

Ce que Simone Pelletier venait de raconter ne plaidait pas en faveur de son patron. Il aurait pu tuer son oncle pour avoir la paix et diriger la boite comme il l'entendait. Sans parler de son salaire qui n'avait rien avoir avec celui que prenait autrefois le capitaine quand il était à sa place.

- Vous croyez... avança-t-elle.

Je la rassurai. Après avoir commandé un autre cappuccino pour elle je voulus savoir ce qu'elle pensait du reste de la famille

- Julie est très mignonne. Je me souviens quand elle était petite et qu'elle venait avec sa mère pour voir le vieux au bureau.

L'expression lui avait échappé. Je l'encourageai :

- Quand le vieux convoquait sa fille et sa petite-fille. Ce n'était pas ici ?

- Oui... Ces locaux nous les avons seulement depuis trois ans. Avant nous étions dans la zone industrielle de Montaudran. Et

avant à Carbonne. Julie a eu tout ce que peut désirer une gamine. Mais elle n'était pas à la fête tous les jours.
- Pourquoi dites-vous cela ?
- Sa mère Éléonore s'en occupait très peu. Son père lui aussi on ne peut pas dire qu'il avait les épaules d'un papa. Je me demande ce qui intéresse cet homme dans la vie ?
- Je vois ! Parlez-moi plutôt d'Éléonore. Elle est de votre génération à quelque chose près.
- Oh elle est bien plus jeune que moi. Il ne me reste plus que quelques années avant la retraite.

Elle avait dit ça sur une minauderie de femme coquette qui avait traversé la vie partagée entre le bureau et son trois pièces. Simone Pelletier n'avait jamais été mariée. La veille, la cuisinière du château m'avait confié, qu'à une époque, le capitaine ne faisait pas que travailler lorsqu'il était avec sa fidèle secrétaire. Elle poursuivit :
- Ma mère faisait le ménage dans la fabrique de biscuit. Nous étions de Carbonne et j'allais à l'école du village. A l'époque Éléonore était dans cette même école. Et tout le monde connaissait de vue la fille du patron de la biscuiterie. Je me souviens très bien quand j'ai été embauchée en 1977. J'avais vingt-cinq ans. Je venais d'obtenir mon diplôme de dactylo à l'école Pigier près du pont neuf à Toulouse. Je me suis mise en quête d'un poste de secrétaire. Ma mère a dit à monsieur Pringeant que je cherchais une place. Et lui m'a convoquée le lendemain. Il m'a prise aussitôt.

Avec mon esprit tordu, je notai la remarque « prise aussitôt ». Mais je me contentai d'un acquiescement subtil pour l'inciter à continuer :
- Éléonore donc ?
- Quand elle avait dix ou onze ans et qu'elle fréquentait l'école du village je la voyais souvent car la famille n'habitait pas encore au château mais dans une grande maison de famille près des halles. Nous habitions pas très loin. Elle était une petite fille effacée, un peu trop polie à mon goût. Quand elle est devenue adolescente elle ne s'est pas révoltée comme la plupart à cet

âge-là. Curieusement elle était toujours très sage. Faut dire que le capitaine ne lui laissait guère le choix. Les consignes étaient strictes, voire militaires. Dès la fin des cours, elle devait réintégrer la maison. Il n'était pas question de passer un moment avec ses amies de son âge.

- Quand a-t-elle fini sa scolarité à Carbonne ?
- En troisième ou en seconde. Je ne me souviens pas bien. Sauf, ça ! Je me rappelle... Elle est partie du lycée en mars, bien avant la fin de l'année scolaire.
- Vous savez pourquoi ?
- On m'a dit plus tard que le capitaine l'avait mise en pension à Toulouse pour qu'elle fasse des progrès. Elle était trop rêveuse à son goût.
- Vous savez où ?
- Je crois à Sainte Marie des Champs.
- Et ensuite ?
- Entre temps ils avaient acheté le château et le siège de la fabrique est parti à Toulouse. Et j'ai dû déménager pour garder mon emploi. Après je l'ai revue rarement. Elle ne sortait que le week-end. Son père envoyait le vendredi soir une voiture pour la conduire au château et elle n'en repartait que le dimanche soir. Jusqu'au bac. Ensuite elle est partie en faculté et elle a commencé à s'émanciper. Mais elle a toujours gardé sa mine de fille renfrognée.
- Oui j'ai pu le constater. Elle n'a pas l'air heureuse.
- Je ne sais pas pourquoi elle a épousé cet homme. Elle aurait mieux fait de choisir son joueur de rugby ! Mais lui il n'était pas question d'habiter chez le beau-père au château !
- Les voies de l'amour sont impénétrables.
- Je ne veux pas être mauvaise langue…
- Mais si… mais si ! dis-je amorçant un léger sourire moqueur.
- Elle a toujours été très radine, comme le capitaine. Je suppose qu'elle est restée vivre au crochet de son père par esprit d'économie.
- Peut-être bien. Bon ! Je ne vais pas vous retarder plus que ça…. Votre cher patron va se demander ce que je fiche avec vous.

74

Elle se leva, esquissa une mimique des lèvres, comme pour rajouter quelque chose. Mais elle n'osa point. Elle me tendit la main puis je me levai à mon tour pour la saluer. Je l'accompagnai à l'extérieur du bar et sur le trottoir je la regardai s'éloigner. La jupe de son tailleur beige moulait avantageusement son popotin.

-Tu voudrais bien savoir, n'est-ce pas, si cette très chic salope a déniaisé ce petit con d'Édouard ?

18. J'espère que c'est le dernier

Je sursautai. Mon oiseau avec sa houppette multicolore était juché sur une des tables en bois du Flunch voisin. Je passai devant lui ignorant ses sarcasmes, décidé à ne pas répondre. En l'occurrence je ne voulais pas non plus faire le guignol sur un lieu de passage fréquenté. Un type qui parlait dans le vide cela faisait mauvais effet. Beaucoup de gens soliloquaient dans la rue. A partir d'un certain âge cela ne surprenait personne. Mais un mec qui s'adressait à un interlocuteur invisible c'était déjà autre chose. On voyait bien qu'il était complètement azimuté.

A ce moment-là mon téléphone vibra dans la poche de mon futal. Je l'extrayais avec difficulté mais le temps de trouver la touche pour répondre la sonnerie avait cessé. Je me retrouvais tout bête avec ce putain de téléphone. Un truc dernier cri que m'avait refilé un jeune de chez Orange. Cela faisait maintenant quinze jours que je possédais cette merde de haute technicité. J'étais loin d'en avoir exploré les fonctions. Je m'y perdais encore et ça me faisait passablement chier. Le seul truc que j'aurais aimé qu'il fasse c'était le café ou à la rigueur me rouler une clope. Heureusement je me souvins du mode rappel. Je compris immédiatement au ton grave de celui qui me répondit que la nouvelle était importante. Cette gesticulation avait eu toutefois un effet positif. Cela avait permis à mon oiseau de filer de mon esprit.

C'était l'adjudant-chef de la modeste gendarmerie de Rieux-Volvestre. Un autre meurtre venait d'être commis. Un pêcheur à deux pas de mon hôtel, avait été retrouvé flottant dans l'eau. Le corps s'était emberlificoté dans le nylon d'une canne à fond posée en aval. C'était un promeneur qui l'avait découvert. Je demandai comment il avait été tué et le capitaine me répondit avec une sorte de panique dans la voix que c'était une autre flèche noire qui avait propulsé le pauvre homme dans le fleuve. Une flèche qui avait pénétré par le dos et qui était ressortie par la poitrine. Vraisemblablement tirée à bout portant ou presque. L'affolement à peine retenu du gendarme était dû au fait que la fête ancestrale du Papogay démarrait le lendemain. La rumeur d'un archer tueur dans la région commençait sérieusement à se répandre. Je le rassurai et lui dit que je prenais de suite le volant pour le rejoindre d'ici trois quarts d'heure. Je n'étais pas d'humeur à jouer les cow-boys de la route. En outre il tombait toujours des cordes et la visibilité était mauvaise.

Quand je doublai l'hôtel du Cygne j'eus une pensée pour Camilla mais l'heure n'était pas à la bagatelle. Un groupement d'uniformes et de civils s'affairait sur la gauche, à une centaine de mètres du ponton. Je garai la bagnole et les rejoignis. L'adjudant-chef se détacha. Il était accompagné du légiste qui venait d'arriver. Celui-ci était trempé et ses cheveux collaient sur son front dégarni. Un type de mon âge avec des lorgnons d'une autre époque et une poignée de main dure. Une main habituée à tenir un scalpel et qui n'aimait pas trop s'attarder dans celles des autres.

- Alors toubib ?

- Les plongeurs l'ont sorti de l'eau. Je l'ai examiné et la cause de la mort est évidente. La flèche a traversé le corps. Est-il mort sur le coup ou quelques instants après dans l'eau ? Il faut que je fasse l'autopsie. Mais je pense que cela ne change rien pour votre enquête. J'espère que c'est le dernier que je retrouve sur ma table avec une flèche !

Je le laissai et pris l'adjudant-chef avec moi. Le corps était déjà sur une civière, dans son emballage, prêt pour la morgue de Toulouse.

- On sait qui c'est ?

- Étienne Laroque. Un gars tranquille du village. Un archer qui devait participer au concours dimanche.

- Que faisait-il dans la vie ?

- Il travaillait à Toulouse à la fac Paul Sabatier.

- Il était prof ?

- Non ! Juste manutentionnaire. Enfin l'homme à tout faire qui s'occupait de poser les portemanteaux ou de monter les étagères dans les bureaux. Dans le village il faisait souvent des petits travaux au black pour arrondir ses fins du mois. Il était veuf depuis des années.

- Vous savez s'il a fait des travaux au château ?

77

- Non je n'en sais rien. Mais je vais me renseigner.

- Ouais ! C'est une bonne idée. Par contre, envoyez aussi vos hommes me récupérer la liste de tous les archers de Rieux.

- Vous l'avez déjà !

- Oui vous avez raison ! Je voulais dire la liste des années précédentes. Essayez de remontez le plus loin possible... La scientifique n'est pas là ?

- Pas encore ! Ils sont débordés. Il y a eu un mort rue Bayard, une prostituée je crois, et en banlieue un piéton a été fauché mortellement par une voiture qui a pris la fuite. De toute façon mes gars ont protégé la scène de crime.

- Bien ! Dites-leur de me bigophoner s'ils obtiennent des indices.

Le sous-officier se dandinait sur place. Puis il se décida.

- Bon! Les scientifiques vont ramener leur fraise. On ne les a pas attendus.

- Et la procédure ?

- Celle de la gendarmerie ?

Je n'insistai pas... Éternelle rivalité entre les flics et les gendarmes. Je demandai :

- Vous avez découvert quoi ?

- L'assassin a oublié une flèche. Elle a dû tomber de son sac à flèches.

- On dit carquois !

- Oui c'est ça ! C'est le mot que je cherchais. Y'a peut-être ben quelques empreintes ?

- Espérons-le ! Mais s'il avait des gants on peut se gratter. Vous n'y avez pas touché j'imagine ?

- Elle est toujours à côté du corps. Mais il y a des traces dans la boue à proximité. Avec cette pluie…Un pied bien profond. On dirait des bottes mais ce ne sont pas celles de la victime ni du promeneur qui l'a découvert. Et cerise sur le gâteau on a ramassé plusieurs brindilles de fumier.

- Du fumier ?

- Oui ! Du bon fumier de chez nous. C'est peut-être un paysan notre assassin ?

Le capitaine sortit alors une touffe de brindilles d'une poche plastique. Il devança ma question :

- N'ayez aucune crainte ! Il y en avait d'autres et on les a laissées pour vos copains.

- C'est parfait. Mais je ne vais pas attendre les résultats de l'analyse. Hier j'ai repéré dans le parc du château un potager et il y avait bien du fumier dans un coin. Je vais y aller et me renseigner par la même occasion au sujet des travaux qu'aurait pu faire la victime. Vous venez avec moi ?

- Non je suis coincé ici mais tenez, les brindilles c'est cadeau !

- Dites ! Je peux vous demander pourquoi vous êtes si sympa avec moi ? Je ne suis pas pourtant gendarme et de plus je viens de la capitale.

Le gendarme, avec son embonpoint débonnaire, ficelé dans l'uniforme réglementaire me tapa sur l'épaule et me répondit :

- J'ai entendu parler de vous et j'aime bien les oiseaux. J'en ai toute une volière dans le fond de mon jardin. Cela vous suffit comme réponse.

- Ah je comprends mieux. J'espère pour vous qu'ils sont bien réels. En ce me concerne j'avoue que j'ai souvent des doutes. Bon merci quand même. Je vous laisse et si…

- Oui je sais ! On vous bigophone, me dit-il en rigolant.

19. Il est du village

En repassant devant l'auberge du Cygne mon estomac expédia plusieurs signaux au coin cuisine de mon cerveau. Je n'avais pas besoin de lorgner ma toquante que j'arborais au poignet pour savoir qu'il était midi. Avec du tact et de la chance je pouvais, comme la veille, me faire servir au château. Au volant et en tirant sur ma clope j'imaginais un instant ce que Martine la cuisinière avait bien pu mijoter de bon.

A la grille d'entrée je m'annonçai et me retrouvai au pied du perron. L'appréhension de la veille avait disparu. Je me dirigeai en premier vers la cuisine. Je fit quelques flatteries, humai un parfum de cassoulet sous un couvercle et m'étant assuré que l'on sortait pour moi une assiette et un verre, je ressortis à la recherche de mon tas de fumier.

Le potager était conçu à l'ancienne avec des carrés, protégés par des planches, dans lesquels étaient cultivés les légumes. Ce vaste damier était entretenu par un jardinier consciencieux et amoureux de son métier. Les allées étaient dallées. Ce système permettait de travailler sans se salir les pieds. Je trouvai le tas de fumier dans un coin et je ramassai quelques brindilles que je mis à l'intérieur de mon carnet noir. A priori elles semblaient identiques au modèle. Toutefois un tas de fumier ressemblait à première vue à un autre tas de fumier... Seul le microscope pouvait me donner une certaine assurance de sa provenance.

Le décor était bucolique. Les carrés de potager, bien alignés, la haie consciencieusement taillée sur la gauche, les quelques arbres fruitiers de l'autre côté, certains en espalier, un puits avec une margelle en pierre, mais avec une pompe juste à côté sous un abri, et dans le fond la joli cabane en bois dans laquelle j'avais fait une halte hier après-midi.

Une vision fugace d'une assiette avec des haricots et de la saucisse de Toulouse faillit me faire dévier de mon devoir. Malgré le gargouillement de mon ventre je me dirigeai vers la cabane. Je fouillai dans une vieille malle. J'ouvris un placard où étaient entreposés des outils. Il n'y avait rien de particulier. Soudain je vis derrière un bidon, sur un tabouret, un tas de vêtements. En réalité c'était un imperméable. Dessous, il y avait ce que je cherchais : des bottes en caoutchouc dans un saut en plastique jaune.

J'appelai aussi sec l'adjudant-chef, le mis au courant de ma trouvaille. Il voulut m'expédier la photographie de l'empreinte par téléphone. Je lui répondis que je préférais qu'un de ses hommes rapplique ici avec une représentation de l'empreinte. Je me fichais que ce soit une photo sur Smartphone, un dessin à main levé, un moulage quelconque, pourvu que cela soit rapide. Une fierté mal placée m'empêchait d'avouer à l'adjupette que je n'avais toujours pas trouvé la fonction pour visionner les MMS sur mon écran. Avant de raccrocher il m'informa que la victime était un habitué du château. Au village il était connu pour son amitié avec le capitaine.

Un quart d'heure plus tard un gendarme se présenta. Aussitôt Charlotte se précipita pour aller le chercher à la grille d'entrée. Quand le militaire se pointa je compris pourquoi elle s'était donnée tant de peine. C'était un gars à qui l'uniforme allait comme un gant. Fier, il sortit son téléphone. Il me le tendit en ayant au préalable sélectionné la photo de l'empreinte qui trônait entre celles de son chien et de son meilleur pote une bière à la main.

- Je ne vois rien ! dis-je de mauvaise humeur, les bottes du jardinier posées à mes pieds, dans l'attente de leur examen.
- Il faut agrandir l'image !

Je le regardai les yeux ronds.
- Vous dites ?
- Oui ! Agrandissez l'image.

Putain ! Je ne savais même pas que l'on pouvait faire ça. Je lui rendis le téléphone :
- Vérifiez vous-même si ce sont les mêmes bottes.

Le gendarme me regarda trop longtemps pour que je ne visse point son étonnement puis il posa ses doigts sur l'écran de l'appareil. En les écartant et en caressant l'image avec doigté il agrandit l'image. Je retournai une botte et la lui mis sous le nez.

- Regardez, monsieur le commissaire, c'est la même trace. Cette boue-là, appuya-t-il avec un accent du côté de l'Aude, on dirait bien celle du plan d'eau.

- T'as raison mon gars, dis-je en le tutoyant. Après tout j'avais l'âge d'être son père à ce gamin. Prends-les et porte-les au labo avec le reste ! Moi je reste ici. J'ai encore à faire.

Le jeune claqua des talons, me fit un signe de la tête et disparut en tenant les bottes du bout des doigts comme si elles étaient le mal en personne.

J'avais gagné ma pause méridienne comme disaient les fonctionnaires qui ne levaient jamais les fesses de leur fauteuil labellisé par la médecine du travail. Entre parenthèse j'aurais bien aimé avoir ce genre de siège chez moi. J'avais passé ces derniers mois à écrire des textes de débutant installé sur une chaise de cuisine. Cela n'avait pas arrangé mes relations avec mon dos.

En m'asseyant devant mon assiette je m'enquis de la santé de madame Marthe Pringeant. La femme de ménage m'expliqua qu'elle était fatiguée et qu'elle se reposait. Cela me contraria, mais pas plus que ça. Tout compte fait, ce serait bien le diable, si sur les trois femmes ici présentes, puisque Charlotte venait de s'installer avec nous, aucune n'était au courant des relations que le capitaine avait entretenues avec son ami Étienne. Je leur appris la mort de celui-ci. Mon annonce jeta un froid. Elle déclencha un flot de commentaires qui mit un certain temps à disparaître. J'avais attendu patiemment que le calme revienne. Pour conjurer le sort, pour montrer que la vie reprenait ses droits, le bon sens de Martine lui fit dire :

- Bon ce n'est pas tout ! Mais si l'on veut profiter du cassoulet avant de servir le beau monde il faut s'y mettre !

En dégustant les haricots « des tarbais », avait précisé Martine, j'orientais la discussion sur la victime. Elles ne se firent pas prier. Michèle, était la plus bavarde. Ce fut elle qui prit la parole d'autorité.

- Monsieur Laroque venait souvent au château pour bricoler. Dès qu'il y avait, ne serait-ce, qu'une ampoule à remplacer le vieux faisait appeler ce bon vieil Étienne. Il était pratiquement de toutes les corvées et il se laissait faire. Le pauvre… il n'a jamais demandé un centime et de toute façon, le capitaine était comme le vieux Picsou. Il ne lui en a jamais proposé. Madame Pringeant lui en a fait une fois le reproche devant nous. Il a répondu que les amis servaient à ça. Et à quoi bon avoir des amis s'il ne pouvait pas leur demander des services ? avait-il dit en rigolant.

Je demandai :

- Ils se connaissaient depuis longtemps ?
- Oh ! Depuis leur jeunesse ! répliqua Martine, ça explique pourquoi Étienne ne réclamait rien. Souvent c'était lui qui payait avec son argent le petit matériel pour bricoler.

Charlotte se mêla à la conversation.

- Il était surtout flatté, cet idiot, d'être soit-disant l'ami du capitaine. D'avoir ses entrées au château.
- Pourquoi tu dis ça demanda Michèle ?
- Je le sais c'est tout !
- C'est vrai que le capitaine te faisait certaines confidences.

Les deux femmes se regardèrent en chien de faïence. Je m'interposai. La discussion allait bon train. Il eut été dommage de la gâcher prématurément.

- C'était lui qui faisait le jardin ?

Martine reprit :

- Non ! Il était capable d'arranger n'importe quoi mais il avait horreur du jardinage.

Comme la réponse semblait ne point venir j'insistai :

- C'est qui… qui fait le jardin ?
- Le jardinier, répondirent-elles presque ensemble.
- Ah bon ! Et on le trouve où ce jardinier ? Cela fait deux jours que je me balade ici et je ne l'ai pas encore rencontré.
- Hier il était à Toulouse, dit Martine

- Et aujourd'hui ?
- En fait on ne sait pas trop quand il travaille. Je crois qu'il a un mi-temps !
- Et où habite-t-il ?
- Au village chez une dame, une veuve.
- Et vous connaissez l'adresse ?

Elles se regardèrent puis une annonça timidement :
- A côté du téléphone dans le tiroir du guéridon il y a le carnet d'adresses de madame. Et elle est dedans.
- Je vous félicite ! Votre curiosité va me faire gagner un temps précieux.
- Et il y a longtemps qu'il travaille ici ?

Cette fois-ci ce fut Michèle qui prit le relais :
- Il est arrivé pour Noël. Avant il y avait monsieur Jo mais il est tombé malade. Sa fille l'a mis à la maison de retraite.
- Il est du village ?
- Non ! De Paris, je crois Il n'est pas très causant vous savez... Dites c'est vrai ce que l'on dit ?

Je m'arrêtai de mastiquer. Je me doutai de la suite. Je déglutis et répondis :
- Quoi donc ?
- Le tueur... L'archer noir... Il va continuer ?
- D'abord ce type, on ne l'a jamais vu ! Pour dire qu'il est noir c'est autre chose. Ce sont ses flèches dont les plumes sont noires. Mais vous avez vu celle qu'a reçue votre patron.
- En tous les cas, renchérit Charlotte, on est morte de peur ! A qui va-t-il s'en prendre maintenant ? Et la fête qui démarre demain... Déjà au village beaucoup disent qu'ils ne vont pas y aller. Des fois qu'il tire dans la foule sur le stade !
- Cela m'étonnerait mesdames, dis-je d'un ton qui se voulait confidentiel. Le tueur à mon avis suit une logique.

« Une logique qui tourne autour du château ». Mais cette dernière pensée je la gardai pour moi.

Je me contentai de finir consciencieusement mon assiette. Perdu dans mes déductions le bavardage des dames s'estompa. Le lien entre le capitaine et Étienne Laroque sautait aux yeux. Ou plus précisément une forte intuition me tenaillait. J'étais certain que le toubib trouvé mort en bordure du canal du midi, ce Paul Fremont, connaissait les habitants du château quoi qu'en disaient Marthe Pringeant ainsi que sa fille Éléonore. Je demandai à Michèle et à Martine, pour en avoir le cœur net, si elles avaient un jour entendu prononcer ce nom mais elles répondirent, elles aussi, par la négative. Je plissai les joues, déçu.

Le jardinier s'appelait Driss Ben Arfa.
Il était de nationalité française et il avait peut-être la réponse. J'étais prêt à parier que les bottes trouvées dans la cabane lui appartenaient. Mais il convenait d'être prudent.
Je bus d'un trait ma tasse de café, remerciai mes hôtesses et je m'avançai dehors au devant d'Éléonore que j'avais aperçue à travers la fenêtre de la cuisine. Elle était venue chercher son assiette de cassoulet. Cette femme-là et sa mère me faisaient l'effet d'être de parfaites comédiennes. Je la saluai du menton et continuai mon chemin.
Je me rendis à ma caisse et appelai l'adjudant-chef. Je lui donnai l'adresse et l'identité du jardinier. Puis je mis le contact. Il allait envoyer ses hommes le cueillir et nous nous donnâmes rendez-vous dans ses locaux à Rieux-Volvestre.
Je pris la départementale et soudain j'entendis un son discordant tout près de mon oreille. Mon piaf était posé sur mon épaule et me sifflait un air dans l'oreille côté conducteur.
- Cesse ça ! dis-je, en écrasant le pied sur le frein et me garant sur le bas côté.

Une camionnette me doubla en klaxonnant. Le type au volant me fit un doigt d'honneur en réponse à mon inconduite routière.
- Quel connard de conducteur tu fais ! Je ne suis pas un téléphone et tu n'étais pas obligé de piler comme un abruti.
- Qu'est-ce que tu veux ?
- On fait le point, non ? Qu'est-ce que tu en dis ?

- J'en dis que ce n'est pas le moment. On est peut-être sur le point d'arrêter le meurtrier.
- Tu rigoles là ?
- Pourquoi ?
- Qu'est-ce que je t'ai toujours dit au cours de toutes nos enquêtes ?
- Je ne sais plus ! Tu m'en dis tellement…
- Mauvaise foi ! Mon pote. Méfie-toi toujours des preuves trop évidentes. Les assassins font souvent des erreurs c'est ce qui nous permet de chopper la plupart. Mais il y en a des malins. Notre archer fait partie de ceux-là. Comme par hasard, une flèche tombe de son carquois et comme par hasard il y a des traces de bottes qui te mènent tout droit au château….
- Ouais c'est vrai après tout ?
- Ce jardinier-là est un gars bien mystérieux. Il vient de Paris ? C'est bizarre non ?
- Pourquoi ? C'est pareil pour moi.
- Toi tu es commissaire. Tu es détaché pour l'enquête. Lui il s'est détaché tout seul pour venir bosser à mi-temps dans ce trou perdu.
- C'est quand même mieux de jardiner sous le soleil du sud-ouest que là-haut où on se gèle les miches la plupart du temps.
- Fais l'avocat du diable abruti ! Moi je pense que c'est bizarre !
- On va bien voir ce qu'il a dans le ventre ce type.
- En attendant je te conseille de trouver le lien qui relie le toubib au château.
- Et s'il n'y en a pas ?
- Prends-moi donc pour un amateur d'oiseau détective ! Allez salut, baisse la glace que je me tire.

J'obtempérai ravi qu'il s'en aille. J'allumai le poste, triturai le bouton en faisant bien sûr des zigzags sur la route et tombai sur la fréquence locale : radio Galaxie. Le présentateur interrogeait un vieux de la vieille sur la fête du Papogay. La coutume datait du Moyen-Âge. Il n'y avait pas qu'à Rieux où l'on tentait de dégommer un volatile perché au sommet d'un mat. J'écoutais distraitement le bla-bla radiophonique en pensant à mon affaire.

Puis le gars de la radio parla du meurtre du capitaine et de la présence de l'archer noir qui faisait couler déjà tant d'encre et saliver les mecs sur les antennes régionales. Il demanda au vieux, si dans les rangs de la confrérie des archers une crainte existait. Cette question stupide me fit monter le son. J'écoutais fulminant la réponse du vieux qui affirma que cela ne pouvait être que l'acte d'un étranger. La chasse était bien ouverte ! Le jardinier, maghrébin et parisien pouvait compter ses abatis dès que la presse serait au courant de sa garde-à-vue. Je coupai la radio et me concentrai sur la conduite.

20. Elle était sur le sol

Les gendarmes avaient fait fissa pour chopper le pauvre bougre. Ils avaient investi la villa de la veuve qui le logeait. Celle-ci avait failli avoir une attaque en voyant les képis sortir de leur fourgonnette comme des lapins coursés par le renard. L'homme avait été surpris d'avoir la maréchaussée sur le dos. Il n'avait pas vraiment réagi. Âgé d'une quarantaine il était assommé. Les gendarmes l'avaient placé dans une pièce sous la vigilance d'un stagiaire. Une simple salle de réunion, froide, avec une table ronde et des chaises autour. Le lino beige conservait les traces noires des semelles de tous ceux qui étaient déjà passés par-là. Généralement c'était des délinquants de campagne, des automobilistes récalcitrants, des types pris de boissons, ou des hommes violents qui s'en prenaient à leur femme. Rarement des présumés assassins comme le jardinier aujourd'hui. La modeste gendarmerie de Rieux était dans tous ses états. La fenêtre de la salle de réunion donnait sur le parking. Les véhicules étaient garés en ordre. Le jardinier regardait au dehors. L'adjudant-chef sur mes talons je tirai une chaise et m'installai face à lui. Driss Ben Arfa se retourna et nous dévisagea un moment. Il avait le visage sombre. Les yeux rougis par un manque de sommeil ou par une fatigue pesante qui s'accrochait à son corps vigoureux. C'était un arabe. Un de ces types qui ont du mal à trouver du boulot à cause de leur apparence. J'avais devant moi le parfait couillon pour endosser les crimes. Voilà donc un archer qui ne ressemblait pas aux autres. Un maure débarqué de l'autre côté de la méditerranée pour occire quelques infidèles !
- Bonjour monsieur Ben Arfa, dis-je pour entamer le plus sereinement l'interrogatoire. Prenez donc une chaise !

Il me détailla avec acuité puis finit par me dire :
- Je vous remercie et j'espère que vous allez me dire pourquoi je suis ici ?

Il faut toujours se méfier des apparences. Driss avait un accent parisien à couper au couteau comme l'on dit ici. Il était sans doute aussi français que moi. Sauf que sa gueule était celle

d'un maghrébin et que la mienne celle d'un sicilien.
- Vous travaillez au château depuis quand ?
- J'imagine que vous avez déjà la réponse puisque vous enquêtez sur le meurtre de monsieur Pringeant.

Pas con le type ! me dis-je.
- Alors ?
- Depuis le mois de janvier. Avant j'étais à Sarcelles. Je travaillais pour une entreprise de jardinage. J'en ai eu marre et je suis descendu ici.
- Justement, pourquoi ici ? demanda l'adjudant-chef qui était resté debout derrière moi mais qui ne voulait pas rester en retrait pour interroger notre homme.
- Vous enquêtez pour un meurtre et vous allez fouiller partout. Alors vous allez vite savoir que si je suis venu à Rieux c'est parce qu'enfant j'y ai vécu.

Je me retournai surpris vers l'adjudant-chef et nos regards se croisèrent avec une lueur de satisfaction mêlée quand même d'étonnement. Nous avancions.
- Vous pouvez me préciser ? avançai-je prenant le relais du gendarme qui se posa à califourchon sur une chaise pour mieux profiter de la réponse.
- En 1965 ma mère est venue vivre ici.
- Et votre père ?
- Oh ! Celui-là était resté là-haut.
- Votre père est algérien ?
- Marocain. Nous sommes originaires d'Essaouira.
- Votre mère avait divorcé ?

Driss hésita.
- Oui ! C'est ça.

Il mentait. Il se leva et reprit sa position près de la fenêtre. Il se balançait sur ses jambes, les pieds solidement ancrés. Son émotion était palpable. Pour une raison que nous ignorions encore il était incapable de faire front à sa situation.
- Je vous sens stressé, lui dis-je pour l'acculer.

- Alors ! Oui ou non ? Votre mère a-t-elle réellement divorcé ? surenchérit l'adjudant-chef d'une voix sourde ?

Driss croisa les bras dans une tentative de défense. Devant nos airs accusateurs il les laissa retomber le long du corps. Vaincu il avoua piteusement :
- Elle s'était enfuie. Mon père la battait et elle était enceinte de moi. Elle a tenté de refaire sa vie ici.
- Pourquoi à Rieux ?
- Le hasard. Elle avait pris le train jusqu'à Toulouse. Puis elle a trouvé rapidement du travail comme femme de ménage au centre des sclérosés du village.
- Malgré qu'elle soit enceinte ?
- C'était au début. Cela ne se voyait pas et puis elle a travaillé en me portant jusqu'au jour de ma naissance. Avant ce n'était pas comme aujourd'hui.

Les barrières étaient tombées. Le jardinier poursuivit.
- C'est pour cette raison que je suis revenu. J'ai vécu au village les plus belles années de mon enfance.
- Pourquoi êtes-vous repartis à Paris.
- Ma mère était malade. Dépressive… Elle a renoué avec mon père et nous sommes retournés à Sarcelles.
- Vous aviez quel âge ?
- Dix-sept ans environ.
- Cela a dû être difficile. Quand on est adolescent on a du mal à laisser ses copains. Vous en aviez beaucoup ?
- Quelques-uns.
- Et vous les avez retrouvés depuis ?
- Pas tous. Mais on ne se fréquente pas… Ils sont tous mariés.
- Vous savez s'ils participent à la fête ?
- Comment ça ?
- Ne faites pas l'idiot ! dis-je. En tant qu'archer !
- Je ne sais pas ! Sans doute.
- Et vous ?
- Comment moi ?
- Vous avez été un archer ?

Driss se troubla et croisa les bras. Il ignorait que sa gestuelle le trahissait. Heureusement pour nous. Dans le cas contraire il aurait tenté d'y mettre un verrou. Il soupira.

- Oui ! Dans la section des enfants de l'époque. Les deux dernières années.
- Donc vous savez tirer à l'arc ?
- Non ! Je ne serais pas foutu aujourd'hui de décocher une flèche sur une quelconque cible.

A ce point rendu de l'interrogatoire je lui demandai de s'asseoir. Nous abordions le point le plus délicat.
- Nous avons trouvé des traces de bottes derrière le corps d'un homme que l'on a découvert ce matin au bord de la Garonne.
- Comment ça ? Quels corps ?

Visiblement il n'était pas au courant.
- Un certain Étienne Laroque.
- Vous dites ?
- Laroque ! assena l'adjudant-chef.
- Non ! Non ! Pourquoi je le connaîtrais ?
- Les traces sont celles de votre paire de bottes. Avec des brindilles du fumier du potager où vous bossez ! Et ce n'est pas tout. Nous avons trouvé une des flèches. Elle est au labo... Je suis sûr que nous allons trouver vos empreintes.
- Qu'est-ce que vous dites ? Une flèche noire ?

Driss courba l'échine et se prit la tête dans les mains, coudes sur la table. Il releva un visage gris de peur. Un tic nerveux agita son œil. Il dit d'une voix tremblée.
- J'en ai vu une dans la cabane...

Silence.
- Elle était sur le sol, devant la table. Je l'ai ramassée et je l'ai posée sur une étagère. Mais avant de la ranger je l'ai tenue un moment. J'étais étonné de sa présence. Je me suis demandé comment elle était venue se perdre dans la cabane. Puis je l'ai oubliée. Plus tard je me suis aperçu qu'elle n'y était plus.
- Il y a longtemps ?

- Quinze jours, trois semaines… Je ne sais pas. Mais vous me croyez ?
- Alors pourquoi quand le capitaine Pringeant a été tué d'une flèche, vous n'avez rien dit à ce sujet ?
- Je ne sais pas monsieur ! Pour la fête du Papogay il y a des dizaines de flèches et des arcs partout. Les gens les sortent, les montrent et certains vont aussi s'entraîner. Je n'ai pas fait le rapprochement.

Il mentait encore. Il avait peur d'être accusé. N'importe quel demeuré pouvait le comprendre. Était-il innocent ? Cela restait encore à prouver. D'un autre côté ses explications tenaient la route. Par contre elles étaient invérifiables. Le toubib avait été tué le dix-sept avril, un samedi, et le capitaine, dans la nuit du vingt-cinq au vingt-six. Je l'interrogeai sur ce qu'il faisait à ce moment-là. Pour le samedi il réfléchit et me répondit qu'il avait passé la journée à Toulouse. Il n'avait pas de voiture. Il avait pris le bus pour aller à Carbonne puis le train pour Toulouse. Il était rentré tard le soir. Malheureusement pour sa binette il n'y avait personne pour confirmer. Il s'était baguenaudé sans rien acheter. Il avait pris un Big Mac place Wilson puis il s'était payé une toile avant de reprendre le train. La veuve était une femme âgée et elle avait un beau-fils attentionné qui venait la chercher le week-end. Driss était un solitaire, sans une petite amie et par conséquent il n'avait aucun alibi. Il fonctionnait à l'ancienne. Il avait un compte à la caisse d'épargne où était versé son salaire. Il payait tout en liquide. Quant à la nuit où le capitaine avait été tué, il dormait, affirmait-il. Cependant, sa chambre étant au rez-de-chaussée et sa logeuse se couchant tous les soirs vers les vingt-deux heures il aurait très bien pu sortir sans se faire voir.

Décidément tout se retournait contre lui. Il n'était pas en garde-à-vue mais ce n'était qu'une question d'une heure ou deux. Le juge était en route. J'abandonnai l'adjudant-chef et le laissai se dépatouiller avec le suspect. Ce court interrogatoire me laissait sur ma faim. Je ne sais pas pourquoi mais le jardinier paraissait sincère. Mon instinct me tarabustait. Le temps pressait. Une inculpation en bonne et due forme allait lui tomber dessus. C'était évident.

Je devais trouver le lien du toubib et du château. La clef était là-bas. On avait tué trois types de la même manière pour un mobile qui m'échappait encore. Une visite chez la veuve de Paul Frémont était plus appropriée que d'aller emmerder celle d'Étienne Laroque. Décidément dans cette foutue affaire je passais mon temps à voir des veuves. J'avais laissé le dossier que m'avait remis Fred dans ma chambre. Je passai rapidement à l'hôtel pour récupérer l'adresse et le téléphone de la veuve. Puis dans la foulée je l'appelai. J'eus la chance de ne pas tomber sur un répondeur. Elle m'assura qu'elle était bien chez elle. Je la remerciai et mis en route mon GPS. Elle habitait sur les coteaux dans un bled du nom de Pechbusque.

21. Nous nous sommes attrapés

En chemin une idée me vint. J'étais sur le pont qui enjambait l'Ariège à l'entrée d'un patelin qui s'appelait Lacroix Falgarde. Je cherchai une place pour arrêter la voiture et trouvai finalement, passé le rond-point, un endroit au pied d'une église en brique rose. Elle valait le coup d'œil. Puis je fis le numéro d'un collègue au 36. Il était de ma génération et avait incorporé la crim une dizaine d'années auparavant. Il fut ravi d'apprendre que j'avais repris le collier. Il dirigeait une équipe de jeunes flics performants. Sans attendre je le mis au jus. Il comprit ce que je désirais avant même que je le formule. Il me promit de faire rapidos et de m'appeler dès que ses gars auraient passé au peigne fin la jeunesse parisienne de Driss Ben Arfa.

Je repris la route. Maintenant c'était la Garonne que je longeai. Plus loin je bifurquai sur la droite. Par une route assez raide je m'enfonçai dans les coteaux en direction de Pechbusque. A travers le pare-brise j'aperçus, se détachant dans la grisaille du ciel, le ventre énorme d'un A380. Il volait lourdement au-dessus d'un champ. Il semblait si bas que j'aurais presque pu voir les pilotes. Son train d'atterrissage était sorti. Il plongeait en douceur vers l'aéroport dans un sifflement retenu. Cet Airbus était capable de rallier New York à Hong-Kong sans escale. C'était aussi l'avion le plus silencieux de la flotte actuelle.

J'arrivai devant une maison ancienne rénovée qui se dressait à la sortie du village. Je m'annonçai et dans la seconde le portail pivota sur ses gonds. Il était évident que madame Frémont m'attendait.

C'était une belle femme entre cinquante et soixante ans, mais à l'évidence il était difficile de préciser son âge. Elle me fit asseoir sur un beau canapé en tissu imprimé et me demanda si l'enquête avançait. Je lui répondis :
- Il y a eu deux meurtres. Cela complique sérieusement les investigations. Nous avons un suspect, mais nous n'avons pas

de certitude. Bien sûr nous envisageons d'autres hypothèses. Les indices nous ramènent vers le lieu du deuxième assassinat. Le Château de Roquenoir près de Rieux. Je voudrais savoir, madame, si votre mari connaissait le capitaine Jean Auguste Pringeant ?

Elle me dévisagea, en braquant sur moi un regard profond, avec des yeux verts soutenus par quelques rides planquées sous un fond de teint expert. Elle me répondit :
- Ce nom ne me dit rien.
- Votre mari est natif de quelle région ?
- Il était ariégeois. Il est né à Pamiers et il a fait ses études de médecine à Toulouse. Il a commencé interne à l'hôpital de Purpan. Plus tard il s'est installé comme généraliste.
- En quelle année ?
- En 1983. J'étais enceinte de ma fille.
- Oui je vois, ce sont des repères que l'on n'oublie pas. Faisait-il partie de la confrérie des archers de Rieux ?
- Je comprends pourquoi vous me demandez ça… Mais la réponse est non. Par contre nous connaissions cette fête. Nous y avons assisté plusieurs fois. Il faut être Rivois pour avoir le droit de faire partie de la confrérie.
- Je ne savais pas… J'avoue que je suis assez déçu et j'aurais bien aimé découvrir qu'il existait un lien entre votre mari et le capitaine.

Elle me regarda et prit un air un brin amusé mais un peu triste en même temps. Cette femme avait sans doute pleuré la mort brutale de son mari. Il venait d'être mis en terre la veille.
- Je ne suis pas policière mais ce capitaine était-il de la région ? Ils se sont peut-être connus à l'école enfant…
- Mais vous avez raison. Suis-je bête !
- Mais que t'es con ! Tu ne pouvais pas y penser avant. Il faut que ce soit cette vieille blondasse qui te donne des leçons !

L'oiseau était là, perché sur la tête de la pauvre veuve, accroché à son chignon. Il me narguait avec son bec railleur. Je me couvris de ridicule en écarquillant les yeux comme un

95

bambin de quatre ans qui aurait vu pour la première fois les nains de Fort Boyard. Les secondes qui suivirent parurent interminables. Je fixai d'un regard haineux la choucroute artistement échafaudée sur laquelle se dandinait l'empaillé.

- Fiche le camp ! lâchai-je m'emportant et oubliant toute retenue vis-à-vis de mon interlocutrice.

Elle haussa ses beaux sourcils tracés au crayon noir faute de poils et rétorqua :
- Que dites-vous ? Vous vous sentez mal ?

Je me repris et bredouillai n'importe quoi. L'oiseau fit un bond et se suspendit au lustre en cristal. Je fis un gros effort pour ignorer sa présence. Ce n'était pas la première fois que cet abruti me faisait le coup. Quand il apparaissait, pernicieux, pervers et ricanant, en présence d'autres personnes la situation devenait vite ingérable. La plupart du temps, lorsque nous étions seuls la discussion prenait un tout autre tour puisque je lui répondais sans détour. Mon psychiatre nommait ce dialogue « l'effet miroir ». C'est à dire je me parlais à moi-même, élaborant des suites logiques pour avancer dans mes enquêtes. Mais si cela se produisait hors du huit clos habituel mon subconscient se heurtait au mur du ridicule. Je devenais incapable de dérouler un raisonnement sans paraître dérangé par ceux qui étaient devant moi.

Heureusement, madame Fremont avait eu une éducation bourgeoise, avec des parents qui avaient placé le flegme parmi le top quatorze des bonnes manières. Elle prit une attitude de circonstance et attendit que je retrouve mes esprits. Ayant donc respiré un bon coup je repris le fil :
- A l'école ! Vous savez dans quelle école votre mari a fait sa scolarité ?
- A l'école publique de Pamiers. A l'époque son père était vétérinaire là-bas. Puis pour le collège il est parti pensionnaire à Toulouse.
- Chez les jésuites ?
- Oui ! C'est ça. Comment le savez-vous ?
- Il ne le sait pas pauvre conne ! Il vient de le déduire car l'autre

couillon de capitaine qui s'est fait trouer la paillasse après ton mari, à été, lui aussi, embastillé par la noblesse des curetons.

Je réprimai l'envie de me suspendre au lustre pour tordre le cou au piaf et lui arracher les plumes. Je parvins toutefois à juguler l'explosion de colère que provoquait mon illusion.
- Monsieur Pringeant, la deuxième victime, a fait tout son secondaire, depuis la sixième jusqu'à la terminale, au Caousou. Si vous lisez la Dépêche du Midi, il y avait une biographie de ce monsieur.

Elle leva la main comme si elle me bénissait et me dit :
- Je ne lis pas la Dépêche, mon cher commissaire. Tout au plus le Monde ou le Figaro.
- Tu t'attendais à quoi, commissaire, qu'une bourge lise un canard de gauche ? dit l'oiseau.

Je repris :
- Votre mari et le capitaine avaient quasiment le même âge. Ils ont dû certainement se connaître. Voilà le lien !
- Mais pourquoi ont-ils été assassinés ?
- Je ne sais pas... Mais tout laisse à croire qu'il y a eu dans le passé une sombre histoire. Cette façon de tuer comme au Moyen-Âge est une mise en scène. Derrière se cache sans doute autre chose. Peut-être une vengeance. Qui sait ? Mais ce n'est qu'une hypothèse. Je n'ai rien de concret. Hormis ce suspect que nous détenons et ce décor dans ce château poussiéreux.
- Vous croyez donc à une vengeance ? Vous savez mon mari a mené une existence simple, à mon goût même trop calme. Il était aussi bien plus âgé que moi si vous voyez ce que je veux dire

Je ne voyais pas mais ce chenapan de piaf ne manqua pas une occasion pareille :
- Encore une mal baisée ! A mon avis, mon petit poulet chéri, si tu insistais un peu tu pourrais bien te la faire, la vioque !

J'éludai la remarque de la veuve et faisant peu de cas du

conseil douteux de mon double à plumes je dis d'un ton le plus naturel possible ce qui était visiblement de plus en plus difficile pour moi :

- Vous n'avez rien remarqué d'anormal dans le comportement de votre mari ces dernières semaines ? Vous a-t-il paru soucieux, en colère après quelqu'un ?

- Non, je ne vois pas ! Nous étions mariés depuis longtemps. Bien sûr la passion s'en était allée avec la jeunesse mais nous nous aimions toujours. Sans doute comme un couple doit savoir le faire.

L'oiseau avait peut-être raison. Elle avait dit ça avec des yeux qui disaient le contraire.

- La plupart des couples aujourd'hui divorcent mais vous avez résisté. C'est rare.

Elle eut un petit rire et répondit en plaisantant :

- C'est ce qui se dit... Nous devions avoir un seuil de résistance assez élevé.

- Donc rien de particulier, insistai-je une autre fois.

- Non ! Je ne vois pas…

Sa voix avait traîné comme la pointe du pied d'une danseuse de cabaret obéissant au rythme d'une mélodie langoureuse. Je l'aidai encore une fois.

- Qu'est-ce qui vous tracasse ? Vous pensez que cela ne me regarde pas. Un flic, vous savez madame, on peut tout lui dire. Il est un peu comme un confesseur.

Cette phrase bateau je m'en servais sans vergogne avec les femmes. J'étais toujours surpris de constater que ça marchait très souvent.

- Il y a bien eu une dispute…

- Ah !

- Une dispute différente de celles des vieux couples qui reposent souvent sur des prises de positions obtuses pour des causes souvent futiles.

- Je vois. Cette dispute, vous pouvez m'en dire plus ?

Puis elle voulut faire marche arrière. Elle se redressa sur son siège et répondit dans un murmure en regardant mon épaule comme si elle voyait l'oiseau qui était venu s'y poser.

- Sincèrement je ne crois pas que ça vous intéressera. C'est assez… intime.

Et là, avant même que ce bougre de piaf intervienne, je répondis en lui coupant l'herbe sous les pattes :

- C'est toujours, dans une enquête criminelle, ce qui ne nous intéresse pas, soit-disant, qui nous intéresse. Ce sont les détails personnels qui percent le blindage de l'énigme.

Elle obtempéra et dans un gros soupir en fixant ses genoux elle dit :

- La veille de sa mort nous nous sommes disputés mais comme je viens de vous le dire il y a des disputes différentes. Celle-ci était la première du genre. Cela ne nous était jamais arrivé. A notre âge c'est encore plus lamentable.

J'avais sorti mon carnet noir et copiai « lamentable ». Elle poursuivit :

- Mon époux était fidèle ou, se reprit-elle, ne s'est-il jamais fait prendre ? Comme vous dites vous les policiers, il n'avait pas le profil d'un coureur de jupons. C'est l'impression qu'il m'a donnée durant ces années. Mais je peux me tromper... Or cet après-midi-là j'étais montée dans le grenier pour trier des vêtements que nous avions gardés je ne sais pour quelle raison. En récupérant une veste de Paul pour le secours catholique j'ai découvert un papier qui s'était niché dans sa doublure. Comment l'ai-je senti à travers le tissu et pourquoi justement ce jour-là. Cela demeure un mystère ? Toujours est-il que sur ce papier il y avait un prénom de femme et un numéro de téléphone griffonné à la hâte. C'était bien l'écriture de Paul.

- Ce prénom c'était ?

- Éléonore.

- Bordel de moine ! jura l'oiseau tandis que je restais imperturbable devant cette piste qui soudain s'ouvrait dans l'affaire. Madame Frémont continuait comme une petite auto lancée sur l'autoroute de la confidence.

- Mon sang n'a fait qu'un tour, poursuivit-elle. J'ai appelé ce numéro mais il n'y avait plus d'abonné. Alors j'ai attendu le soir que Paul revienne à la maison. Je lui ai fourré le papier sous le nez et je lui ai fait une scène comme si j'avais eu trente ans. Avec le recul j'ai agi comme la dernière des idiotes. C'était la première fois que j'étais jalouse. Certainement parce que ce sentiment-là n'avait jamais eu besoin de s'exprimer pendant ces années. Et c'est pour cette raison que sa force en fut décuplée.

- Je constate que vous analysez bien la situation.

- Ce n'est pas difficile. Vous voulez voir le papier ?

Elle se leva et se dirigea vers un meuble. Elle en extirpa une enveloppe blanche et me la tendit. Il était dedans. Une page arrachée d'un agenda de poche. Avec un jour : 25 mars mais pas d'année… Le mot « Éléonore » était écrit d'une écriture à peine lisible. Celle d'un type toujours pressé comme souvent sont les médecins.

- Que s'est-il passé ?

- J'ai senti de suite qu'il me mentait en disant qu'il ne se souvenait pas. Que c'était vraisemblablement une patiente ou alors une collègue, peut-être une infirmière. Il bafouillait, rougissait, se cherchait une contenance. A la longue, quand deux êtres vivent ensemble, il se développe un sixième sens, une espèce de télépathie. On pense à la même seconde la même chose. Inexplicablement le ton est très vite monté mais je l'avoue par ma faute. Je suis devenue hystérique en l'accusant d'être un salaud, de m'avoir trompée durant des années. En réalité je me suis juste défoulée. Je lui reprochais surtout de m'avoir offert une vie certes confortable mais sans saveur. Vous savez bien monsieur le commissaire que l'on n'est jamais satisfait de ce que l'on a. J'avais un mari gentil, attentionné, qui gagnait bien sa vie mais qui était casanier. Parfois j'aurais aimé avoir un homme viril qui me fasse vibrer. Et justement, ironisa-t-elle, il a fallu que ce soit ce soir-là pour que cela se produise. J'étais furieuse. Mon pauvre Paul s'est transformé soudain en une sorte de macho. Il m'a giflée. Je crois qu'il a simplement voulu employer cette bonne vieille méthode pour me calmer.

Mais les femmes, ricana-t-elle, ne sont plus ce qu'elles étaient. Alors je l'ai frappé à mon tour. Nous nous sommes attrapés…
- Attrapés ?
- Je veux dire, un peu battus... Nous nous sommes empoignés puis on s'est brusquement arrêtés. Il pleurait et cela m'a énervé davantage. Alors je me suis enfuie dans ma chambre et je ne l'ai plus revu. Il a passé la nuit sur le canapé. Le samedi matin, comme à son habitude, il est parti faire son fichu vélo sur les bords du canal. Voilà toute l'histoire.

J'opinai de la tête et je pris la parole en jetant un œil discret sur mon épaule. Le piaf n'y était plus.
- Dans votre entourage avez-vous donc connu une Eléonore ?
- Non ! Vous voyez monsieur le commissaire, d'avoir trouvé ce bout de papier avec un prénom de femme et un numéro de téléphone ce n'était pas grave. Il ne s'écoule pas trente ans de mariage sans quelques tentations. Les limites du sacro-saint contrat passé devant le maire et le curé sont quelquefois dures à respecter. Nous en avions discuté et nous étions d'accord sur le sujet. Pour nous le sexe n'était pas un sujet perturbateur. Oui, cela pouvait être n'importe qui comme il me l'a soutenu. Si j'ai explosé c'est à cause de ce que j'ai ressenti. Ce sixième sens et son attitude bizarre. C'était ça la raison de la dispute. Éléonore était quelqu'un qu'il connaissait. Nous avions acheté cette veste il y a plus de vingt ans chez Giacomo Rosso un tailleur connu près de la place Esquirol. Une belle veste en cachemire beige sur mesure artisanale ce qui ne se fait presque plus aujourd'hui. C'est pour ça que je m'en souviens très bien. Le papier avait donc cet âge environ car cette fameuse veste a vite été mise de côté. Paul avait grossi et j'avais assez râlé vu le prix qu'on l'avait payé. Voilà pourquoi je ne pensais pas que ce détail pouvait vous intéresser.
- Détrompez-vous ! C'est le hasard qui coince les criminels. Encore faut-il le provoquer ! C'est ce que je viens de faire en ayant insisté auprès de vous si lourdement et je m'en excuse. Je ne peux pas vous révéler qui est cette personne mais sachez que j'ai ma petite idée.

Je la remerciai et pris sans tarder congé. J'avais oublié la présence de l'oiseau. Et quand je l'oubliais cela voulait dire qu'il était parti.

Une autre visite s'imposait. Je tapai sur mon GPS le mot collège et il me sortit, après avoir mouliné, une liste dans laquelle je trouvai le Caousou au 42 avenue Camille Pujol. Une heure plus tard j'arrivais à pied d'œuvre en maudissant les embouteillages sur la rocade. Toulouse se plaçait aux dires de certains sur le podium national de l'engorgement urbain.

22. Il avait été un élève brillant

La barrière de l'établissement se leva. Le concierge, un type élancé et chafouin, regarda ma carte tricolore d'un œil morne. Il m'autorisa à me garer plus loin sous les arbres pour ne pas gêner la proche sortie des élèves.

J'en profitai pour lui demander expressément d'appeler de sa cahute le directeur pour le prévenir de ma visite. Il me rétorqua sur un ton pincé qu'ici ce n'était pas un directeur mais un recteur. Je lui répondis sèchement que je m'en fichai et qu'il avait intérêt à se magner le cul car je n'étais pas d'humeur. J'avais poireauté comme un plouc sur l'autoroute. Pendant ce temps à Rieux les archers, les musiciens, les tambourins et les flûtes, se rassemblaient pour offrir la sérénade à l'actuel roi du Popagay. Et j'allais manquer ce rendez-vous.

Dès que j'eus garé ma tire j'appelai la gendarmerie à Rieux-Volvestre. Je fis appel au jeune gendarme dont j'avais fait la connaissance l'après-midi. Il accepta d'enlever son uniforme et d'aller assister à la sérénade pour prendre des photos. Peut-être que l'assassin faisait partie des invités. Les chances étaient minces mais je ne devais pas négliger cette opportunité.

Pour en revenir à ma visite surprise chez les jésuites, et n'ayant jamais aimé ces établissements privés pour des raisons viscérales remontant à mon enfance j'étais hargneux. Pour une fois je n'avais pas besoin de mon mufle de piaf pour être grossier. Les fils à papa, les fils des aristos, fréquentaient ce genre de collège à connotation religieuse. Et tant pis pour le bon Dieu car pas mal de ces gens-là se fichaient de la religion. Le principal était de faire partie de la haute. La réputation des jésuites n'était plus à faire pour leur enseignement traditionnel. Mais je n'étais pas venu ici pour épiloguer sur le problème récurrent des écoles laïques et privées. J'étais là pour mon enquête qui accélérait.

Au-dessus de ma tronche une symphonie d'oiseaux qui grouillaient dans les arbres du parc me rappela le mien. Je m'attendais à le voir débouler. Mais non ! Il m'avait assez emmerdé chez la veuve. Je grimpai quatre à quatre les marches du perron et tombai dans le couloir sur un planton. Je me présentai, lui montrai ma carte et il me conduisit chez le recteur. Au préalable, ayant profité de la lenteur de l'embouteillage, j'avais passé un rapide coup de fil à mon adjudant-chef préféré. Je lui avais demandé de me baliser le terrain en leur annonçant ma visite. J'aurai pu le faire moi-même mais j'avais préféré comme ça. La gendarmerie avait meilleure réputation que celle d'un flic parisien. Le bureau du recteur était sobre. Il y régnait un silence qui servait son autorité. Combien de mômes étaient passés par-là, les genoux tremblants, le menton baissé, les mains dans le dos ? Le recteur me proposa une chaise rustique en bois et fit pivoter son fauteuil capitonné. Il se pencha et ouvrit lentement un tiroir d'où il extirpa un dossier. Il me tendit une photographie de classe. Une terminale en 1958. Elle était d'un grand format, en noir et blanc et avait été prise à l'extérieur du bâtiment. On apercevait une classe de trois rangées d'élèves, les grands derrière et les petits devant, tous debout comme des quilles sur une piste aveyronnaise. Ils étaient en blazer et portaient tous une cravate. Une photo prise fin juin.

- Ils sont là ! Monsieur Visconti.

Il avait posé son doigt sur le visage de Paul Frémont reconnaissable malgré la jeunesse. Puis le doigt avait glissé vers une autre tâche blanche.

- Voici Jean Auguste Pringeant, dit-il

Mon regard un instant s'était égaré sur la chevalière en or que le recteur portait à son petit doigt. Une bague avec des armoiries. Le capitaine qui n'était à l'époque qu'un simple pensionnaire était un des rares à sourire à l'objectif. La vie de ces gamins coincés entre ces hauts murs durant toute une année scolaire ne devait pas être des plus réjouissantes.

- Vous êtes sûr que c'est lui ?

Le jésuite retourna la photo. Au dos était inscrit avec une encre bleutée dans une écriture serrée le nom de chaque

personnage à l'endroit exact où il se trouvait de l'autre côté du papier. Il manipula la photographie une fois dans un sens puis une fois dans l'autre avant de me confirmer que c'était bien lui.
- Je n'étais pas recteur à cette époque. Je suis d'une autre génération, ajouta-t-il, avec un sourire d'excuse. Je n'ai pas connus ces garçons. Par contre nous avons encore parmi nous un professeur qui a eu la charge de cette classe. Vous voyez, c'est lui.

Et le doigt redescendit sur le papier glacé d'un cran. Il se positionna sur un petit bonhomme en soutane. Sur le cliché il avait l'air concentré pour ne pas dire rébarbatif.
- J'ai demandé qu'il vous attende à la bibliothèque.

Il m'accompagna dans le couloir et m'indiqua le chemin. Puis le père « de machin truc », car j'avais oublié son nom à l'instant même où il me l'avait dit, reprit la direction de son burlingue. Je n'avais pas fait dix pas qu'une sonnerie retentit à m'en faire péter le caisson. Un flot désordonné de garnements, chargés de cartables, lourds et gonflés à craquer, pour ça rien n'avait changé, me débaula dans les guibolles. Par contre il y avait aussi des filles, seul véritable changement que l'on devait à mai 68, cette merveilleuse illusion révolutionnaire. Devant la bibliothèque, je poussai la lourde. A l'intérieur le piétinement de la galopade, malgré les remontrances des pions qui tentaient vainement d'endiguer le flot, cessa. On était vendredi. L'heure de la sortie, comme le chantait une certaine Sheila à mon époque, était celle du week-end. D'où sa puissance.

Je reconnus le vieux bonhomme à sa soutane et à sa taille. La même que sur la photo. Il se leva à mon encontre et me tendit une main ferme. Je fus frappé par ses yeux bleus d'une limpidité extraordinaire. Rarement j'avais vu un tel regard. Sa voix aussi m'impressionna. Une voix grave, et douce comme du miel. Ce zigoto devait avoir sur ses classes un pouvoir magique qui devait foutre la trouille au plus déluré de ses élèves. On s'installa à une table ronde et il croisa ses mains dans un bel effet de manche. Avec la même gestuelle qu'un avocat. Il était au courant de mon histoire.

- Depuis le temps, j'ai oublié pas mal d'élèves. Cependant certains restent plus familiers que d'autres. Ces deux-là, je m'en souviens très bien, car, plus tard, ils ont fait partie du club des anciens élèves. Je les ai revus alors qu'ils étaient installés dans leur vie d'adulte. Dans les années soixante-six ou soixante-sept.

- Parlez-moi de Frémont ?

- Il avait été un élève brillant. Il collectionnait les prix d'excellence et je ne fus guère étonné quand je le revis. Il était devenu médecin et il officiait aux urgences à l'hôpital Purpan. Le docteur Frémont faisait partie des fidèles. Il était inscrit au club. Ce garçon était resté reconnaissant. Contrairement à la majorité ses parents n'étaient pas fortunés. Ils n'avaient pas les moyens de donner un chèque de fin d'année pour les œuvres du collège. Mais ça il ne faut pas le répéter. Et puis je dois dire qu'aujourd'hui tout cela a changé. Les parents payent en fonction de leur feuille d'imposition. Et les cancres richissimes ne sont plus tolérés.

- Il est resté longtemps médecin à l'hôpital ?

- Environ une quinzaine d'années.

- Et Jean-Auguste Pringeant ?

- Lui c'était autre chose. Premier en bêtises. Premier en gymnastique. Juste la moyenne pour ne pas être décroché. A peine le bac en poche il a devancé l'appel du service militaire, et il s'est porté volontaire dans les parachutistes. La guerre d'Algérie était à son comble. Le 13 Mai le général Massu avait tenté de se rebeller et le général de Gaulle... mais je m'égare ! C'est mon côté professeur d'histoire. Jean Auguste aurait pu préparer une école d'officier. Mais il était trop impatient. Dès ses classes terminées à Pau il est parti en Algérie. Les événements terminés, il a quand même réussi son entrée à Saumur. Plus tard il s'est inscrit à son tour aux anciens élèves. Ils se sont rencontrés, sûrement lors des manifestations que nous organisions. S'ils se fréquentaient en dehors du banquet annuel, je ne saurais le dire. Je ne sais pas combien de temps il est resté militaire... J'ai appris plus tard qu'il était à la tête d'une usine et qu'il avait acheté un château. Cela ne m'a pas étonné ! Il était un peu m'as-tu-vu ! Ce qui est certain c'est qu'il s'est lassé de nous et qu'il n'est plus revenu au club des anciens.

- Vous savez à quelle époque ?

- Je dirais dans les années 80. Je ne sais pas au juste. Il faudrait que je consulte les listes.

- Vous pouvez le faire de suite ? Excusez-moi… c'est important.

Le vieux professeur sourit et s'en fut au fond de la salle. Il y avait une jeune femme que je n'avais pas vue. Il lui parla à l'oreille. Elle se leva et s'installa face à un écran.

- Nous aurons la réponse dans cinq minutes. Je sais à peine utiliser les ordinateurs. Alors je ne me prive pas des capacités de ma petite secrétaire bénévole. Je ne professe plus. Je suis trop âgé, mais j'écris un livre sur Napoléon. Elle m'aide dans ce travail.

J'aimais bien Napoléon mais je ramenai le vieux prof sur les rails.

- Quand il a cessé d'être inscrit au club des anciens Paul Frémont était-il à son compte ?

- Maintenant que vous le dites. Peut-être.

- Madame Frémont m'a dit que son mari avait ouvert son cabinet en 1983. Souvent les toubibs rachètent une clientèle, si l'on peut dire, à un collègue qui s'en va à la retraite. Et si ce n'est pas le cas il faut louer ou acheter un local. De toute façon il faut un peu de pognon. Et il n'était pas d'une famille aisée, vous venez de dire.

- Sa mère travaillait pour un banquier bien connu sur la place toulousaine, si vous voyez ce que je veux dire. Son père était chemineau à la gare Matabiau.

Pour la banque je voyais que dalle et je réclamai plus d'explications.

- Comment se fait-il alors que ce fils de prolos se soit retrouvé chez vous ?

- Sa mère était la secrétaire du banquier. C'était une bonne catholique pratiquante. Et elle a bénéficié du soutien du curé de sa paroisse.
- Ne me racontez pas des salades, cher professeur ! Elle était pistonnée. Le banquier devait avoir ses entrées au Caousou. Une bonne vieille famille toulousaine, et un établissement religieux comme le votre. Allez…
- Il est vrai, puisque vous insistez commissaire, que sa banque était aussi actionnaire dans notre collège. Sa parole pesait un certain poids. On ne peut pas vivre sans argent quand on veut un enseignement digne de ce nom pour nos enfants.

Je préférai ne point répondre. La gamine se pointa dans mon dos et fit diversion. Pringeant avait fait parti des anciens élèves jusqu'en 1982. Et il n'avait plus donné signe de vie depuis.

Je hochai la tête. J'écrivis dans mon carnet « années 1982 et 1983 ». Que s'était-il passé durant ces deux années-là ? Le toubib avait quitté son poste à l'hôpital Purpan. Éléonore avait apparemment rencontré Paul Frémont. La veste et le bout de page dans la doublure remontaient à cette époque. J'étais comme un apprenti archéologue qui venait de trouver un os minuscule dans la boue d'un chantier urbain. Il ne me restait plus qu'à me gratter les méninges pour mettre à jour le squelette.

Je n'avais plus rien à faire ici. Je pris donc congé de cet excellent vieil homme. Les longs couloirs avaient recouvré leur quiétude. Dans la cour il y avait une certaine agitation. Des parents causaient tandis que les gamins couraient, se défoulaient, les cartables jetés aux pieds des arbres. Ma voiture était entourée d'une assemblée de greluches qui s'esclaffaient autour d'un téléphone qui sonnait bizarrement. L'une d'elles était assise carrément sur mon capot. Son kilt écossais bleu marine était retroussé jusqu'aux cuisses. Quand je me pointai, du haut de ses seize ans à peine, elle me toisa sans vergogne, le regard planté au fond du mien. Elle se laissa glisser lentement au sol tandis que j'ouvrai la portière.
- Quelle petite allumeuse, dit soudain mon piaf qui n'avait rien

d'un kakatoès ni même d'un branle-queue, autre nom plus bidonnant que celui de la bergeronnette.

Mais depuis que je côtoyais mon emplumé, qui avait pour l'heure une sale dégaine avec son plumage hérissé comme s'il venait d'échapper de justesse aux pattes griffues d'un matou, je m'étais documenté et je pouvais dire, sans me vanter, que j'en connaissais un sacré nombre de ces putains de noms d'oiseaux.

Avant que je n'aie eu le temps de refermer la portière il s'engouffra dans l'habitacle et se percha sur le volant.
- Alors mon petit père ! attaqua Édith.

Oui ! Parfois je l'appelais comme la môme Piaf. De toute façon je ne savais pas si l'oiseau était un mâle ou une femelle. Peu importait alors le blaze que je lui refilais. Cette fois-ci notre échange allait être productif. J'attendis la suite, les deux mains posées sur le volant et lui au milieu.
- Il semblerait que la pétasse d'Éléonore te cache des choses. Elle est du genre à se baiser un toubib. Mais vu que celui-ci bouffe les pissenlits c'est elle que tu dois cuisiner jusqu'à ce qu'elle crache.
- Facile à dire !
- Tu n'as qu'à lui faire le coup du confesseur.
- Je l'ai déjà fait à la secrétaire et à la veuve Frémont. Tu ne crois pas que ça fait beaucoup dans une seule enquête.
- C'est ça mon pote ou alors tu la baises pour la faire causer sur l'oreiller, me balança le pioupiou.
- Je préfère le confesseur à choisir. Pour l'oreiller j'ai d'autres ambitions.
- Ouais… la Camilla. Tu as raison c'est un canon et elle doit être chaude la garce.
- Tu veux bien te taire espèce de sale piaf de merde ! Tout compte fait je ne devrais pas me poser autant de questions sur ton putain de sexe. Je n'ai jamais entendu des propos aussi sexistes que les tiens.
- Je te rappelle que d'après ton psy cet oiseau que je suis n'est que le prolongement de ta seule identité. Alors qui est le macho abruti ?

J'abandonnai le sujet.
- D'accord je vais m'y coller. Ensuite ?
- D'après ce que tu viens de pêcher chez les curetons Paul Frémont et le capitaine Jean Auguste Pringeant se sont vus régulièrement jusqu'en 1982. Cette année-là n'évoque-t-elle rien dans ton petit esprit fatigué ?
- Pas vraiment…
- Cherche bien.
- Le jardinier ?
- Lui on ne sait pas. Du moins pas encore. Mais on t'a déjà parlé d'un événement qui devrait te mettre la puce à l'oreille si tu étais moins bouché.
- Je ne vois pas
- La pucelle qui ne l'a plus été un jour.
- Julie ?
- Non ! En 1982
- Une pucelle à cette époque.
- Oui ! Oui ! Tu chauffes.

Soudain l'éclair. Et je m'exclamai :
- Sa mère ! Éléonore.

Les gamines qui papillotaient autour de ma tire se retournèrent et me dévisagèrent en rigolant. Elles devaient me prendre pour un grand-guignolesque en me voyant parler tout seul à mon volant.
- Mais non ! dit le piaf toujours perché en face de moi. Elles ne sont pas de ta génération ces mignonnes, vieux schnock. Elles croient bonnement que tu téléphones. Tu sais pourtant que ça existe les kits de voitures.

Son histoire de bigophone me laissa froid. La secrétaire Simone Pelletier m'avait dit qu'elle avait été prise par le capitaine Pringeant en 1977. Cela m'avait fait marrer. Elle avait connu Éléonore gamine. Celle-ci allait au lycée de Carbonne puis un jour sans explications elle avait été placée pensionnaire chez les frangines de la Côte Pavée. Sauf qu'elle était restée absente sacrément longtemps avant de réintégrer l'école. Qu'avait dit cette chère Simone ? La petiote était en seconde ou en troisième... Cela correspondait aux années 1982 ou 1983. Soudain l'évidence me sauta aux yeux. Cette maladie c' était donc une grossesse. Maintenant à quoi ça m'avançait ? D'après ce que je savais Julie était fille unique. Elle était née bien après. C'était peut-être ça. Ce vicelard de toubib s' était tapé Éléonore. Sous le couvert de la loi Veil, une autre Simone, il lui avait fait sauter le bambino.

J'étais excité comme une gonzesse le soir de sa première boom. J'ouvris la vitre de la portière et dit à l'oiseau de se tirer. J'avais à faire.

Je démarrai en trombe et pris la direction de la côte Pavée. Fort heureusement j'avais noté le nom du collège : Sainte Marie des Champs. Merci le GPS ! Il m'indiqua le « 169 avenue Jean Rieux ». J'arrivai en trombe devant la porte de l'établissement. Il était devenu un lycée. Le portail était fermé. Merde ! Je sonnai et l'on vint quand même m'ouvrir. Ce n'était pas une sœur avec une cornette sur la tronche mais un surveillant. Je lui collai ma carte tricolore sous le nez et lui réclamai à voir n'importe qui pourvu que l'on puisse me dire très vite ce que je désirais entendre.

A l'intérieur des hauts murs, les champs n'étaient plus là. Mais là aussi il y avait un parc. Comme quoi le privé cela avait du bon, question écologie. Le type, efficace, me précéda le long d'un couloir bordé de colonnes. Il poussa plusieurs portes, puis se plaça devant un ordinateur. Puis après quelques clics il désigna l'écran avec fierté. Le nom d'Éléonore était inscrit dans un tableau excel avec des colonnes en couleur. Je me penchai et lus la date d'admission. Le sept janvier 1983. Je le remerciai chaleureusement et je m'en retournai aussi promptement que j'étais venu. Il n'était pas loin de dix-huit heures. Je désirais interroger madame Daurade Éléonore avant ce soir.

23. Oui un véritable barbaresque

Il se mit à tomber des cordes. Je pris la direction de la route d'Espagne et j'appuyai sur le champignon. L'avantage d'être officier dans la flicaille c'était de pouvoir disposer d'un gyrophare et de se déplacer au mépris des limitations de vitesse et des radars. A Rennes les ordinateurs géraient la paperasse. Ils étaient incorruptibles. Alors autant annoncer la couleur si je voulais rouler plus vite. L'époque où je me faisais sauter les contraventions était révolue.

La grille du château était ouverte. Je me garai et longeai à pied le bassin. Quelqu'un avait stoppé la pompe du jet d'eau. Chez les Daurade il n'y avait personne. Je fis le tour et passai par la terrasse. Il y avait pas mal d'agitation. Éléonore engueulait copieusement la pétillante Charlotte. Mon arrivée stoppa le flot sonore des deux femmes. Elles me dévisagèrent avec animosité. Sans aucune fioriture je priai Charlotte de ficher le camp et entraînai Éléonore dans le jardin.

La pluie avait cessé d'un seul coup. Le fond de l'air était un mélange de fraîcheur et de douceur. J'avais repéré dans un coin de la terrasse un salon d'été mais les fauteuils étaient humides. Nous restâmes donc debout, appuyés sur la rambarde, face au parc.

Madame Daurade avait compris qu'il valait mieux ne pas me prendre à rebrousse-poil. Elle croisa les bras et attendit un tantinet nerveuse. Je sortis une clope de la poche plaquée de ma veste, et sans lui demander si cela la dérangeait, je l'allumai avec volupté.

- Vous m'avez menti !

Ce genre de phrase en début de discussion faisait toujours son effet. On dit « discussion » quand on est avec des gens chics et « interrogatoire » quand on est avec des prolos, m'avait souvent répété le volatile. Je regardai anxieusement autour de moi mais il n'était pas là.

- Plaît-il ?

Elle m'avait déjà balancé cette interrogation vicelarde la veille, lors de notre premier rencontre. Elle me l'avait retournée avec dédain, comme un revers de tennis sur un engagement. Dépité, je me concentrai à nouveau sur ma nouvelle balle :

- Hier vous m'avez affirmé que vous ne connaissiez pas le docteur Paul Frémont. Je vous rappelle que c'est lui qui a été occis avant votre mari.

- J'ai une excellente mémoire et je me souviens de ce que je vous ai dit. Je persiste donc dans ma réponse. C'est non !

Avec un sourire perfide je lui tendis le billet sur lequel était griffonné son prénom. Elle s'en saisit, y jeta un œil détaché, et me rétorqua :

- Cela ne veut rien dire. Rien ne prouve qu'il s'agisse bien de moi. Où l'avez-vous trouvé ?

- Ben justement ! Dans la poche d'une vieille veste de Paul Frémont. C'est sa veuve qui me l'a donné.

- Et le numéro de téléphone, j'imagine que vous avez appelé pour voir qui décrochait à l'autre bout ?

- Il n'y a plus d'abonné.

- Et bien, commissaire, je vous souhaite bien du courage pour trouver à qui il appartenait. Avec la pagaille qu'il y a aux Télécoms ce n'est pas demain la veille que vous aurez le renseignement.

La garce ! Elle marquait encore un point gagnant. Cette bonne femme possédait un sacré aplomb. Je contre-attaquai.

- Le papier était dans une veste oubliée dans un grenier il y a une vingtaine d'années. Voyez-vous je m'intéresse aux années quatre-vingt mais pas pour les chansons discos. Votre défunt père et ce médecin se sont connus sur les bancs du collège. J'en ai eu la confirmation de la bouche même d'un vieux jésuite qui avait été leur professeur. Ils se sont revus ensuite, notamment dans le cadre des anciens élèves. Et bizarrement en 1982, votre père a cessé définitivement d'y aller. Quant à la troisième victime, nous savons aussi qu'il était l'ami de votre père. Trois hommes d'une même génération, trois hommes qui se sont connus. Trois hommes enfin qui ont été assassinés de la même façon. Pour moi, madame, ce n'est pas un serial killer. Cela pue le règlement de compte. Certes avec une certaine mise en scène ou bien parce que le meurtrier ne sait pas se servir d'une autre arme. Alors je vous pose la question. Que s'est-il passé en 1982 ?

- Rien ! Comme voulez-vous que je le sache ?

- Si nous parlions alors du jardiner ? Charmant cet homme... Il a passé son enfance à Rieux, vous le saviez ? Bien sûr... Vous avez presque le même âge. Durant votre adolescence vous vous êtes rencontrés. Je ne sais pas… Tout simplement au lycée à Carbonne avant que votre père ne vous expédie chez les bonnes sœurs à Toulouse. Ou dans une fête foraine, un bal ou un café ? Carbonne, Rieux et le château, tout ça, c'est dans la même zone. Facile en mobylette ?

- Mon père était strict et je n'avais pas d'engin de la sorte.

- Oui ! Je m'en doutais. Il y avait la voiture à papa. Mais les garçons, oui ! A cet âge-là on se prête les mobs, où l'on se fait porter sur le porte-bagage. Alors vous le connaissiez ?

Éléonore Daurade s'énerva. Elle posa les mains sur la table métallique et se redressa pour me faire face. Un petit caniche enrubanné qui aboyait.

- C'est une manie que vous avez de me demander si je connais un tel ou un tel ! Je n'en sais rien. A l'époque, comme je vous l'ai dit, je sortais très peu à cause de mon père. Si j'ai rencontré ce garçon à… à la boulangerie, ou ailleurs, je ne m'en souviens pas. Vous avez vu le physique du jardinier. Avec ce visage, sa carrure, et en plus cette barbe jamais rasée. Il n'a plus rien à voir avec un adolescent imberbe.

- Oui un véritable barbaresque.

- Et puis ce n'est pas moi qui l'ai embauché. C'est mon père et je l'ai très peu croisé. Il fait ce qu'il veut dans le potager et dans le parc. D'ailleurs, maintenant que mon père n'est plus, je vais mettre bon ordre à ça si vous le relâchez ! J'ai cru comprendre que vous le reteniez au commissariat.

- Les nouvelles vont bon train à ce que je vois…

- C'est un village ici. Tout se sait rapidement.

- Oui tout sauf le nom de l'assassin.

Elle fit mine de partir mais je lui choppai le bras et l'obligeai à me regarder.

- Vous oubliez juste un détail, madame Daurade. Vous avez été absente de février 1982 jusqu'aux fêtes de fin d'année. Vous ne trouvez pas que ça fait long pour une angine. Ce n'est pas vous qui m'avez dit hier que vous étiez rarement malade ? Plus de neuf mois.

- Où voulez-vous en venir ? Cela ne vous regarde pas.

- Oh que si ! Tout ce qui s'est passé cette année-là me regarde…Qu'aviez-vous ?

- Rien !

- Dépression…Anémie…Grossesse ?

- Je ne vous permets pas.

Elle se leva soudainement, fit basculer une chaise, traversa la terrasse vide et fila d'un pas vif vers l'escalier. J'allumai une deuxième clope et l'observai à travers mon écran de fumée. Elle contourna le château et disparut de ma vue. Il était clair que j'allais revenir plus tard pour la cuisiner. Pour l'heure je la laissai mariner dans son jus.

24. Quel gosse ?

Maintenant j'étais pressé d'interroger encore le jardinier. Les gendarmes le détenaient dans la même pièce. Il était en garde-à-vue depuis dix-sept heures. Le juge était passé et reparti en coup de vent. Le gendarme qui avait assisté à l'aubade pour le roi du Papogay n'était pas revenu. Il y avait la fête foraine et un bal de prévu. Le garçon avait peut-être rencontré une bergère. Je ne lui avais pas donné d'horaire pour revenir. En outre je n'étais pas son supérieur. C'était déjà super qu'un jeunot de la gendarmerie veuille bien aider un flic de la capitale. Il avait accepté ce rôle de lui-même. On verra bien, me dis-je ! Je ne m'attendais pas à grand-chose de ce côté-là.

Le jardinier était debout et regardait à l'extérieur. Je le priai de prendre une chaise et j'ouvris la fenêtre pour donner un peu d'air. A peine ai-je eu le dos tourné que mon illusion volante s'engouffra dans la pièce. Elle se percha sur l'épaule de Driss.
- C'est vrai qu'il a la gueule d'un terroriste barbu !

L'oiseau disait des conneries pour ne pas changer.
Cet homme était baraqué et il ne se rasait pas. Avec son visage saharien, ses traits marqués, son blouson de cuir noir rapiécé, son jean troué aux genoux, ses baskets pourris de chez pourris, il n'inspirait guère confiance. Il ne fallait jamais se fier aux apparences comme le font systématiquement les imbéciles.
- Si j'en crois votre carte d'identité vous êtes né en 1965. Comme il n'y a pas de lycée à Rieux, j'imagine que votre mère vous avait mis à celui de Carbonne.
- C'est exact !
- Jusqu'à quand ?
- Je l'ai quitté quand nous sommes repartis à Paris.
- Bien ! Vous avez donc connu Éléonore Pringeant qui est plus jeune que vous d'un an. Elle bonne élève sans doute, vous plutôt à la traîne... Vous vous êtes peut-être trouvés dans la même classe ou ce qui est sûr, dans la même cour de récréation. Osez me dire que vous ne la connaissiez pas ?

Ma conviction le déstabilisa. Il roula des yeux égarés d'un bout à l'autre de la pièce et tenta d'échapper à mon regard. Je cognai du poing sur la table.

- Regardez-moi quand je vous parle, répliquai-je d'un ton peu amène.

Comme il s'obstinait j'attendis. Le silence lui fut encore plus pénible à supporter. Enfin il leva ses yeux sombres vers les miens. Il murmura :

- Oui ! Je la connaissais.

- Vous la connaissiez comment ? C'était votre petite amie ?

- On a un peu flirté…

- C'est ce qu'elle m'a dit ! mentis-je effrontément.

Les barrières tombaient les unes après les autres.

Sa garde-à-vue et sa proche mise en examen que lui avait certainement annoncée le juge, au vu des preuves que nous avions contre lui, avait suffi à faire ce travail de sape. Les empreintes sur la flèche étaient bien les siennes ainsi que la marque de ses bottes. Sans parler du fumier !

- Vous avez joué à papa et maman dans les champs ?

Le touareg piqua un fard avec cette désagréable impression que vos joues sont en feu. Il répondit dans un souffle.

- Une ou deux fois…

Je n'en demandais pas tant ! J'enfonçai le clou :

- Et le gosse ?

- Quel gosse ?

- Celui que vous avez fait à Éléonore.

- Oui, surenchérit l'oiseau qui était resté silencieux jusqu'à maintenant. Le Pinocchio que tu lui as fichu dans le bide !

- Elle n'a jamais été enceinte…

- Et son absence au lycée de neuf mois passé ?

- Mais je n'en sais rien moi ! Nous étions à Paris. C'est son père, ce salaud qui est responsable de tout.

- Tiens tiens… son père. Voyez-vous ça… Allez parlez ! Que s'est-il passé avec le capitaine ?

- Il nous a surpris un soir que je la raccompagnais à la grille du château.
- Et oui ! Les pauvres n'ont pas le droit de fréquenter les riches. Vous ne le saviez pas ? Racontez-moi ce qu'a fait le vieux !

Les yeux à nouveau baissés il continua :
- Nous nous étions rencontrés un dimanche au stade de foot. Elle avait un cousin qui jouait dans l'équipe adverse. Elle avait eu l'autorisation de venir voir le match. Nous étions sur le bord de touche et je l'ai draguée. J'ai eu la chance d'être là au bon moment. C'est tout ! Nous nous retrouvions quand elle pouvait s'échapper. Elle avait une copine, plus libre qu'elle, qui servait de messagère. Il n'y avait pas de téléphone à ce moment-là.
- Dis donc… elle était délurée la petite Éléonore. On ne le dirait pas à la voir aujourd'hui avec son chignon, son air pincé et sa façon de marcher bas du cul, s'exclama mon galapiat d'oiseau.

Heureusement Driss ne pouvait rien entendre… Il poursuivit et je notai par-ci par-là quelques mots-clés comme à mon habitude.
- Un jour je l'ai raccompagnée après la classe et nous avons un peu tardé en chemin. J'avais une mobylette.
- Tiens ! Tu avais raison pour une fois ! poursuivit le piaf.
- Son père nous est tombé dessus. Éléonore a reçu une gifle et j'ai cru qu'il allait me démolir. Il m'a injurié, m'a traité de sale petit moricaud, et m'a dit de ficher le camp. J'ai eu peur et je suis reparti. J'ai tout raconté à ma mère et elle n'était pas contente. J'étais amoureux, bien sûr. Comme on peut l'être à cet âge. Et puis nous avions fait notre apprentissage amoureux ensemble. On n'oublie pas la première fille que l'on a serrée dans ses bras.
- Oh le con ! Il a des lettres, il nous pompe du Brassens, proféra le volatile.
- Continuez, monsieur Ben Arfa.
- Le lendemain Éléonore n'est plus venue en classe. Une semaine a passé. Un soir en rentrant chez moi il y avait le capitaine et un des ses copains, en tenue de chasse. Ils étaient dans notre cuisine...

118

- Ce copain c'était Étienne Laroque, le type que l'on a trouvé au plan d'eau avec vos empreintes de bottes, n'est-ce pas ?

- Je n'en sais rien ! Je vous dis il y a longtemps… et ce gars je ne l'ai jamais revu depuis.

- Rieux est un petit village, cela m'étonnerait que vous ne l'ayez pas croisé…

- Mais puisque je vous le dis !

- Bon… admettons ! Poursuivez.

- Ma mère avait préparé trois valises. Elle pleurait. En voyant ça j'ai voulu la défendre mais je me suis pris une baffe. J'ai essayé de ruer dans les brancards mais la brute m'a immobilisé en me tordant le bras. Le capitaine a entraîné alors ma mère sans ménagement dans une fourgonnette. Ils ont chargé les valises et nous avons roulé toute la nuit jusqu'à Paris. En fin de matinée je faisais la connaissance de mon père et aussi de toute sa famille. Oncles, frères, sœurs, la smala marocaine... Ils ont fait la fête mais nous étions prisonniers. Les deux malades étaient repartis aussitôt. Ils avaient ramené ma mère à son point de départ.

- Que s'est-il passé ensuite ?

- Je ne sais pas. Quand je dis que l'on était prisonnier ce n'est pas le mot.   Mes parents n'étaient pas divorcés malgré les années. Ma mère n'a pas eu le courage de fuir une autre fois. Quelques temps après elle est tombée en dépression. J'ai essayé de l'aider, de la protéger. Je voulais la convaincre de repartir. Mais il y avait toujours une belle-sœur ou un homme de la famille dans nos jambes. Les mois ont passé. La cité était un nid de délinquants. Je commençais à traîner dans les cages d'escalier car il n'était plus question d'école pour moi. Mon père m'a placé en apprentissage chez un pépiniériste. Un gars du bled ! En réalité il ne voulait pas que je reste un obstacle entre lui et sa femme. Voilà ! Quand ma mère est morte il y a presque un an je suis redescendu pour vivre ici. Au café j'ai entendu dire qu'au château ils cherchaient un jardinier et je me suis présenté.

- Quelle a été la réaction d'Éléonore en vous voyant ?

- Elle ne m'a pas reconnu ou alors… elle a fait semblant. Je lui ai très peu parlé.

- Et le capitaine vous a-t-il reconnu ? Quand il vous a engagé il a vu pourtant votre nom ?

 - J'ai eu peur de cela. Mais il n'a pas réagi. Après tout, peut-être ne s'est-il pas souvenu de mon nom ?

- Ouais ! C'est cela… Un nom arabe pour un raciste c'est du chinois ! railla mon image à bec.

-Vous n'aviez aucune rancœur contre lui après toutes ces années ? repris-je.

- Je suis musulman et pratiquant. J'ai appris à pardonner. Je ne suis plus un gamin écervelé.

- Vous êtes célibataire à ce que je sais. Par hasard, vous ne seriez pas toujours amoureux d'Éléonore ?

- C'est vieux tout ça ! Je n'ai rencontré personne et il faut de l'argent pour se marier.

- Pourquoi ne va-t-il pas au bled se chercher une fille qui ne demandera pas mieux de venir faire des gosses sur le sol français ! balança l'oiseau.

- « Arrête avec tes propos racistes », répondis-je très fort dans ma tête pour faire taire cet abruti. Je rouvris les yeux et prononçai :

- C'est tout ce que vous avez à me dire, monsieur Ben Arfa ? Cette histoire ne plaide pas en votre faveur. Les empreintes des bottes et celles sur la flèche, cela fait beaucoup, vous ne trouvez pas ? Vous avez intérêt à vous prendre un avocat.

- Si vous me l'offrez !

- Dans ce cas ce sera l'état qui vous en commettra un d'office.

Puis je le laissai. J'allai chercher dans le bureau de l'adjudant-chef une photo fraîchement imprimée du visage du cadavre d'Étienne Laroque. Je revins la montrer au jardinier qui la regarda avec attention. Il hésitait à me répondre. Il était évident que cela chargerait davantage le bourricot s'il le reconnaissait. Puis fataliste, il me répondit.

- C'est lui qui était avec nous dans la fourgonnette.

- A bientôt. Je viendrai vous revoir en cellule avant le tribunal.

- C'est ça ! Inch Allah !

Je refermai la fenêtre et l'abandonnai, prostré sur sa chaise.

Un gars qui était peut-être un assassin. Il avait tenu un arc dans sa jeunesse. Il avait un mobile, certes léger, mais certains s'étaient vengés pour beaucoup moins. Et puis, je n'avais rien d'autre à me mettre sous la dent. Par contre j'en savais assez pour repartir cuisiner la petite mère Éléonore afin d'éclaircir cette histoire de maladie qui n'en était pas une.

Je restais une demi-heure supplémentaire avec l'adjudant-chef pour faire le point sur les avancées et sur ce qu'avait surtout dit le juge. Il était dix-neuf heures à ma montre, une Breitling acheté d'occase, avec son chronographe Royal Air Force. J'en avais une dizaine, dans une boite acajou qui ne me quittait jamais. Un luxe que j'assumais pleinement.

Soudainement je pensai à ma charmante hôtesse. Rien ne m'obligeait à continuer de bosser. M'avait-elle réservé un repas en tête-à-tête comme la veille ? Après tout je n'étais qu'un commissaire consultant. Je n'avais plus à m'investir dans une enquête comme je le faisais auparavant, presque nuit et jour. Pour ce que j'en avais récolté comme reconnaissance !

25. Cesse ton gazouillis philosophique

Je sortis une cigarette que je m'étais roulée avant de pénétrer dans cette gendarmerie aseptisée.

L'auberge était à deux pas. Je garai la voiture et poussai la porte. Il n'y avait personne. Je montai dans ma chambre et je pris vite fait une douche bouillante. Je changeai de liquette, sans remettre de cravate et choisis avec soin une nouvelle montre. La fameuse Vulcain une réplique plus moderne de celle qui avait séduit le président Harry Truman. Elle coûtait les yeux de la tête. Je m'étais endetté pour avoir le plaisir intense de la porter au poignet. Que n'aurais-je pas fait pour être réveillé au stridulant chant du cricket !

- Un jour tu vas te faire piquer ta boite et tu seras moins fier ! dit le reflet de l'oiseau dans la glace de l'armoire.
- Je sais mais je m'en fiche. Je ne me fais plus de soucis pour des choses si futiles. Si on me les vole j'en rachèterais d'autres.
- C'est pour la belle Camilla que tu as mis celle-ci. Tu vas faire fonctionner ton cricket pour l'épater ?
- Et pourquoi pas ? Allez taille-toi et ne viens pas me rendre visite quand je serai avec elle.
- Je ne sais pas ! Mais si on parlait de l'enquête…
- Qu'as-tu à me dire de spécial que je ne sais déjà ?
- Ne sois pas si présomptueux. Tu sais bien que tu ne peux pas te passer de moi. Lorsque tu es seul tu t'emberlificotes dans des raisonnements à n'en plus finir.
- Vas-y donc l'oiseau !
- Ceux que tu as interrogés te mentent soit par omission soit sciemment. La seule qui est sincère c'est la veuve du toubib. Par contre Éléonore et le jardinier ont encore bien des secrets. Marthe Pringeant, au seuil de sa mort, cache ce qui est arrivé à sa fille. Driss t'a avoué avoir eu des relations sexuelles avec elle. Bizarrement Éléonore tombe malade plus de neuf mois. Durant tout ce temps personne ne l'a vue à l'école. Où a-t-elle passé cette période la petite oie ? Au château avec papa et maman ? Non bien sûr ! Elle était logée ailleurs. On a voulu la soustraire rapidement aux regards des autres. Cela n'a rien d'une coïncidence. Il y a fort à parier que la gamine s'est faite

engrosser. Puis Jean Auguste Pringeant se fâche. Il évacue brutalement la mère et le fils avec son copain Étienne Laroque. Tout se tient !

- Maintenant la seule question est : qu'est devenu le gosse ? répondis-je à cette brillante déduction.

- C'est là qu'intervient le médecin, poursuivit le piaf. Ce Paul Frémont a certainement pratiqué un avortement. Tu sais ce truc que vous faites vous les humains à vos femelles…

- Bon ça va ! Cesse ton gazouillis philosophique de bas étage. Continue plutôt.

- Trois vieux qui se sont fait embrocher comme des cailles. Trois saligauds impliqués dans une vieille histoire qui remonte à la surface quelques mois après le retour du père potentiel. Que tout accuse… A mon avis c'est du tout cuit !

- Ce qui ne cadre pas dans ton hypothèse c'est l'avortement. C'est une famille de catholiques et cela va à l'encontre de leurs croyances.

- Marthe Pringeant est sincère dans ses convictions. Par contre le capitaine était un militaire. Il allait à l'église quand ça lui chantait, pour maintenir son rang social dont il était très fier. Pour éviter le scandale, d'après ce que l'on sait de lui, rien ne l'aurait arrêté.

- Que fais-tu du mot dans la poche du médecin ? dis-je.

- Cela confirme qu'il connaissait Éléonore. Il n'était pas son amant comme on aurait pu le croire. Mais elle était sa patiente.

- Pourquoi pas. Il aurait donc revu Éléonore des années après l'interruption de grossesse.

Le piaf s'échappa du miroir. Il voleta dans la chambre, comme pour se dégourdir les ailes, puis il se posa sur mon épaule, près de l'oreille, pour continuer la conversation.

Je repris le résonnement.

- Driss a grandi Il est devenu un homme. Il aurait appris pour l'avortement et il se serait donc vengé. C'est ce que tu présumes le piaf ?

- Oui, il doit savoir, dit l'oiseau. Mais pour le prouver cela ne va pas être de la tarte.

- Dans quelle clinique l'opération a-t-elle eu lieu ? demandai-je.

- Mon petit commissaire ta question manque encore de jugeote. Ce n'est pas la première fois. Enfin ! C'est comme ça. Je te rappelle donc que le capitaine Pringeant a bénéficié de l'aide de son pote le médecin. Il lui a offert du fric en échange de ses services. N'oublie pas qu'il a ouvert son cabinet après les événements. Il leur a été facile de falsifier la paperasse.

- Le scénario paraît plausible. Mais j'ai encore du mal à voir Driss dans la peau de l'archer noir.

- Le ressentiment est une plante qui te mange la raison et le cœur. C'est un type solitaire. Il rumine depuis des années sa vengeance.

- Oui, j'admets que le vieux lui a joué un tour de salaud en le ramenant avec sa mère à Paris. Mais après tout cela lui a permis de connaître son père.

- Il battait sa mère, rétorqua l'emplumé.

- Peut-être s'était-il amendé ? Ils ne sont plus repartis. On peut donc penser que la situation du couple s'est arrangée. De là à tuer trois personnes !

- Tu oublies l'avortement ! Pour certaines personnes, c'est un assassinat. Driss est musulman. Dans le Coran il n'est pas écrit qu'une femme puisse faire sauter son polichinelle sous prétexte qu'elle est trop jeune ou je ne sais quelle autre raison. Crois-moi ! Ton séjour en Haute-Garonne ne va pas s'éterniser. Ton Ben Arfa fera un coupable idéal. Tu devrais essayer de conclure avec ta jolie Camilla. Sur ce, je me tire et bonne jouissance !

Le volatile quitta mon épaule et fila droit vers la glace de l'armoire. Il s'y enfonça et je le perdis de vue.

26. J'ai le visage comme un vieux chiffon

La glace me renvoya mon image. Un homme qui avait besoin de se faire couper les cheveux, de se raser aussi, ce que j'avais oublié de faire, si je voulais séduire ma belle ce soir, et en prime, quémander auprès d'un génie quelques années de moins. Le temps passé ne se rattrapait pas. Il me filait entre les doigts. Je n'étais pas le seul mais cela ne m'aidait pas. Quand j'y pensais ce n'était jamais agréable. Mon foutu piaf avait raison. La vie était trop courte pour songer à gâcher une soirée. Je me rasai en vitesse et je partis en quête de mon hôtesse.

Je descendis et frappai à la porte de son appartement. Il n'y avait personne. Dehors, il n'y avait plus sa voiture. A l'évidence il n'y aurait pas de dînette comme la veille, me dis-je déçu. Soudain, je me rappelai qu'elle avait mon numéro de téléphone. Je ne consultais jamais ma messagerie. Sur ce point-là j'étais indécrottable. Je remontai aussitôt dans la chambre consulter mon portable que j'avais laissé sur la table de nuit. J'avais eu raison. Il y avait un message expédié dans le courant de l'après-midi. Il était bien de Camilla et elle disait : « à ce soir au bal ». J'avais oublié qu'il y avait un bal au village. Il ne me restait plus qu'à partir à sa recherche.

La voiture garée sur le parking de la gendarmerie je n'eus qu'à suivre la foule pour trouver le lieu des festivités. Il y avait des dizaines de voitures sur les trottoirs. La verbalisation pour stationnement n'était pas la priorité pour les gendarmes. Le jardinier, toujours en garde-à-vue, attendait son transfert pour sa mise en examen. Une surveillance renforcée avait été mise en place. Trois camions de CRS, avec gilets pare-balles et tout leur attirail à la façon de Rambo, avaient pris leur position. La population avait besoin d'être rassurée. Le préfet avait donc donné des directives dans ce sens.

Il y avait beaucoup du monde. Derrière les cris des enfants, les bruyantes discussions des adolescents, l'inquiétude sourdait cependant dans les yeux des adultes. Je restais un moment à fumer une tige. Des bambins munis d'une canne à pêche essayaient de décrocher des canards. Les fêtes foraines me foutaient le cafard. Elles me renvoyaient à ma fille et à ma jeunesse. Quand il ne resta plus que le mégot je passais au stand suivant. Il était encore tôt et il n'était pas certain que Camilla soit déjà là. Je n'étais pas pressé et je déambulais laissant le hasard me guider. Quant à l'orchestre il faisait ses gammes. Il n'avait pas encore commencé à jouer.

Une roulotte rouge proposait des saucisses et des sandwichs. Je faillis craquer pour un hot-dog mais j'optai plutôt pour un verre de bière à la guinguette.

Le comité des fêtes de Rieux avait mis en place des tables sur l'esplanade. Il y en avait encore une de libre et je m'y installai. Je posai mon verre en plastique consigné un euro pour éviter que les soiffards ne transforment le lieu en une vaste poubelle, et soupirai d'aise… Une clope au bec, une bonne gorgée de bière fraîche et quelques notes d'une guitare électrique suffirent à voler une étincelle de bonheur à mon fichu destin de flic solitaire.

Je profitai pleinement de la plénitude de ce court répit pour me régénérer le corps et l'esprit.

Le concert n'avait pas débuté mais le guitariste se chauffait les doigts sur un vieil air de Dire Straits. Ce morceau « Sultans of swing » me propulsa dans une R16 que je m'étais achetée avec mon premier salaire. A l'époque je roulai comme un dingo avec la musique à fond la caisse. La sonorité incroyable que parvenait à produire Mark Knopfler avec sa guitare m'avait fait croire, un temps, que ma vie se déroulerait au même rythme joyeux et conquérant.

Je regardai ma belle montre. Presque vingt-et-une heures. Que de chemins parcourus, et de carrefours ratés ! Je connaissais à peine mon hôtesse et je m'emballai déjà. J'avais toujours été comme ça. Excessif, sans mesure, tout ou rien ! Et tout de suite…

Une main pressa mon épaule. Perdu dans mes pensées je ne l'avais pas vue venir. Elle me contourna et se posa dans une envolée de Guerlain sur la chaise que j'avais eu la précaution de garder pour elle.

- Bonsoir mon cher commissaire !

Son accent m'offrit ce soleil qui me manquait tant.

- Vous êtes en beauté, dis-je, en voulant donner à ces mots flatteurs toute la séduction dont je disposais. Et ce n'était pas beaucoup ...

- J'ai le visage comme un vieux chiffon, plaisanta-t-elle.

Je ne sus que répondre. Elle avait lâché ses cheveux. Ses yeux maquillés et pétillants fouillaient la foule qui grouillait. Elle portait une veste en cuir rouge sur un chemisier qui laissait deviner sans pudeur un soutien-gorge sexy. Si l'oiseau avait été là il n'aurait pas manqué de faire une allusion salace. Je chassai son image. Négligemment, je reculai en arrière sur ma chaise pour admirer la suite. Une jupe noire sur des jambes gainées et de beaux escarpins rouges. Bigre, cela me plaisait beaucoup ! Comme la plupart des mecs, les femmes juchées sur des talons me faisaient beaucoup d'effet.

Camilla avait remarqué mon manège Elle se laissa reluquer avec une mimique satisfaite. La fixette sur ses pompes n'était pas passée inaperçue. La jeune femme prit la peine de m'expliquer,

- C'est une vieille paire pour danser le tango. Je me suis marié en Espagne où j'ai longtemps habité. Ce que vous ne savez pas, commissaire, c'est que je suis née à Buenos-Aires. J'y ai passé ma jeunesse. Là-bas, les filles ont ce genre de chaussures. Elle ajouta pour me tester :

- J'espère que vous savez danser le tango ?

Merde ! Je n'avais pas prévu ça. Je n'avais aucune idée de la façon dont il fallait s'y prendre pour danser le tango argentin. Ni même d'autres danses. Excepté le slow, et le baratin qui va avec, que j'avais déjà expérimenté lors de quelques mariages ou de virées en boite de nuits fortement alcoolisées. Je tentai de m'en sortir avec de l'humour.

- Désolé ! Me battre avec des voyous, tirer au flingue et m'enfiler du whisky, ça je sais faire !

- Évidemment mais si vous le désirez je veux bien vous apprendre.
- Pas ici j'espère. Le ridicule ne tue pas mais il me faudra un minimum de concentration et si je vous tiens dans mes bras cela va être difficile.
- Et pourquoi donc, minauda-t-elle ?
- Allez ! Vous avez bien vu que vous me plaisiez…

Elle me fixa et me répondit comme une promesse.
- Ne vous inquiétez pas. Je vous apprendrais chez moi, à l'abri des regards indiscrets.

Cette phrase assassine me déstabilisa et me fit rougir jusqu'aux oreilles. Je rétorquai pour cacher ma confusion :
- Vous n'avez pas faim ?
- Si un peu... mais un verre de bière et quelques frites suffiront. L'orchestre ne va pas tarder. Je me suis renseignée. Ils vont commencer à jouer pour les vieux. Et s'il y a un ou deux tangos je ne voudrais pas les louper.
- Pas avec moi ?
- J'ai un cavalier attitré. Voyez le monsieur qui attend là-bas près de la dame en bleu turquoise…
- Le petit bonhomme ?
- Oui ! Il ne faut pas se fier aux apparences, vous devez bien le savoir lors de vos enquêtes. Il danse comme un maestro et le top c'est que sa femme ne sait pas danser.
- Donc il vient vous chercher ! C'est votre amant ?
- Idiot ! Non… Je ne sais même pas son nom. Il y a trois ans il est venu m'inviter en claquant des talons et en faisant une courbette à l'ancienne.
- Et alors ?
- Depuis nous avons un rendez-vous tacite et muet à chaque fête.
- Vous ne vous parlez pas ?
- Non ! Juste bonjour, merci, au revoir…
- Et quand vous vous rencontrez au village ?
- Cela n'est jamais arrivé. Il ne doit pas habiter ici.
- Ben ça alors !

- On n'a pas besoin de se parler quand on danse.

J'étais curieux de les voir. Il y eut des valses, du Paso doble, d'autres trucs, puis l'accordéoniste annonça un tango. Le petit bonhomme se catapulta de sa chaise, sourit à sa femme qui donna son assentiment d'un petit signe de la main. Il se dirigea vers Camilla qui attendait, droite et frémissante d'impatience, sur sa chaise.

Camilla dépassait son cavalier d'une tête. Si cela fit sourire quelques-uns lorsqu'ils exécutèrent leur « abrazo » dans les règles de l'art, dès le premier pas, tout le monde comprit à qui ils avaient à faire.

Les pieds du bonhomme, chaussés de pompes vernies, étaient animés d'une vie propre. Ils se déplaçaient avec détermination autour des chaussures rouges qui se laissaient entraîner en toute confiance dans cette marche musicale. Camilla tenait les yeux fermés et se laissait guider, exécutant des figures savantes. Le buste face à celui de son partenaire, pivotant parfois comme une toupie, lançant la jambe en arrière avec une allure folle, elle paraissait anticiper toutes les intentions du bonhomme. Elle aussi, était une danseuse exceptionnelle. L'accordéoniste les avait vus. Le couple se déplaçait avec aisance parmi les autres danseurs. Ceux-ci, intimidés par tant de virtuosité, s'écartaient peu à peu pour leur laisser un espace dont ils n'avaient pas besoin. Le tango, pensai-je, c'était comme les bagnoles. Il fallait savoir sacrément bien conduire pour mener une fille comme Camilla. Ce n'était pas demain la veille que je pourrais m'y frotter comme ce petit homme. Jamais je n'avais vu une démonstration de tango dégageant une sensualité aussi forte. Chacun de ses mouvements était une caresse. Physiquement mal assortis, ces deux-là étaient en osmose parfaite. Ils partageaient à l'évidence et sans équivoque un plaisir intense.

L'orchestre poursuivit par un deuxième tango et la piste alors se vida, laissant Camilla et son cavalier d'un soir poursuivre leur prestation. Les spectateurs applaudirent à la fin. Puis une salsa suivit et la magie cessa. Camilla me rejoignit rouge de plaisir et de l'effort fourni. Elle se jeta sur son verre de bière et le vida à moitié. Je ne savais que dire. Je me contentais de la regarder béat d'admiration.

- Et c'est ça... ce que vous voulez m'apprendre ?

Elle s'esclaffa et me répondit par l'affirmative.
- Et bien, il y a du boulot !

Nous nous enfilâmes une bière supplémentaire pour faire glisser les frites qu'en bon chevalier servant j'étais allé quérir. Puis nous décidâmes de nous balader. La fête foraine n'était pas étendue. Nous nous perdîmes dans l'obscurité complice du stade de foot attenant à l'esplanade. Camilla s'était accrochée à mon bras. Elle s'y appuyait avec une intimité annonciatrice d'une autre plus chaude. Nous en étions là de notre romance quand mon portable se mit soudain en branle dans la poche intérieure de ma veste. Pour une fois je parvins à trouver la touche verte appropriée et à appuyer dessus avant que la messagerie ne se mette en marche. A l'autre bout c'était la panique.

Et un gendarme paniqué cela fait un drôle de chahut...

Notre prévenu, Driss de mes deux, venait de se faire la belle. Il avait assommé son gardien et lui avait piqué son flingue. Je raccrochai la mine défaite. Le pauvre gars était dans le coma et les pompiers avaient du mal à le réanimer. Un hélico était en route pour l'évacuer sur l'hôpital de Purpan à Toulouse.

J'expliquai fébrilement à Camilla ce qui se passait. D'une façon cavalière je lui collai les mains sur les hanches pour l'attirer contre moi et tenter de lui voler un baiser. Mais la belle eut un mouvement de recul. Mes lèvres gourmandes durent se contenter de la fraîcheur de sa joue droite. Rouge de confusion je la plantai sur la pelouse en lui promettant de la retrouver au plus vite.

27. Merde ! Ce n'est pas bon.

J'accélérai la cadence, tentai même un petit pas de course mais, je dus me rendre à l'évidence. Le souffle me manquait. Putain de cigarette ! J'arrivai cependant sur les lieux et m'engouffrai à l'intérieur. L'adjudant-chef était planté au milieu de ses hommes. Il donnait de la voix avec un téléphone à l'oreille. C'est dans la mouise que les caractères ressortent. Si jusqu'ici ce brave type ne m'avait pas fait l'effet d'être une pointure, en cet instant présent, il avait de la gueule. C'était un meneur d'hommes. Il ne volait pas son rang de patron. J'attendis qu'il finisse au bigophone, qu'il donne ses ordres à ceux de sa troupe qui étaient encore là, puis je me renseignai :

- C'est quoi ce foutu bordel !
- Il a assommé un de mes gars avec la chaise puis il a filé. Il a pris l'arme.
- Il a fui comment, à pied, en voiture ?
- Certainement à pied. Il n'a pas de permis de conduire.
- Ce qui ne veut pas dire qu'il ne sait pas conduire. Il en a peut-être volé une ?
- Les gens sont à la fête. S'il y a une voiture volée nous le saurons assez tard quand le public rentrera chez lui.
- Ouais ! Les routes ?
- C'est fait ! Celles des environs sont déjà bouclées ou en passe de l'être. Il ne peut pas nous échapper. S'il a pris la clef des champs on le retrouvera, malgré la nuit. Une équipe canine est déjà partie de Toulouse. Ce n'est qu'une question d'heure. Des renforts de CRS arrivent. Il est armé et cela ne présage rien de bon.
- Putain de moine ! Malgré les preuves je n'étais pas certain que ce soit lui. Sa fuite c'est comme un aveu ! A-t-on des nouvelles de votre gendarme ?
- Ce n'est pas bon ! Non ! Ce n'est pas bon...

Je hochai la tête et le laissai à sa fureur. Dans la pièce à côté les pompiers avaient installé la victime sur une civière, en position de sécurité, couchée sur le côté, sous une couverture de survie. Il portait un masque à oxygène. Ils attendaient l'hélicoptère qui n'était plus très loin. Je refermai la porte et sortis m'en griller une. Je ne pouvais rien faire d'autre.

Ce nouvel épisode ne collait pas. A la télé, dans les documentaires, dans les séries, on ne parlait plus que du profil des assassins. C'était devenue la mode. A cette heure, j'étais incapable de me faire une idée précise du type que nous recherchions. Il était intelligent ou malin. Je préférais ce dernier qualificatif. Si le jardinier était innocent cela voulait dire que le tueur avait sciemment fabriqué des preuves pour le faire accuser. Pourquoi justement ce pauvre jardinier ? Parce qu'il débarquait, comme les victimes, tout droit, du passé…

Le mobile était dans le passé. J'en étais sûr. Je n'avais aucune preuve. Mais c'était là que je devais fouiller. Pour remuer les souvenirs, excepté les archives, il convenait d'interroger les anciens. Ceux qui étaient encore en vie…

L'oiseau apparut dans le rond de la lune et tel un vampire il vint se poser sur le capot d'une bagnole stationnée. Je traversai la route et lui demandai :
- Qu'en penses-tu ?
- Toujours pareil. Éléonore était en cloque.
- Non de l'évasion de Driss ;
- Il s'est barré pour régler ses comptes.
- Pas sûr ! Il a eu peur et il s'est cavalé sans réfléchir. Il va peut-être essayer de contacter Éléonore.
- Pourquoi il ferait ça, dit le piaf. Ou alors il veut se la taper encore une fois.
- Tu as vu quel genre de femme c'est ? Une bourgeoise de province qui doit se bourrer de cachetons… Elle a une caboche de pleureuse.
- Non ! C'est une sainte nitouche. Elle cache son jeu mais au fond c'est une salope. Elle est du genre à courir après les mecs. C'est moi qui te le dis, mon petit commissaire qui n'est plus qu'un minable consultant.
 - Ferme-là ! Tu dis n'importe quoi…

Les sarcasmes de l'oiseau c'était de l'auto flagellation. Je répondis :

- Ces trois assassinats sont-ils liés à une vengeance ? Il y a une histoire de pognon là-dessous ? Mieux encore un drame croustillant, ignoble, pimenté d'intérêts mesquins, de défauts crasseux. Ceux-là même qui font le mille-feuille dégueulasse de l'âme des malfaisants.

- Ouah ! Que de lyrisme mon cher Marcello ! Je te conseille plutôt de te magner le cul et d'aller interroger Éléonore et sa mère. Avant qu'elle ne meure, celle-là aussi ! On ne sait jamais, ça décanille sec dans la zone.

- Tu as raison. C'est le château la clef. Et mon jardinier tu as une idée où il est allé se cacher ?

- Oui ! C'est même évident. C'est tellement évident que je refuse de te le dire. Il ne faut pas exagérer mon vieux. Ce n'est pas moi qui mène l'enquête. Tu oublies que je ne suis que le consultant d'un consultant. Allez à plus !

Ce connard d'oiseau me crispait. Je tirai une dernière bouffée en lorgnant une famille qui passait sur le trottoir. Ces braves gens étaient pressés de rejoindre la fête. Il y avait le père tenant la mère par la taille ainsi qu' une flopée de marmots excités qui marchait devant. Je les regardais s'éloigner. Je réintégrai la gendarmerie. L'hélico avait emporté le gendarme. Celui-ci était mort durant le trajet. Crever dans le ciel c'était déjà gravir les marches du purgatoire. A deux plombes je laissai le groupe. Je rejoignis mes pénates à l'auberge. Camilla devait dormir. Je n'étais pas au mieux pour continuer la romance. Cela attendrait. Silencieusement je gravis les marches. Déloqué, crevé, je me coulai dans les draps parfumés de mon lit. Je m'endormis comme une masse. Ma montre remontée pour me réveiller à sept heures. Je voulais chopper la famille Daurade au petit-déjeuner.

28. Samedi 1 mai

Le matin fut pénible. Je dus faire un effort pour me motiver. Camilla était déjà debout, dans une robe de chambre rose et discrètement entrebâillée sur un corps dans son plus simple appareil. Elle me servit au comptoir une grande tasse de café tandis que je lui contais les péripéties de la veille. Le portable était resté branché toute la nuit sur ma table de chevet mais il n'avait pas sonné. J'en avais déduis que le fugitif était encore en cavale. Camilla connaissait bien le gendarme qui était décédé. Il avait mangé plusieurs fois avec sa femme et son fils à son restaurant. Cette disparition semblait la toucher. Je l'embrassai sur la joue pour prendre congé mais elle fit un geste qui me prit au dépourvu. Sans doute pour se rattraper de la veille. Le baiser fut doux et confortable. Ma drôlesse de main eut la tentation de se glisser sous la robe de chambre. Je n'étais pas un homme du monde, avec ce zeste de courtoisie qui fait la différence auprès des femmes. Cela se saurait. Mais je fis un effort. Ma main se positionna sagement dans son dos comme j'avais vu faire le petit bonhomme du tango. Celui-là avait de la classe. J'étais loin de lui arriver à la cheville. Je lui promis de la retrouver en fin de journée pour un nouveau tête-à-tête.

Au château, en ce samedi matin, l'ambiance n'était pas à la fête. Charlotte vint m'ouvrir et me reçut sans le sourire habituel. L'ambiance paraissait tendue. A la cuisine le café était chaud et j'eus droit à une tasse. Éléonore et son mari prenaient le petit-déjeuner dans la salle de réception. Charlotte partit prévenir Madame que je désirais m'entretenir avec elle. La mère, Marthe Pringeant, comme je m'y attendais était encore dans sa chambre. J'avais prévu de la voir en fin de matinée.

Un flic c'est comme un valet, un sous-fifre et la garce, comme l'aurait dit l'oiseau, me le fit sentir en prenant son temps. Mais je m'en fichais. J'avais tout le mien. Quand elle pointa son vilain museau de souris je me levai pour la saluer. Sa main était molle comme une crêpe. A son air rébarbatif je vis que je l'emmerdais copieusement. Je l'invitai à nous déplacer chez elle mais elle refusa. J'insistai et elle capitula. Non mais ! Elle commençait à m'échauffer sérieusement les oreilles. Dès que nous fûmes assis sur son canapé, j'attaquai sec :

- Niez-vous que vous avez eu une relation quand vous étiez jeune avec Driss Ben Arfa, votre jardiner. Et persistez-vous à dire que vous ne l'avez pas reconnu ?
- Vous remettez ça sur le tapis.

Elle avait du mal à retenir sa colère. Je lui rabattis son caquet aussitôt.

- Driss a avoué.
- Quoi donc ?
- Vous avez été sa petite amie… Vous avez eu des relations sexuelles avec lui. Puis votre père vous a surpris. Il vous a giflée. Ensuite avec son ami Étienne Laroque il a enlevé Driss et sa mère pour les reconduire de force à Paris. Juste après, de mars 82 à janvier 83 vous n'êtes plus allée en cours. A cette époque votre père avait un copain d'enfance qui était interne à Toulouse. Ce même toubib que vous dites ne pas connaître. Dites ! Vous me prenez pour un con, madame Daurade ? Driss vous a mise enceinte. C'est ce docteur, qui s'est occupé de vous. Cela ne sert à rien de nier. Tôt ou tard, j'aurai les informations. On ne va rien lâcher. Ce toubib, Paul Frémont, et l'autre copain Étienne Laroque, qui a fait partie de cette expédition à Paris, sont morts eux aussi. Trois cadavres ! Peut-être va-t-il y en avoir d'autres ? Peut-être est-ce vous la prochaine victime ? Qui sait !

Au fur et à mesure de mon réquisitoire, Éléonore avait à peine changé d'expression. Difficile à dire avec ce style de femme. Elle s'était réfugiée dans la contemplation des nuages à travers la fenêtre. Des nuages qui annonçaient une averse. La cuisinière m'avait dit que c'était souvent le cas pour le Papogay. Elle prononça dans un murmure à peine audible.

- Oui !
- Oui quoi ? répondis-je excédé.
- Oui, je me suis faite avorter mais Driss n'est pas au courant. Enfin… Je ne crois pas. C'est tout ce que je peux vous dire.
- Arrêtez de mentir. On ne reste pas plus de neuf mois à l'écart

pour un simple avortement. Cet enfant est arrivé à terme, n'est-ce pas ? Et sans mettre sur le tapis vos convictions religieuses !

Toujours dans les nuages elle mit un certain temps pour me répondre.

- Mon père ne voulait pas de scandale. Il avait décidé que j'abandonnerais l'enfant sous X.

- Et alors ?

- C'est ce qui a été fait j'imagine... C'est bien le docteur Frémont qui s'est occupé de tout. Il a pris le bébé et je n'ai plus jamais eu de nouvelles. C'était un garçon…

- Et pour le toubib ? Ce bout de papier ?

- J'ai revu cet homme, quelques années après. Nous nous sommes croisés au théâtre Daniel Sorano. Il m'avait demandé des nouvelles de mon père qu'il avait perdu de vue. Le numéro sur le papier c'était celui sans doute du château mais depuis nous en avons eu un autre.

- Où avez-vous été pendant ces neufs mois ?

- Dans un foyer dans les Alpes. Près de Chambéry, je crois… Je ne saurais vous dire.

- Votre père avait mis la distance… Il a été vraiment dur avec vous.

- C'était mon père !

- Ensuite ?

- Quinze jours avant l'accouchement une voiture est venue me chercher. Je suis restée dans un appartement à Toulouse, avec mon père pour seule compagnie. Le docteur m'a accouchée tout seul.

- Bon j'ai compris. Pas d'ambulance, pas de clinique, pas d'infirmière ! Votre accouchement s'est déroulé d'une façon illégale. Mais pourquoi diable votre père n'a pas suivi la procédure officielle ? Vous étiez en droit d'accoucher sous X. Qu'est donc devenu le bébé ? J'espère qu'ils ne l'ont pas fait disparaître d'une façon radicale.

- Vous voulez dire qu'ils auraient…

Elle n'osa pas aller plus loin dans la formulation. Je repris :

- De le tuer ? Qui sait ? Ce serait alors le mobile de ces trois meurtres. Une vengeance. Vous me jurez que vous ne savez rien au sujet de votre enfant ?

Éléonore se mordit la lèvre inférieure et osa me fixer droit dans les yeux.

- Je ne sais rien ! Je vous jure.

- Ouais ! Cela ne m'explique pas pourquoi vous n'avez pas voulu me dire tout ça hier.

- Ce n'est pas facile de parler de ça. Désolé ! Mais je n'ai pas l'habitude de faire des confidences. Ce n'est pas ce que l'on m'a appris dans ma famille.

- Je veux bien vous croire... Et Driss ? Vous ne l'avez pas reconnu ? Allez ne me racontez pas des balivernes.

- J'ai fait semblant de ne pas le remettre... Pour les mêmes raisons. Cette histoire fait partie du passé. Il ne sait pas pour l'enfant. Je n'ai pas envie qu'il le sache. Je vous prie, monsieur le commissaire, si vous le rattrapez de faire en sorte qu'il ne l'apprenne pas.

- Je ferais de mon mieux… Mais je vois encore que les nouvelles vont vite. Vous êtes déjà au courant de l'évasion ?

- Comme je vous l'ai dit déjà ce n'est qu'un village ici. C'est Charlotte qui nous l'a annoncé. Elle a reçu un appel d'un de ses amis qui connaît quelqu'un qui connaît quelqu'un…

- Elle fait une drôle de tête, ce matin, votre Charlotte, vous ne trouvez pas.

- Cela ne m'étonne pas. Je lui ai donné son préavis. Mon père n'est plus là et elle a mauvais genre. Je ne me fais pas de soucis pour elle... Ce genre de femme a plus d'un tour dans son sac

- On m'a dit qu'il y a un défilé de chars à Rieux cet après-midi ?

- Oui c'est la tradition… Après le défilé ce sont les pupilles qui vont tirer à l'arc. Vous avez vu qu'il y a un mat plus petit. Les archers c'est demain. Espérons qu'il n'y aura pas la pluie comment souvent. Mais je crains le pire. Cela n'arrête pas de tomber depuis ce matin.

-Vous n'y allez pas ?

- Non ! Maintenant, excusez-moi, mais je dois me préparer pour aller à Toulouse.

- Pourquoi faire ?
- Cela ne vous regarde pas. Mais je vais être conciliante. J'ai rendez-vous chez ma couturière rue de la Pomme.

Je haussai les épaules. Je la remerciai et la laissai se préparer. Dehors je me réfugiai à l'écurie. La pluie redoublait d'intensité. Il y avait plusieurs box. Ils étaient tous occupés sauf un. Celui vraisemblablement du fameux canasson qui avait été vendu. Une jument qui s'appelait « belle de nuit », au pelage noir et luisant, se mit à hennir pour me saluer. Je m'approchai et lui caressai le front. Je me roulai une cigarette et me fixai sur un tabouret qui traînait là. Quelques gouttes de pluies tombèrent sur mes épaules. Je levai le nez. J'étais sous une tuile cassée. Je me déplaçai et je m'enveloppai de fumée. J'avais besoin de réfléchir. La cour du château était déserte et le sol n'était plus qu'un tapis de flaques.

Un coup de main de l'oiseau aurait été bien. Mais ce con de volatile ne se manifestait pas. La cachette du jardinier, avait-il insinué, était évidente. Mais j'avais beau me creuser le ciboulot je ne voyais pas. Les fuyards, sont comme les bêtes. Ils se réfugient dans les lieux qu'ils connaissent. L'appartement de Driss ne nous avait rien dévoilé. Rien qui aurait pu nous mener vers une cachette présumée. J'écrasai le mégot sous mon talon et le logeai au fond de ma poche. Le complexe du pauvre face à la perfection du riche n'avait pas résisté devant l'impeccable allée de l'écurie.

J'envoyai Charlotte prévenir Marthe Pringeant de mon arrivée imminente. Tambour battant, je toquai à sa porte, pénétrai dans sa piaule sans attendre sa réponse. On aurait dit qu'elle était en meilleure forme que l'avant-veille. Sans prendre des gants, à l'instar de sa fille, je lui rentrai dans le lard.
- En 1982... Éléonore a mis au monde votre premier petit-fils... Ne me dites pas que vous n'étiez pas au courant ! Une mère sait pertinemment pourquoi sa fille unique s'absente neuf mois du domicile parental. Que votre mari commandait en tout c'est d'accord. Mais quand même il y a des limites.

Le visage de la vieille femme était comme du carton pâte. Les craquelures allaient dans tous les sens. Dans ce désastre de rides, de joues creuses et de lèvres sévères, il était impossible d'y déceler une quelconque douleur, une quelconque fêlure. J'attendis... Le silence comme je le répète est souvent un de nos alliés lors des interrogatoires. Rares sont ceux qui arrivent à se taire quand on les soumet à la torture du silence. Le fait de ne pas parler est, semble-t-il, contre nature. Ce que nous recevons, dans le packaging de l'éducation, nous y oblige. Ne rien dire est difficile pour ceux qui ont un peu de savoir-vivre. Soupirer, râler, crier, mentir, il est nécessaire que le commun des mortels dise quelque chose. Seuls les durs, ceux qui ont des couilles, savent garder un mutisme difficile à casser. Même quand on leur balance des preuves à travers la gueule. Mais ceux-là c'était une autre affaire.

Durant les deux minutes qui s'écoulèrent elle chercha dans mon regard inflexible une interrogation que je lui refusais. Elle craqua et me demanda, toujours avec sa pointe d'humour acide et supérieur :

- A quel jeu jouez-vous ?
- Celui de la vérité. J'attends que vous me répondiez. Je vous ai posé une question et j'attends votre réponse. J'ai la journée devant moi…

La joute était lancée. Nos deux lances dans quelques secondes, comme à Sète, allaient s'écraser sur nos boucliers. Et je n'avais pas l'intention de tomber à l'eau.

- Oui, bien sûr je savais. Mais c'est mon mari qui a tout organisé. Je ne sais rien. Absolument rien... Mon mari cultivait le secret. J'ai été toute ma vie une femme soumise, voire même parfois subjuguée par son jugement. C'était un homme dur mais extrêmement intelligent. Il m'aimait à sa façon. Je ne suis pas une aventurière. J'avoue que sa tutelle omniprésente a été un grand confort et je me suis laissée vivre. Cela peut paraître choquant mais j'ai aimé le luxe, ne rien faire… Mon tempérament s'y prêtait magnifiquement. Aujourd'hui, au seuil de mon départ, je n'ai pas le courage de faire le bilan. A quoi bon ! M'avouer que cela aurait pu être différent ne serait d'aucun réconfort. Je suis désabusée et j'ai hâte que cela finisse. Vous voyez commissaire mon existence aura été insignifiante car je suis insignifiante. Je ne peux rien vous dire d'autre.

Nos boucliers avaient craqués mais nous étions restés debout. Je n'étais pas tombé à la flotte. Elle non plus. La vieille femme avait eu une façon de me foutre dans une impasse qui était du grand art.
- Bon ! Pour résumer... Votre fille a eu un bébé qui doit être adulte aujourd'hui. Personne ne sait ce qu'il est devenu. S'il est vivant ou mort ? Et je ne suis même pas en mesure de rattacher cet événement aux trois meurtres qui viennent d'être perpétrés.
- C'est exactement cela commissaire.

La bourgeoise se fichait de moi et j'eus du mal à fermer ma gueule.

29. C'était avant la première guerre mondiale

Je quittai le château et regagnai les locaux de la gendarmerie à Rieux. Un coup de fil me cueillit sur le parking. Mon portable était logé dans la poche plaquée de ma veste. Je le dégageai et je décrochai. Je dégainai de plus en plus vite. L'oiseau venait d'apparaître. Il était perché sur le rebord de ma portière encore ouverte. Il dit :
- Bravo ! Tu es en progression constante avec ton téléphone. Ce n'est pas le cas malheureusement pour ton enquête.

Je le fusillai du regard et claquai la portière pour qu'il s'en aille. Il sauta promptement pour éviter de se faire écrabouiller. Mais une plume de son croupion resta coincée. Je ricanai tandis qu'il se réfugiai dans un acacia. De toute façon sa présence m'indifférait. Mon pote du 36 était en train de me conter une sacrée histoire. Une histoire qui n'arrangeait pas les affaires de notre fuyard. S'il y avait un homme susceptible de vouloir se venger c'était bien lui.

Je montai quatre à quatre les marches. J'avais même oublié de me rouler une clope. L'adjudant-chef était dans son bureau. Après avoir serré les pognes présentes je tirai une chaise et m'assis en face de lui :
- Paris vient de me bigophoner, dis-je. Écoutez ça ! Le jardinier lors de son interrogatoire ne nous a pas tout raconté.
- Ah bon !
- Ce qu'il a oublié de nous dire, c'est que sa mère ne s'est pas vraiment réconciliée avec son mari. C'est le moins que l'on puisse dire puisqu'elle l'a abattu deux ans après d'un coup de fusil à bout portant. Ce qui fait un sacré mobile de vengeance,
- A ben merde alors !
- Oui ! Vous pouvez le dire. A sa décharge le mec était un brutal. Il buvait et il tabassait. Profil classique… Un jour où les coups pleuvaient davantage elle a pris son arme et elle a tiré.
- Le type avait une arme ?
- D'après l'enquête un fusil de chasse restait toujours chargé et rangé dans la penderie dans le couloir de l'appartement.

- Il n'y a pas eu donc préméditation ?
- C'est ce qu'il en est ressorti… L'avocat de la défense a réussi à produire des témoins qui avaient soi-disant vu l'arme dans le placard.
- Elle a pris combien ?
- Dix ans quand même… Elle est sortie au bout de sept ans. Malade et dépressive. C'est son fils qui s'est occupé d'elle tout ce temps.
- Et lui que faisait-il ?
- Il était clean ! Comme il a dit… Il a bossé chez un pépiniériste tout ce temps et il s'est occupé de sa mère jusqu'à sa mort. L'enterrement fait, il a démissionné, résilié la location de son appartement et il a pris le train pour Toulouse.
- Il était pressé de se venger.
- M'a tout l'air et c'est maintenant en plus un tueur de flic. On ne peut plus rien pour lui.
- Ouais ! Ouais ! Grommela le capitaine. Qu'il tombe entre nos pattes…
- C'est bon ! Ne vous énervez pas... Je sais bien ce que vous ressentez. On va l'expédier en cabane. D'accord ?
- Ouais… si on ne le crève pas avant…

Je ne rétorquais pas. J'avais eu une vie de flic autre que celle-ci. J'avais franchi la ligne rouge. Ce n'était pas moi qui pouvais donner des leçons sur ce plan-là.

Mon œil averti qui enregistrait en permanence une foule de détails, rangés dans l'ordinateur de mon subconscient, et dont seul mon oiseau possédait le code d'accès, accrocha une fiche sur laquelle figurait une photographie. Elle était posée sur un dossier. C'était celle de la victime du lac. Deux lettres devant le nom dactylographié du pêcheur m'interpellèrent. Celles d'une particule... Étienne Laroque, se nommait en réalité Étienne de Laroque. Il était noble. Le fait qu'il ait supprimé cette partie de son nom m'intrigua. Rares étaient les aristos qui se planquaient. On n'était plus sous le règne de la révolution française et de sa pitoyable terreur. Généralement ils étaient assez fiers de leur particule. Ils s'y raccrochaient dur comme fer, même fauché, même SDF. La plupart du temps ils tâchaient de conserver aussi leur chevalière, avec les armoiries de la famille. Ce lien les rattachait à un passé dont ils avaient la nostalgie. Celui de leurs privilèges.

Je réclamai des explications cependant personne ne put me renseigner. Un gendarme me précisa toutefois que la mère de la victime vivait encore. Elle était pensionnaire dans la maison de retraite à la sortie du village. Elle était paralysée mais elle avait toute sa tête. Ce qui voulait dire en clair que si je me déplaçais là-bas elle pourrait m'en expliquer la raison. Je n'avais rien de mieux à faire alors autant y aller. Le jardinier était en fuite et comme le disait si justement l'oiseau, l'enquête prenait l'eau. Tout comme le temps. Cela promettait pour la fête du Papogay.

Aller chez les vieux c'est pire qu'aller à l'hôpital.

A l'hôpital c'est quitte ou double… On peut très bien repartir par la morgue ou repartir guéri, voire en sursis. Mais dans une maison de retraite il n'y a plus de retour possible. Cela se lit dans les regards. Je me garai sur le parking et poussai le portillon. Une rangée d'anciens en rang d'oignons, prisonniers dans leurs chaises roulantes garées à l'abri de la pluie, profitait de la petite éclaircie et du pâle rayon de soleil qui tentait de percer à travers les nuages. Je saluai à la ronde et j'eus droit à quelques sourires et deux ou trois bonjours essoufflés. Je rentrai dans le hall d'entrée. L'odeur du propre au citron me prit les narines. Aux murs je jetai un œil aux sempiternelles croûtes de peintres amateurs et qui méritaient de rester dans l'anonymat. A l'étage j'entendis une plainte lugubre qui me glaça le sang. Un homme ou une femme ? C'était difficile à dire. Un être laissé à sa seule souffrance. Je repoussai l'image et cherchai au plus vite une blouse blanche pouvant me renseigner.

La petite mère de Laroque était dans la salle à manger du rez-de-chaussée. L'infirmière, une petite boulotte qui à mon avis ne mangeait pas équilibré, me la présenta. Je tirai une chaise en plastique et m'installai en face d'elle. Autour une dizaine de pensionnaires cessèrent aussitôt de mater la télévision et me dévisagèrent avec curiosité. Une partie de dominos fut aussi interrompue. A une table voisine une partie de belote ressentit, à son tour, l'onde de ma venue. Dans ces lieux de fin de vie la moindre visite éclaire l'ennui de ces gueules de vieillard. Compatissant je balançai quelques sourires, des signes de la main, un autre du menton, des esquisses de gestes gratuits que je leur jetai comme l'on donne l'aumône, vite fait, à un pauvre qui vous accoste sur le trottoir. Puis j'attaquai en interrogeant madame de Laroque qui se fendait la poire devant mon manège. Soudain je fus pris d'une crainte. Quelqu'un avait-il prévenu la pauvre femme de la mort de son fils ? J'y allai donc comme sur des œufs.

- C'est au sujet de votre fils….

Elle était au courant. Son visage rond et rouge, comme une pomme qui aurait perdu le sucre et son brillant de supermarché, retrouva le tragique qui convenait. Les vieux sont accoutumés à la mort. Ils sont capables de pleurer et de rire en même temps.

- Il ne venait jamais me voir…

Que répondre. Ce n'était pas à moi de trouver des excuses à son fils. Ce type était clamsé. Il avait pris une flèche pour une bonne raison. Il ne se donnait pas la peine de rendre visite à sa mère logée à quelques kilomètres de chez lui. Il n'était pas le seul à agir comme ça. Il avait sans doute ses raisons. Quelles étaient leurs relations ? Il avait foutu sa particule à la poubelle. Va savoir ! Cela arrangeait plutôt mes affaires et je pus continuer sans risque de la voir chialer.

- Vous ne vous entendiez pas avec votre fils ?

- On peut dire ça. J'ai eu deux fils et une fille. Les deux garçons sont maintenant morts et ma fille vit en Écosse avec un lord qui cultive des pommes de terre. Vous voyez ce que je veux dire…

Non je ne voyais pas ! Je l'encourageai à poursuivre.

- Étienne ne respectait pas les convenances. Il a épousé une roturière alors que nous l'avions promis à une belle famille. Il a refusé, cet idiot, sans penser à ses parents qui s'étaient sacrifiés pour ses études. Il les a abandonnées d'ailleurs ! Tout ça pour se marier avec une institutrice de rien du tout. Une athée de surcroît. Il a passé sa vie à la fac des sciences mais comme simple manutentionnaire. Il ne nous a jamais pardonné d'avoir vendu le château. Et c'est pour y conserver ses entrées qu'il est devenu l'ami de ce parvenu, que dis-je, le valet de ce petit capitaine. Voilà la raison !

Je sursautai :

- Vous voulez me dire que le château de la famille Pringeant ?
- Oui ! Celui-là… Il n'y en a pas cinquante dans le coin.
- Pourquoi avez-vous vendu le château ?
- Éternelle question mon jeune ami ! Sachez que dans notre famille depuis Charlemagne nous n'avons jamais travaillé. Nous étions des rentiers. C'était une tradition. Mais au fil des années il a bien fallu se défaire de nos fermes et de nos biens immobiliers. Mon père a beaucoup dépensé.
- Tiens ! Le château appartenait à votre famille ?
- Oui ! Mon mari avait seulement quelques immeubles sur Toulouse. Mais cela n'a pas suffi à entretenir le château. Le toit prenait l'eau de toute part. Alors nous l'avons vendu. Nos fils ont été obligés de travailler. L'aîné était professeur agrégé. Il a écrit des ouvrages de géographie chez Hachette. Lui n'a pas fait la bêtise de son frère. Il a épousé une fille comme il faut. Et j'ai six petits-enfants. Ma fille aussi s'est mariée correctement.

La vieille était maintenant lancée. Elle jactait sans virgule et sans point de ponctuation. Quand le filet des confidences coulait il suffisait de garder le robinet ouvert. A moi et à l'oiseau de faire ensuite le tri. Elle épilogua sur la condition du mariage, sur l'évolution de la société qui les avait ruinés puis elle revint à parler, à bout de souffle, de son regretté époux qui avait été à l'origine de la vocation de son fils aîné.

Avant même d'ouvrir la bouche pour lui demander pourquoi elle embraya :

- Mon mari était féru d'histoire et notamment de celle des Gaules. Mon père avait découvert un puits dans le parc.
- Un puits ?
- Oui ! Un puits gaulois… Vous savez bien ?
- Euh oui …dis-je timidement, pour ne pas paraître ignare. J'en profitais pour dire :
- Il est comment ce puits ?

La vieille femme me fixa surprise :

- Comme un puits mais celui-là est gaulois.

Je hochai la tête, dubitatif, et j'attendis la suite qui ne tarda point.

- C'était avant la deuxième guerre mondiale. Mon père l'avait déblayé et l'on y avait trouvé pas mal de vieilleries. Ces puits sont assez profonds, parfois d'une vingtaine de mètres. Ils sont souvent construits en briques. Les historiens prétendent qu'ils avaient une fonction religieuse. D'autres disent qu'ils servaient à d'autres usages. En définitive ils n'en savent rien. Dans le notre on a découvert des restes d'amphores, des morceaux de cuivre et aussi de métal, certainement des bouts d'armures, des fragments d'épées, un casque entier, plus d'autres broutilles. Mon petit Charles adorait tous ces objets. Il avait fait construire des vitrines pour ranger tout ce fatras.

Elle eut une hésitation mais suivant ma technique du silence je fermai ma bouche pour l'obliger à continuer. Je n'avais rien d'autres à faire... Dehors la pluie avait recommencé à frapper la terre. Elle se tourna vers la fenêtre, regarda un moment dehors puis elle poursuivit car le sujet du puits n'était pas épuisé.

- Ce fameux puits nous a servi pendant la guerre. Jean mon mari a reçu le titre de « Juste » et il y a eu une cérémonie il y a longtemps.

- Vous dites que votre mari a aidé des juifs pendant la guerre ?

- Oui c'est ça !

- Quel rapport avec le puits ?

- Au fond du puits Jean avait fait creuser une salle avec une porte en bois. C'était là qu'il cachait les juifs avant que les maquisards se chargent de leur faire traverser les Pyrénées.

- Ils descendaient comment ?

- Par une échelle en corde. Les boches n'ont jamais trouvé la cachette et Dieu sait s'ils venaient souvent au château.

- Pourquoi venaient-ils ?

- Je ne sais pas. Ils venaient voir mon père qui leur servait d'interprète. Il lisait et parlait l'allemand d'une manière irréprochable.

- Bravo ! Il avait des couilles votre père, si vous voulez bien excuser mon langage.

- Résister, se battre contre les envahisseurs, cela fait aussi partie de la tradition.

- Et ce puits il y est toujours ?

- Oui mais nous l'avions obstrué car il n'y avait pas de margelle. C'était dangereux. Plus tard les jardiniers avaient pris la mauvaise habitude d'y jeter des branchages. Alors on a fait recouvrir l'orifice avec une plaque de béton et on a mis une couche de terre par dessus.

- Quand vous avez vendu vous l'avez dit à monsieur Pringeant.

- Oh oui ! Il voulait conserver la fameuse vitrine et son contenu mais c'est mon fils qui les a récupérés. C'est cette fois-là qu'on lui a dit où se trouvait le puits et que s'il faisait fouiller autour peut-être découvrirait-il à son tour d'autres objets. Le coin en est farci. Là où est le parc il y avait un village.

- Et il est situé où ce puits, demandai-je de plus en plus intéressé ?

- Derrière le potager et les arbres fruitiers. Il existe un chêne ancien. Le puits est à une vingtaine de mètre vers le sud.

- Et la fameuse salle elle y est toujours ?

- Pourquoi n'y serait-elle pas, jeune homme ?

- Une dernière question. Vous savez si le puits a été mis à jour depuis ?

- Non je ne sais pas mais je crois me souvenir que ce monsieur Pringeant voulait le rénover…

Le jeune homme en question la remercia. Cinq minutes plus tard, j'étais à mon volant en train de m'en rouler une. Le paquet de Golden Virginia s'était ouvert malencontreusement. Le tabac s'était répandu sur le siège du conducteur. Mais je m'en fichai car mon oiseau était là, posé sur le capot de la tire. J'ouvris la portière et je l'appelai. Il se pointa d'un jet d'aile et se posa sur ma main avant de sauter sur mon épaule. Penché sur mon oreille gauche il m'ordonna de démarrer et de ne pas allumer ma clope.

- Tu crois qu'il se cache là le jardinier ? dis-je.

- Comment connaîtrait-il la présence du puits ?

- Pour plein de raisons... Il est du pays et il a peut-être entendu parler de ces faits de guerre. On peut penser aussi qu'Eléonore lui en a causé, si elle est au courant, bien entendu. Driss était surtout le jardinier du château. Il a eu tout le temps de découvrir la topographie des lieux…

-Et bien mon coco tu n'as qu'à faire fissa et te coltiner dans le fond de ce trou. Bonjour les rats !

- Il n'y a pas de rats dans un puits !

- Qu'est-ce que t'en sais, toi ?

Le piaf, toujours sur mon épaule, pendant que je conduisais prudemment reprit son raisonnement avec la même patience qu'une mère devant l'enfant borné qui ne pige rien aux devoirs donnés par le prof de maths.

- Sa mère en a trop chié avec son putain de mari. Elle a bien fait de le buter, celui-là. Tu sais bien ce que peuvent endurer les femmes battues… Le fils devait l'avoir mauvaise. En outre la perte de leur fragile bonheur, dans ce village de carte postale, a dû être sacrément duraille à avaler. Il a de bonnes raisons de vouloir se venger. Et lui aussi c'est un violent. Il t'a bien eu avec sa tête de gentil quand tu l'as interrogé. Il n'a pas hésité à frapper un homme au point de le tuer. Que vas-tu faire ?

- Je prends deux gendarmes et je file au château. Il y a une chance que le jardinier y soit planqué.

- Tu vas faire comment ? As-tu une échelle ? Ce n'est pas avec ta fine équipe de bras cassés à képis que vous allez pouvoir descendre. Et as-tu pensé au retour ?

- Comment ça ?

- Tête d'œuf ! Pour aller au fond du puits, il te faut une échelle en corde mais pour remonter il faut la laisser ? Crois-tu quand l'on veut se cacher qu'il est prudent de laisser pendre une échelle ? Je t'ai dit que la cachette du jardinier était évidente mais ça… ce n'est pas du tout… mais du tout évident ! Pour se planquer au fond du puits il faut un complice   .

- Qui te dit qu'il n'en a pas ?

- Enfin vas-y quand même et à ce soir. By By !

30. Sa voix avait tremblé

Quand je me pointai à la gendarmerie il n'y avait presque personne. Excepté ceux de garde. Je lorgnai ma toquante et m'aperçus qu'il était déjà midi. Je demandai s'il y avait par là une échelle en corde et ma question fit le tour sans réponse. Mais un jeune plus futé me parla d'un de ses potes qui faisait de la spéléo. Il l'appela et le problème fut réglé avant même que je ne finisse ma tige. Aucun des jeunots ici présents n'avaient osé dire au commissaire « de la capitale » qu'il était formellement interdit de fumer dans les locaux.

L'échelle ne serait là qu'à quatorze heures. Ce n'était donc pas la peine de se prendre la tête. Je n'avais pas vraiment envie d'aller dans le parc du château, sous la pluie battante, pour surveiller le puits. Si Driss Ben Arfa y était planqué, ce dont je doutais, il n'y avait pas de raison pour qu'il s'en aille. Je décidai plutôt d'aller au casse-croûte... A coté du café des Archers, place des Halles, il y avait un petit restaurant que j'avais repéré. Je m'y rendis illico et en sirotant un whisky double j'expédiai à tout hasard un SMS à la belle Camilla. Elle me répondit dans la minute. Comme deux adolescents nous nous mimes à nous balancer des conneries enamourées durant le repas. La soirée s'annonçait prometteuse si aucun incident fâcheux ne venait encore nous déranger.

Dans le parc il fut assez aisé de retrouver le fameux puits. Les indications de la dame de Laroque étaient exactes. La plaque de béton abandonnée dans un coin était brisée. Le puits avait été recouvert d'un couvercle en fer mangé par la rouille. On le dégagea assez facilement. J'étais accompagné de mes deux gendarmes et du spéléo qui avait tenu à venir. Sous le prétexte que ce ne serait pas une opération aisée. Ce en quoi il avait vraisemblablement raison. Il assura l'échelle à un arbre grâce à une corde supplémentaire et la jeta dans le trou noir. A l'aide d'une torche on avait tenté d'y regarder de plus près mais en vain. Le candidat pour descendre fut comme prévu le jeune homme qui était très excité d'explorer ce qui était pour lui une nouvelle aventure. Aucun n'y trouva à redire. A priori personne n'était planqué dans ce trou. Notre fuyard devait se cacher ailleurs. J'avais rudement bien fait de ne pas venir m'emmerder ici à faire le poireau. Mais nous étions là et la curiosité était la plus forte. Elle me poussait à aller de l'avant.

Lorsque le jeune spéléologue fut en bas je me penchai et lui demandai ce qu'il y avait. Il me répondit qu'il était sur un amoncellement de déchets végétaux. La porte d'entrée de la pièce souterraine était à moitié obstruée. Ensuite, il y eut des claquements sourds qui remontèrent jusqu'à nous. A l'évidence le jeune tentait de dégager la porte à coup de pieds. Il nous prévint de sa même voix de stentor qu'il ne parvenait pas à l'ouvrir. Je lui criai s'il voulait des outils. Il me répondit « oui » et j'envoyai un gendarme dans la cabane du potager. Il revint peu après avec une pioche et une pelle. Pour éviter de balancer les outils sur la poire du jeune spéléo je désignai le gendarme le plus apte à descendre. En bon soldat, il s'exécuta, la pelle et la pioche, accrochées par un mousqueton autour des reins. Je l'entendis souffler, pester, mais il parvint à descendre.
Ils se mirent au boulot et j'en profitai pour m'asseoir sur une souche pour réfléchir. Les gendarmes étaient équipés d'anoraks mais je n'avais rien pris pour me protéger. J'étais trempé mais stoïque. Heureusement le soleil fit une courte apparition. Je remontai ma mèche collante sur mon début de calvitie. Je pensai aux pupilles qui bientôt allaient tirer à l'arc sur le stade municipal. Demain après-midi il n'était pas question de rater la prestation des archers. L'enquête attendrait. J'étais impatient de voir ça.

Au terme de ma cogitation où je repris point par point le déroulement de mes investigations, une tête se pointa au-dessus de l'orifice. Le gendarme remontait pour me prévenir que la porte était dégagée mais qu'elle était fermée à clef.
- Dans quel état elle est ? dis-je, au moment où je vis arriver à notre niveau la plantureuse Charlotte qui avait, toutes les peines du monde à ne pas s'enfoncer dans le terrain herbeux avec ses talons de bonniche sexy. Elle brandissait un parapluie rose.
- Que fais-tu là ? dis-je la tutoyant.

- C'est madame Marthe ! Elle veut savoir ce que vous fichez ?
- On explore le puits, manière de voir si personne ne s'y cache.

Charlotte s'approcha avec précaution jusqu'au bord. Elle se pencha en faisant une petite grimace. Le jeune gendarme lorgna ostensiblement sur le décolleté qui s'était entrouvert dans cet exercice périlleux. La gourgandine n'était nullement pressée de se réajuster. Enfin elle se redressa et fit marche arrière.
- Bon je m'en reviens, dit-elle en refermant ses boutons avec un sourire prometteur à l'adresse du gendarme rouge comme une tomate cerise. Vous n'avez pas vu madame Éléonore ? On la cherche depuis tout à l'heure.
- Non désolé.
- Bon ! Elle a doit être par là. Il y encore sa voiture.

Charlotte constatant alors ma tenue détrempée eut pitié et me proposa son parapluie. J'allai refuser mais la pluie recommença de plus belle. Faisant fi du ridicule je m'en emparai et je me réfugiai dessous. Charlotte repartit en dodelinant du cul. Elle savait bien la garce que le jeune gendarme n'avait d'yeux que pour elle.

Le second gendarme qui était remonté, et qui lui aussi n'avait pas les yeux dans sa poche, attendit que Charlotte disparaisse de sa vue pour me demander :
- Et pour la porte que fait-on ? On l'enfonce ?
- Je m'en occupe.

Il n'était pas question de demander à un militaire et à un civil de faire un truc illégal. Dans une propriété privée, sans un mandat et sans urgence à la personne, le geste était délicat à expliquer. Mais un commissaire à moitié cinglé pouvait se le permettre. Le seul truc était que je devais descendre dans ce foutu trou. Je pris mon courage à deux mains. J'avais plutôt intérêt à ce que ma poigne soit ferme pour me retenir. Mon enveloppe charnelle était avantageuse. Je tendis au gendarme le parapluie. Maugréant, suspendu à l'échelle comme un gorille, je me promis sans vergogne, dès mon retour à Paname, de me remettre à faire du sport et à ralentir sur la bouffe si je voulais continuer à fréquenter Camilla ou une autre…

En bas le jeune spéléologue attendait. Il avait un regard clair. Il respirait la force et la jeunesse. Ce fut bizarre comme impression. Là-haut, à l'air libre, je l'avais à peine dévisagé. Juste serré la pogne. A peine rencontré j'avais mis les détails de son visage dans la corbeille de mes impressions. Mais ici, dans cette promiscuité ce fut différent. En réalité d'avoir pénétré dans son espace personnel, dans le premier cercle de son corps, d'avoir respiré son odeur, vu ses yeux de si près, remarqué sa cicatrice à son front, deviné ses muscles sous son sweat-shirt, je fis vraiment la connaissance de ce jeune gars. Il m'apparût aussi plus sympathique que là-haut. La théorie des distances me revint en mémoire. Puis je passai outre et lui dit de se reculer tout en empoignant la pioche.

La porte était bâtie avec des planches solides et elle avait bien résisté aux intempéries. Par contre le maillon faible c'était la serrure. Dans l'idée de ceux qui avaient construit la salle, celle-ci ne devait servir qu'à bloquer la porte pour lutter contre le froid. Enfermé là-dedans il n'y avait plus aucune possibilité de s'échapper hormis la remontée par le puits. En deux coups de pioche elle céda. Je poussai la porte qui résista. L'humidité avait fait gonfler le bas qui racla sur le sol cimenté.

A moi revenait donc l'honneur de pénétrer le premier, torche à la main, tel un découvreur de tombeau égyptien. Dans le halo jaunâtre de la lumière je distinguai plusieurs lits métalliques. Ils étaient entreposés contre le mur. Au milieu il y avait une table recouverte par un vieux matelas. Il était dans un sale état, à moitié éventré, laissant apparaître ses ressorts torssadés. Des chaises étaient rangées de-ci, de-là. Un placard trônait dans un coin. Il était couvert de poussière, avec des assiettes et des verres noirs de crasse dans l'attente d'un nettoyage qui ne viendrait jamais. Les porte ballantes étaient disloquées.

J'en étais encore à détailler la salle quand j'entendis le jeune spéléologue dire dans mon dos :

- C'est quoi ce sac dans le coin là ?

Je tournai la tête sur la gauche. Comme je m'étais avancé de quelques pas avant de zieuter l'intérieur je n'avais pas remarqué le sac en question qui était posé par terre à côté de la porte. J'éclairai le sac. Il était en toile de jute, tel un vulgaire sac à patates. A priori il semblait vide. Par curiosité je le bougeai du pied et je sentis à l'intérieur quelque chose de dur qui craqua. Intrigué je me penchai. Délicatement je m'en saisis et cherchai l'ouverture. Une cordelette le tenait fermé et j'essayai de l'ouvrir. Je m'escrimai un moment puis je parvins à mes fins. Je soulevai le sac qui dégagea un nuage de poussière. Une odeur âcre se répandit. Je fis la grimace. En faisant gaffe je pointai mon blair dans le sac tandis que le jeune tenait la torche.
- Putain !

Je reposai vivement le sac avec la plus grande délicatesse, comme s'il s'agissait d'une relique sainte. En réalité c'était presque ça.
Le jeune fouilleur de grotte me demanda :
- C'est quoi monsieur ?

Sa voix avait tremblé.
- Le corps d'un bébé mon gars ! D'un pauvre bébichou. Ah ! Bordel de moine quel est le salaud qui a fait ça ?

Je me relevai en m'aidant de la main sur mon genou qui craqua sous l'effort. Nous nous retrouvâmes, face-à-face, sans rien dire, unis par notre seule stupeur. Je rompis le silence en premier :
- C'est bon ! On remonte et on ne touche plus à rien, C'est une scène de crime. Je dois appeler les collègues.

La suite ce fut une remontée épique en ce qui me concernait et un appel téléphonique à la criminelle de Toulouse pour qu'ils envoient dare-dare la cavalerie. Cependant je n'avais pas besoin de l'avis d'un expert pour savoir qui était ce bébé. J'étais prêt à parier que nous avions découvert le bébé d'Éléonore. L'analyse de l'ADN allait certainement le démontrer. C'était une pièce qui venait s'ajouter au puzzle. Mais je n'avais pas encore trouvé celle qui aurait pu me dévoiler le visage de l'archer noir. Car je croyais de moins en moins à la culpabilité de Driss Ben Arfa.

31. Les chaises des gendarmeries

Le reste de l'après-midi fut occupé par la procédure. Le légiste fit évacuer le petit corps à Toulouse et la scientifique passa la journée sur les lieux. Ils installèrent un projecteur dans la salle pour la passer au peigne fin. Ils ne trouvèrent rien d'intéressant. Le temps était passé par là. Des gens persécutés par la Gestapo avaient logé dans ce lieu pendant l'occupation allemande. Ils avaient laissé les traces de leur passage. Mais celui qui avait caché le sac et son pauvre contenu n'avait laissé aucun indice. Seule l'autopsie du bébé devrait nous apprendre comment il était mort. Il n'y avait qu'à attendre.

Le légiste m'avait promis de m'appeler dans la soirée pour me dire ses premières conclusions.

A dix-neuf heures trente nous fîmes le point à la gendarmerie de Rieux. Dans le bureau, avec l'adjudant-chef et ses adjoints nous brossâmes le plan de bataille pour la soirée et aussi pour le lendemain. A vingt-et-une heures les festivités médiévales du Papogay débutaient. Avec, comme la veille, le bal après. Les festivités du samedi après-midi avaient été annulées à cause du temps. Les organisateurs avaient donc décidé que les pupilles tenteraient de décrocher leur piaf, un peu plus tôt le dimanche, avant leurs aînés.

Au château le parc était bouclé. J'avais prévu d'aller voir Éléonore, le lendemain, avant qu'elle n'assiste à la messe en langue d'Oc à la cathédrale. Il était plus que probable qu'elle avait été avertie du résultat de l'exploration du puits. Nous étions dans un village.Tout se savait... Le choc avait dû la secouer. Il était plus cool d'attendre. Lui laisser le temps de se remettre. Je n'encadrais pas cette femme mais c'était quand même son mioche qu'on avait trouvé. Et cela arrangeait mes affaires car j'avais hâte de retrouver ce soir Camilla.

Je jetai un œil à mon téléphone. Il n'y avait aucun autre SMS enregistré depuis nos échanges de midi. A vingt heures passé je m'en retournai à l'hôtel. J'avais l'odeur du sac macabre dans le pif. Je n'avais qu'une hâte, me prendre une douche brûlante et enfiler une chemise propre. Une demi-heure plus tard je toquai à la porte de l'appartement de Camilla. Elle était éblouissante. Elle portait une robe d'un rouge à rendre fou les taureaux d'une corrida andalouse. Elle m'offrit un autre baiser. Son corps était parfumé, voluptueux. Sa bouche avait un goût de fraise. La mienne celui de la menthe. Mon dernier brossage de dents datait du matin. Et quand j'avais rencard je mâchouillais du chewing-gum pour masquer mon haleine de fumeur. Nous fûmes à deux doigts de faire l'amour sur le palier puis nos esprits reprirent le dessus. Elle me proposa un verre. J'opinai pour un bourbon et elle m'accompagna en me fixant droit dans les yeux. Durant cet instant de grâce nous n'eûmes pas besoin de parler pour comprendre que nous étions à l'unisson. La nuit serait notre complice.

Camilla fut la première à rompre le silence.

- Je n'avais pas envie de faire la cuisine ce soir. Je suis trop contente… J'ai réservé une table au restaurant de la halle.

- C'est là que j'étais à midi.

- Oui je sais ! Mais c'est le seul endroit correct ou alors il faut aller à Carbonne ou à Montesquieu.

- Et après tu vas aller danser le tango ?

- Non ! Pour une fois je vais laisser mon partenaire en compagnie de sa femme.

- Il va être déçu !

- Tant pis ! J'ai d'autres projets pour ce soir.

Je n'osais pas demander quels étaient ces projets mais je subodorerais que j'en faisais partie. Puis dès que nous eûmes terminés nos verres, comme deux tourtereaux de vingt ans, nous tenant par la taille et riant aux éclats à la moindre connerie verbale nous montâmes dans ma tire. Je me garai au parking de la gendarmerie pour continuer à pied. La pluie avait cessé. Les trottoirs étaient presque secs. C'était de bon augure pour la suite de la fête.

Nous passâmes devant la Promenade du Préau ou déjà la foule se pressait devant les baraquements de la fête foraine. Il y avait plus de monde que la veille. Au pied de la statue de la vierge qui gardait l'entrée nous fîmes une halte pour regarder la fête. J'avais l'envie de me rouler une cigarette mais au prix d'une effort douloureux de volonté je m'en dissuadais. C'était mieux de ne pas gâcher ce merveilleux goût à la fraise que j'avais dans la bouche.

Puis une pensée vint subitement me polluer l'esprit. Ce pauvre bébé était-il mort-né ou l'avait-on assassiné puis fourré dans un sac avant de le cacher dans ce trou ? Eléonore m'avait parlé d'un garçon mais sans faire allusion à son état. Avait-elle menti encore et cette fois-ci par omission ? Le légiste ne m'avait pas rappelé et je profitai de l'absence de Camilla qui s'éternisait devant des bijoux fantaisies pour le contacter. Contre toute attente il était encore à l'institut. Je restai trois minutes à lui parler. Puis je raccrochai, dégoûté par la nature humaine. J'en avais vu des saloperies dans ma chienne de vie. L'analyse du squelette démontrait que le nourrisson avait été enfermé, peut-être vivant, dans le sac et jeté du haut du puits. L'ordure n'avait pas voulu s'embarrasser du sac pour y descendre. Ensuite, il s'était contenté d'ouvrir la porte, de pousser le sac dans la salle, puis de refermer et de remonter, sans se préoccuper si le bébé était mort ou pas. Ce type connaissait la présence de la salle. Cela réduisait le nombre des suspects. Pour moi le capitaine Pringeant et son acolyte Étienne Laroque occupaient le podium. Je me refusais à croire que le toubib aurait pu être capable d'un tel geste. Son boulot avait été de mettre le bébé au monde et de la fermer moyennant finance. L'archer noir ne l'avait pas épargné non plus. Tout accusait le jardinier mais une voix intérieure, qui n'était pas celle de mon piaf, m'affirmait le contraire. Le hic c'était que ce jardinier-là était devenu aussi un tueur de flic. Il convenait maintenant de chopper ce gars rapidement et de le confondre. C'était dur qu'il ait tué ce père de famille en lui foutant une chaise sur la tête. Dans les films le mobilier volait en mille morceaux et les victimes ne mouraient pas. Mais dans le Volvestre les chaises des gendarmeries étaient faites d'un bois dont on ne se relevait pas. C'était dommage pour Driss Ben Arfa. Sans doute aurait-il eu des circonstances atténuantes ? On lui avait pourri son enfance, on avait poussé sa mère au meurtre puis à la dépression, on lui avait volé son amour d'enfance et pour finir, un salaud avait massacré son fils. Cela faisait beaucoup pour un seul homme.

Camilla réapparut. Je repoussais cette merde de mon cerveau. Ce soir je désirais faire escale. J'entraînai la jeune femme d'un pas guilleret vers la salle du restaurant. Il régnait une ambiance de fête. Les conversations étaient animées. Des connaisseurs établissaient des pronostics pour le tir du lendemain. Tous ces hommes étaient des archers. Des bouilles de bons vivants, des travailleurs, natifs du village, avec des accents qui roulaient comme des brouettes. Des bouilles d'honnêtes gens. Rien à voir avec un tueur. Pourtant cela ne voulait rien dire. Ces bougres-là, qu'avaient-ils fait dans le passé ? Chacun de nous peut franchir la ligne. Commettre une erreur. Grave ou pas. Mais gare aux conséquences pour celui qui n'a pas de bol et qui se fait alpaguer.

La vie de ces villageois était dans le droit fil d'une tradition qui datait de 1585 et qui trouvait sa légitimité dans deux parchemins. L'un était celui des chevaliers de l'arbalète. Il donnait pouvoir aux nobles et aux bourgeois de tirer lors de la fête. L'autre étant celui de la société du jeu de l'arc pour les paysans et les artisans. Les richards en haut du panier et les crabes dessous. Quoi de plus normal !

Camilla posa sa main sur la mienne et me ramena à elle. Je m'excusai et lui confiai qu'il était difficile en pleine enquête de faire une pause. Pour le corps c'était facile mais pour les neurones c'était compliqué. Elle me sourit et me fit la promesse avec son accent du sud qu'après le dîner nous irions chez elle. Pour un massage de l'intérieur. Je ne savais pas ce que c'était mais avec cette femme j'étais prêt à n'importe qu'elle nouvelle expérience.

Nous étions en pleine dégustation d'un magret de canard aux cèpes quand mon bigophone s'activa énergiquement. Par des soubresauts exaspérés il tentait encore de se barrer de la table. Cela devenait une habitude chez lui. Je le rattrapai de justesse. Déjà je me maudissais de ne pas l'avoir éteint. J'aurai dû... On ne se refait pas. Mes anciens réflexes étaient encore là malgré ma mauvaise motivation à bosser.

J'opinai plusieurs fois du chapeau, je balançai deux ou trois « oui » et finis par cracher du bout des lèvres un : « J'arrive d'ici une demi-heure, je ne peux pas avant ! ». Camilla me regarda et posa sa fourchette.
- Mon danseur de tango, dit-elle, va apprécier ma nouvelle robe. J'espère que mon décolleté ne va pas le déconcentrer.
- Et mon massage du cerveau ?
- Ma porte sera ouverte…

Je lui dédiai un pauvre sourire de circonstance, puis repoussai mon assiette. Je me servis un verre de Château Lafitte que je bus d'un trait. Puis je me levai. Camilla me fit signe de me pencher. De son doigt humecté de salive elle me nettoya le coin de la bouche et me dit en plaisantant :
- Querida ! Je vais t'apprendre aussi à boire du vin sans laisser des traces au-dessus de tes lèvres.

Sans réfléchir, je me penchai et je l'embrassai. Elle n'avait plus le goût des fraises mais celui des cèpes. Ce n'était pas déplaisant. « A ce soir » lui soufflai-je et je filai la laissant terminer seule son menu gastronomique. Au passage je laissai plusieurs billets pour payer l'addition.

32. Charlotte me précéda

J'avais roulé vite... Éléonore avait disparu et ça urgeait ! Je garai la tire devant la façade illuminée du château. Je n'étais jamais venu la nuit. Il avait fière allure. Sur le fond noir étoilé les pierres blanches ressortaient étrangement. On aurait dit un décor de cinéma... Mais non ! La réalité était tout autre. La porte s'ouvrit sur Charlotte dépoitraillée comme si un valet l'avait coincée dans les combles. Madame Daurade avait disparu depuis le début de l'après-midi. Mais l'alerte avait été donnée plus tard, bien après la pose des scellés sur le puits. Toute la brigade était sur le pied de guerre. Un accrochage sérieux entre un tracteur et un véhicule sur une départementale avait monopolisé une équipe. Le reste servait de renfort à la compagnie républicaine. C'était donc l'adjudant-chef qui s'y était collé avec un unique gendarme.

Les rares habitants de cette immense bâtisse étaient tous réunis dans la grande salle. Ils faisaient face à l'adjudant-chef qui leur parlait. Son adjoint était au téléphone, un peu à l'écart. Jacques Daurade, avec sa fille Julie, se tenait debout à côté du canapé où était assise, droite comme un dossier de chaise, Marthe Pringeant. Elle avait jeté à la hâte un châle de laine blanche sur sa robe de chambre. La cuisinière et la femme de ménage, à cette heure tardive de la journée n'étaient pas dans les murs. Quant au jardinier, le dernier employé en date, nul ne savait où il était. C'était bien là toute l'histoire !

Charlotte me précéda et s'assit sans aucune gêne à côté de sa patronne qui ne trouva rien à redire. La vieille dame était trop désemparée pour remédier à ce manque total d'éducation. Tous affichaient une mine de circonstance et opinaient d'un même mouvement de tête en écoutant les consignes de l'adjudant-chef. Il leur répéta plusieurs fois qu'ils attendaient des renforts mais qu'il était exceptionnel de déclencher un dispositif de disparition si tôt pour une adulte. Cependant le lien avec l'affaire en cours était plus que probable. Le jardinier restait toujours introuvable. Il n'était pas idiot de penser, vu ses rapports avec la disparue, qu'il ait pu désirer lui parler, ou même la séquestrer, voire pire lui régler son compte comme pour les trois autres. Dans l'hypothèse qui restait encore à prouver : que c'était bien lui l'archer noir.

Nous nous mîmes en quête de plusieurs lampes électriques et je préconisai de nous séparer en plusieurs groupes. Le capitaine était un homme prompt à agir et il prit aussitôt l'initiative de la distribution des rôles. Je le laissai faire. Il chargea donc Jacques Daurade et Julie de fouiller pièce par pièce les deux ailes du château en commençant par leur appartement. Il me demanda en prenant des gants si je voulais faire équipe avec Charlotte pour visiter les étages du château avec ses innombrables pièces. Il restait le parc, les écuries et les dépendances. Il en faisait son affaire avec son collègue. Ce n'était qu'un début mais pour élargir les recherches il fallait des renforts.

Au premier étage nous fouillâmes méthodiquement les pièces. Certaines manquaient d'éclairage. Charlotte se tenait près de moi et elle me zieutait bizarrement. S'attendait-elle à ce que je la trousse vite fait sur un pieu ? Ce n'était pas ce qui manquait dans toutes ces chambres. Mais je devais agir en professionnel et non pas en vieux cochon. Je fis en sorte que la tension qui s'était sournoisement glissée entre nous deux retombe au plus vite sous le niveau d'alerte. J'avais Camilla dans la tête et personne d'autre.

Au deuxième étage les pièces étaient vides. Il n'y avait aucun meuble, rien pour se cacher. Et la visite des lieux fut plus rapide. Charlotte était à la traîne derrière mais je m'en fichais. Le parquet du second était couvert de poussière. A l'évidence le premier était tenu d'une manière correcte mais ici, le balai ne montait jamais. Au troisième ce fut pire. Il n'y avait pas d'électricité. J'allumai ma lampe de poche. Les lattes du couloir étaient en piteux état. Certaines gorgées par l'humidité se soulevaient. Les poutres s'enchevêtraient les unes aux autres dans un travail qui faisait honneur aux anciens charpentiers. Il n'y avait que des alcôves, des pièces étriquées laissées à l'abandon qui avaient servi aux domestiques d'antan, sans aucun confort, à peine quelques ouvertures en guise de fenêtre. Il n'y avait pas de cheminée ni de conduite d'eau. Uniquement des couloirs abandonnés qui craquaient sous nos pas prudents. Charlotte avait oublié sa bouderie. Elle s'était rapprochée. Je tenais la lampe braquée sur le sol et quand je stoppais je balayais autour de nous pour inspecter les lieux, éviter de se foutre dans un trou du plancher pourri. Nous débouchâmes dans un immense grenier. Quelques tuiles s'étaient déplacées au cours des ans. Des rayons de lune traversaient l'obscurité. Au milieu la hauteur du plafond était plus haute. Nous étions dans ce qui restait du donjon ou ce qui avait servi de tel autrefois. A priori ce château avait subi maintes transformations au cours des siècles. Devant il y avait un escalier en bois en colimaçon. Les marches en étaient délabrées. Ce qui rendait impossible de grimper plus haut.

Nous allions faire demi-tour lorsque je remarquai quelque-chose. C'était une échelle en bois avec des renforts en fer sur les côtés. Elle était rangée soigneusement sous la soupente. Je m'approchai et m'agenouillai. Je passai un doigt sur le fer et il était rouillé. Cette échelle un temps avait séjourné dehors. Qu'est-ce qu'elle faisait là ? Quel intérêt de se taper les étages pour monter une échelle qui pesait pas mal, sinon aller dans le donjon ? Mais cela paraissait risqué. Je n'avais pas envie de me casser la gueule. Je me relevai assez intrigué. Charlotte s'était rapprochée et paraissait inquiète. Je lui tapotai gentiment sur l'épaule afin de la rassurer. Je lui signifiai de ne pas bouger. Puis je pointai minutieusement le rayon de la lampe dans l'entrelacs des poutres. Soudain j'aperçus un plancher à deux mètres au-dessus de nous. Dans un coin une espèce de cabane était suspendue, nichée sous le toit. L'endroit se trouvait dans le noir complet. Il était impossible de l'apercevoir sans lampe. Qui avait construit cette pièce en hauteur avec juste une porte et sans ouverture sur les côtés ? Des enfants pour jouer ? Un collectionneur pour ses trésors ? Ou bien une autre planque pour cacher les juifs pendant la guerre ?

Je confiai la lampe à Charlotte et dressai l'échelle contre la cabane. Non sans difficulté car elle pesait son poids. Elle faisait pile la dimension. Je tâtai alors les barreaux du pied mais ils étaient solides. J'empoignai la lampe dans une main et de l'autre je me débrouillai pour grimper.

Il n'y avait pas de serrure mais juste un crochet qui pendait sur le côté. Je me rendis compte alors que je n'étais pas armé. Si le jardinier ou un autre malfaisant se trouvait là j'étais bon comme la romaine. Un bon coup de pied dans l'échelle et je me retrouvais fracassé plus bas. Les dès étaient lancés, je ne pouvais plus reculer. Je poussai violemment la porte qui fit un aller et retour et faillit me péter dans le naze. Mais rien ne se passa. Je pointai la lampe à l'intérieur.

Éléonore Daurade était là, sur le sol crasseux de cette cabane mystérieuse, couchée sur le flanc, avec les mains dans le dos, et les pieds liés.

Je me précipitai pour la libérer. Elle était inconsciente et je me vis mal la descendre seul. Je pris mon portable et me penchai vers Charlotte.

- Elle est là ! Monte vite et occupe-toi d'elle. Ses mains sont libres. Mais il faut dénouer ses pieds, je n'y arrive pas. C'est trop serré. Il faut un couteau. Je vais appeler l'adjudant.

Cinq minutes plus tard les gendarmes étaient là derrière leurs lampes. Jacques Daurade arriva ensuite, essoufflé, précédé de sa fille qui pleurait sous le coup de l'émotion. Marthe Pringeant était restée sur son canapé. Personne n'ayant pensé à lui dire qu'Éléonore avait été retrouvée.

Nous la descendîmes plutôt mal que bien de son perchoir. Elle semblait ne pas avoir été molestée. Elle était toujours inconsciente. On la plaça en position de sécurité sur le côté et je la recouvris de ma veste. Les pompiers étaient en route. Sa fille se tenait accroupie à côté d'elle. Elle lui tenait la main. Ses yeux étaient embués de larmes. Son père debout à ses côtés semblait dépassé par les événements.

Dans le camion, Éléonore recouvra un peu ses esprits. Elle était pas mal choquée. Je voulus l'interroger mais elle fut incapable de prononcer une phrase cohérente. Devant sa fille ahurie elle fit allusion à deux reprises à un fils qui l'attendait. Devant le regard interrogateur de Julie je fis celui qui ne comprenait pas.

Je me renseignai auprès des pompiers pour savoir où ils l'amenaient. Ils m'indiquèrent que c'était à l'hôpital Rangueil. J'avais le choix. Soit je rentrais à Rieux et je retrouvais Camilla au bal, soit je fonçais vers Toulouse pour être présent quand Éléonore retrouverait sa lucidité. Ma mauvaise conscience me soufflait perfidement d'aller rejoindre Camilla à la fête. L'autre, plus pragmatique, me disait d'agir en vrai flic. Je sautai donc dans ma voiture et proposai à Julie de l'embarquer. Son père resta sur place pour s'occuper de sa belle-mère. Je calai le gyrophare sur le toit et fis souffrir la première. Le camion des pompiers était déjà loin.

Rendu à Toulouse, nous passâmes devant la faculté des sciences Paul Sabatier à vive allure. La barrière de l'hôpital levée nous nous enfilâmes aussitôt dans l'allée des urgences. Éléonore fut rapidement évacuée sur le brancard. Julie toujours à ses côtés. De mon côté je garai la voiture plus loin et accourus dans la salle de réception. C'était le bordel ! Un monde fou se pressait autour de deux vaillantes infirmières qui déployaient un maximum d'énergie pour ne pas être dépassées. L'une derrière le comptoir d'accueil penchée sur l'ordinateur pour inscrire les arrivées. L'autre pour lui dire de quoi il retournait. Un panneau indiquait quatre heures d'attente environ avant un diagnostic par un médecin. A y regarder de près il y avait aussi beaucoup de pompiers qui taillaient la bavette en attendant le tour de leur « client ». Un jeune pompier chouchoutait une mamie mal en point comme une véritable nounou. Il était clair qu'il ne faisait pas bon de se retrouver aux urgences un samedi soir.

Éléonore était repartie dans le cirage. Je tentai de faire valoir mon état de commissaire pour accélérer le mouvement mais l'infirmière, tout bec, tout ongle, ne se laissa pas démonter par ma plaque. Je fis donc comme chacun. Je pris mon mal en patience et passai les trois quarts du temps dehors à fumer comme un malade. Enfin quand vint le tour d'Éléonore, vers deux plombes du matin, le médecin, une jeune femme, me demanda de me tenir à l'écart. Elle tira le rideau et nous restâmes là, Julie, et moi à attendre encore. Quand le toubib ressortit je me précipitai.

- Alors docteur, peut-elle parler ?
- Pas avant demain matin ! Je vais la faire évacuer en toxicologie. A première vue, il faut faire des analyses car elle a été vraisemblablement droguée. Sans doute des somnifères… Vous saviez si elle en faisait usage couramment ?

Julie répondit :
- Oui de temps en temps… Ma mère a du mal à dormir et je sais qu'elle en prend.
- Bon très bien. On va le vérifier. On va essayer de faire vite. J'ai cru comprendre que c'était une agression. Donnez-moi votre numéro de téléphone. Dès qu'elle sera en état de parler on vous appellera. Bonsoir commissaire.

Je la remerciai. Julie voulut rester mais le médecin l'en dissuada. Le plus sage était de rentrer à Rieux et de revenir le lendemain. Je précédai Julie dans la voiture. Mon oiseau était là sur le capot. Je n'avais pas envie de le voir. Énervé par sa présence je lui ordonnai de se tailler. Julie allait rappliquer. Et puis j'étais crevé. Cette foutu soirée de merde j'en avais ma claque ! Demain serait un autre jour. Avant je devais repasser par le château et je n'étais pas encore couché.

Quand nous fûmes seuls dans la caisse, Julie ne cessa de gigoter en fouillant dans son sac à main.
- Qu'est ce que tu cherches ?
- Mes clefs !
- Zut alors ! C'est un problème pour rentrer ?
- Non ! C'est toujours ouvert sauf la grille d'entrée.
- Et alors ?
- Comme je n'ai pas envie de sauter le mur on va aller les chercher. Je sais où elles sont…
- Tant mieux ! Et c'est où ?
- Au bar Pop !

- C'est quoi ça ?
- Le bar Populaire, rue de la Colombette. Allez roule ! On aura vite fait.

Ah les filles ! Je haussai les épaules et pris la direction du centre-ville. Passé le monument aux morts, la vie noctambule prenait ses aises. Du monde partout, malgré l'heure tardive. De la jeunesse surtout ! Toulouse, corne de l'Espagne comme le chantait Claude Nougaro. La rue de la Colombette grouillait. Évidemment il était impossible de se garer dans le coin. Mais Julie m'indiqua un porche et je montai sur le trottoir. Elle sortit en hâte, claqua la portière sans ménagement. Elle fit des bises à des jeunes gars qui buvaient et fumaient devant le bar. De la musique, pour une fois de la bonne, fusait comme des obus de jazz dans le chaud de la nuit. Pendant qu'elle était à l'intérieur je sortis de la voiture pour en fumer une. Nonchalamment je m'approchai du groupe. Quatre jeunes types parlaient foot, des verres de bière à la main, attifés de casquettes, de jeans et de piercings sur aux sourcils. Deux grandes girafes en pantalons serrés et talons aiguilles mataient leur téléphone. Des blacks, des asiatiques, des beurs, des blancs, bref, ce qui faisait la jeunesse actuelle, qui se mélangeait, et qui se foutait totalement de la couleur de la peau. Enfin ! Cela dépendait quand même des jeunes… J'étais flic et bien placé pour savoir que certains se bastonnaient gratos pour le motif contraire.
Julie ressortit enfin. Elle fit la bise encore à un mec qui sortit derrière elle, qui me lorgna deux secondes et qui réintégra la salle.
- Je les ai ! On peut y aller.
- Eh ! Ce n'est pas top tôt !
- Allez Papi ! Arrête de grogner. On rentre.

Je ne répondis pas… J'en avais ma claque de cette journée. Je roulai vite. Très vite avec le gyrophare dans le coffre. Merde !

33. Dimanche 2 mai

Le criquet de ma montre sonna à sept heures. J'eus toutes les peines du monde à extirper ma carcasse du pieu. Cette nuit lorsque j'étais rentré à l'hôtel, en apercevant la voiture de Camilla, j'avais réalisé que nous étions partis au restaurant avec la mienne. Elle avait dû se taper le retour à pieds. J'enfilai un jean propre et une chemise blanche mais je ne me rasai pas. Tant pis ! Aujourd'hui c'était dimanche. Je descendis penaud vingt minutes plus tard. Il n'y avait personne. Pas de café ! Camilla me faisait la gueule ou bien elle se prélassait sous sa couette. A choisir j'optai pour la deuxième solution. Je pris ma bagnole et décidai d'aller au café des halles.

Il y avait deux pelés et un tondu. Je commandai un café double et un verre d'eau au patron. Je jetai un cacheton effervescent dans l'eau. J'avais la migraine et la journée promettait comme les jours précédents son lot de surprises. Le patron qui lisait la Dépêche du jour au comptoir l'avait laissée pour préparer mon café. Je m'emparai du journal et parcourus vite fait les gros titres. Il y avait une page sur la mort du gendarme avec sa photo en uniforme. Le journaliste n'y allait pas de main morte. Le déroulement de l'enquête était parsemé d'erreurs dont la plus grave avait permis la fuite du principal suspect en entraînant le décès d'un père de famille. Suivaient des lignes de suppositions inventées par la rumeur. Toutefois si la première partie de l'article était vraie la deuxième était assez fantaisiste et je m'en tapai car j'avais une bonne longueur d'avance. La découverte du corps du bébé au fond du puits n'avait pas encore transpirée.

Ma cigarette finie j'appelai aussitôt Rangueil. Éléonore dormait. Une infirmière m'assura que je pourrais l'interroger ce matin. Je sautai donc dans ma voiture et pris la direction de l'A64. A Carbonne je fis un détour pour m'acheter un pain aux raisins, un croissant et une croustade encore chaude car j'avais faim. Mon repas de la veille était reparti en cuisine. Mon estomac m'expédiait des retours gastriques pour signaler son impatience à bosser. Sur l'autoroute il n'y avait personne. Profitant de mon pouvoir de flic, je mis le gyrophare pour le plaisir inavoué d'appuyer à fond et me tapai un petit 180 km. Manière de me défriser le cerveau. Puis je levai le pied devant l'immense Leclerc et me coulai patiemment dans la circulation qui commençait à se manifester.

Éléonore était réveillée. Elle était installée sur deux grands coussins qui la maintenaient assise dans son lit. Elle était perfusée et tenait un verre vide dans sa main qui reposait sur son ventre. Elle regardait par la fenêtre. Le ciel était d'un bleu lumineux. Les archers allaient se régaler. Je m'approchai de son chevet après avoir poussé la porte sans avoir frappé. Elle ne fit aucun geste. J'attendis donc qu'elle tourne la tête vers moi. Ce qu'elle fit en poussant un soupir.

- Je savais que vous viendriez ce matin !

- Je crois que vous avez pas mal de choses à me dire. C'était bien Driss qui vous a agressée ?

- Oui ! Quand vous êtes parti hier il a déboulé comme un fou dans la maison. Je m'apprêtais à partir à Toulouse. Mon mari va faire sa partie de golf le samedi. Il ne m'accompagne jamais. C'est comme ça ! Et bien sûr Driss le savait…

- Que s'est-il passé ?

- Il était extrêmement agité. Il m'a entraînée de force dans la chambre et il m'a jetée sur le lit. J'ai eu peur.

- Que voulait-il exactement, de l'argent ?

- Non, ce n'est pas ça ! Pendant l'interrogatoire vous lui aviez raconté que j'avais été enceinte. Si je ne lui disais pas la vérité sur ce qui s'était passé autrefois il m'a dit qu'il était capable de me tuer car il n'avait plus rien à perdre.

- Que lui avez-vous dit exactement ?

- La même chose que vous…

- Donc qu'il avait un fils qui se baladait dans la nature. Je comprends qu'il ait été excité ! Ensuite que s'est-il passé ?

- Il ne m'a pas cru quand je lui ai dit que je ne savais pas ce qu'il était devenu. Il m'a giflée puis il m'a forcée à boire des cachets. Je l'ai supplié d'arrêter. J'ai cru qu'il voulait que je prenne toute la boite pour me tuer. Puis nous sommes sortis par derrière la maison. Nous avons contourné le château et nous avons rejoint une petite entrée que personne n'utilise. Nous sommes montés au troisième et il m'a enfermé dans ma cabane.

- Votre cabane ?

- Oui ! Elle datait du temps de la guerre. On y cachait des vivres. Et quand j'étais adolescente, l'été, j'allais parfois m'y réfugier. Je lui avais parlé de cette cabane quand nous nous sommes connus. Il s'en est souvenu et c'est là qu'il s'était caché. Ensuite il m'y a enfermée.

- Et c'est tout ?

Elle me dévisagea, chercha mon regard et droit dans les yeux, elle me répondit par l'affirmative. Sceptique je repris :

- Je ne comprends pas. Il vous enlève, vous interroge mais vous ne lui dites rien sinon qu'il a un fils, il vous drogue, il vous enferme et il se taille. Vous pouviez y rester longtemps là-haut ?

- Il ne m'a pas attaché les mains ni bâillonnée. Il m'a dit que je pourrais me libérer toute seule mais qu'il était obligé de faire ça pour lui laisser le temps de filer. Sa vengeance était accomplie. Je me souviens qu'il m'a dit qu'il comptait partir à l'étranger, car plus rien ne le retenait en France.

- Il vous a réellement dit que sa vengeance était accomplie ?

Je crevai son regard à force d'y enfoncer le mien.

- Oui ! reprit-elle, sans s'énerver, d'une voix basse et grave. Je crois bien qu'il m'ait dit ça mais je commençais à perdre la notion de la réalité.

- Ouais ! ouais… Espérons que l'on va le coincer !

L'infirmière me fit un signe discret pour m'indiquer de ne plus insister. J'allais rétorquer que ce n'était pas la peine de faire cette tronche mais je me ravisai. Je ne devais être pas mal non plus question physionomie ! Ce n'était pas plaisant de se coller une garde à l'hosto un dimanche alors que le soleil pointait son museau à l'extérieur. De toute façon, je n'avais plus rien à lui demander. Pour ce que j'avais à faire ce matin j'en savais assez. Et puis, nous étions appelés à nous revoir.

Je la remerciai et pensif je tirai ma révérence. Je n'avais rien dit à Éléonore de la découverte du corps de l'enfant. Sur le parking je croisai Jacques Daurade et sa fille. Je leur indiquai l'étage et la chambre. Curieux de savoir ce qu'ils savaient au sujet du puits je leur posai la question. Ils me répondirent par la négative sinon si cela faisait bien partie de l'enquête ? Je les remerciai et repris le chemin de Rieux-Volvestre. Pour cette fois l'adjudant-chef avait fait la leçon à sa bande de mousquetaires et leur avait ordonné de se taire sur la macabre découverte.

Je venais de dépasser Muret quand mon téléphone égrena une salsa que j'avais réussi à programmer. C'était Fred.
- Salut mon gars ! C'est pour m'inviter chez toi pour le dessert que tu m'appelles un dimanche matin ?
- Pour le dessert tu attendras un peu... Avant tu dois te taper le plat de résistance. Et il va être dur à avaler.
- Arrête de me faire languir ! C'est quoi la nouvelle, bordel de moine !
- Ne sois pas grossier ! Ton jardinier je sais où il est.
- Bon dieu ! Où ça ?
- A la morgue de Rangueil.
- Merde j'en viens !
- Qu'est ce que tu fichais là-bas ?
- Je n'étais pas à la morgue mais à l'hosto.

Je ne m'étendis pas. Je posai la question qui me brûlait les lèvres.
- Il est mort comment ?
- Une flèche noire !
- Quoi ?
- Une flèche noire. Comme les trois autres.
- Putain de vierge enceinte ! Je m'en doutais. Ce n'était pas lui l'archer noir.
- C'est comme au jeu de l'oie. Ton jardinier a gagné en évitant la case prison. Mais toi tu reviens à la case départ.
- Où a-t-il été tué ?
- Tôt ce matin, un passant a vu le corps qui était coincé sous un tronc d'arbre sur la jetée du Port Garaud.
- C'est où ?

- Au pied du pont Saint-Michel. Ce sont les eaux du bras supérieur de la Garonne. Autrefois il y avait des moulins qui alimentaient le château Narbonnais. Ils ont brûlé je crois dans les années trente. La Garonne ces jours-ci est assez haute. Elle charrie pas mal de trucs et on a eu beaucoup de chance de retrouver le corps. Il a été tué sans doute en amont mais rien n'est sûr.

Une voiture me doubla en klaxonnant comme un malade. Je répondis :
- Tu te trompes. Je ne reviens pas à la case départ. C'est le contraire. Je ne suis pas loin de gagner... Quant au jardinier il a seulement quitté la partie. Allez bonne journée !
- Eh ! Tu ne m'as pas dit ce que tu faisais à l'hôpital ce matin ?
- Écoute ! C'est assez long à t'expliquer et je conduis. Mais demain je fonce te voir et j'aurai du nouveau... Tu peux me croire.
- Bon d'accord ! Mais viens plutôt passer la soirée à la maison. Demain je n'ai pas le temps, je suis avec des huiles toute la journée.
- Alors bon courage. A demain.

A la bretelle suivante je fis demi-tour.
L'oiseau se matérialisa soudainement. S'il était là c'était qu'on avait à causer.
- Cette pouffe te raconte des conneries ! Ne me dis pas que tu n'y songes pas Marcello ?
- C'est exact ! Il semblerait qu'elle en ait dit davantage à Driss qu'à nous. Si c'est le cas elle a envoyé le père de son fils à la mort !

Le piaf me répondit :
- Comment expliques-tu qu'il ait quitté Éléonore, hier, dans l'après-midi et qu'il ait été abattu quelques heures après ?
- Deux possibilités à mon avis. Il connaissait l'archer noir car ils étaient complices. Peut-être, l'a-t-il payé pour accomplir sa vengeance ? Ou alors c'est Éléonore qui connaît l'assassin et qui lui a révélé l'endroit où il se trouvait.

- Moi je parierais pour la deuxième solution, continua le piaf.
- Mais nous n'avons rien de concret.

J'accélérai brutalement pour doubler un train de camions qui faisait chier. J'étais pressé. Mon alter ego à plumes quitta le rétroviseur où il était perché et sauta comme d'habitude sur mon épaule. Il continua.
- Cette bourge d'Éléonore est une énigme... Elle n'est pas franche du collier derrière ses airs de chien battu. On dirait qu'elle va toujours se mettre à chialer. Je commence à caresser l'idée dans ma cervelle d'oiseau que c'est une manipulatrice de premier ordre. Et que tu te fais entourlouper mon pauvre con !

Cohabiter avec cette vision volante devenait de plus en plus déplaisant. Je commençais à me lasser de sa façon ordurière de parler. Cette manie de m'injurier prouvait à quel point j'avais une piètre estime de moi-même. Il était temps d'en parler à ma psychiatre la prochaine fois. Elle me répondrait assurément que je n'avais qu'à penser différemment de mes contemporains.
- Je retourne à l'hosto et je vais la cuisiner pour de bon, dis-je.
- Je doute que tu arrives à la faire parler ! Cette bonne femme c'est du granit. Elle est impénétrable à tous les points de vue, si tu vois ce que je veux dire...
- Basta ! Ne recommence pas avec tes insinuations tordues. Mais tu as raison. Il faut essayer.
- Reviens plutôt à Rieux-Volvestre et laisse tomber l'hôpital. Convoque demain Éléonore dans les locaux de la police criminelle à Toulouse. Le décorum pourrait la faire craquer.
- Oui ! Tu as raison. J'en ai marre qu'elle se foute de ma gueule.
- Voilà qui est parlé mon petit Marcello ! pouffa le volatile avant de disparaître d'un battement d'aile à travers la vitre côté passager.

Pour la deuxième fois je fis demi-tour
J'allumai la radio. Il fallait que je fume. Cela me démangeait ! Tout en conduisant je me roulai alors une cigarette. J'avais l'art et la manière de faire ça. J'ouvris la fenêtre et coinçai le coude

à la portière. Je levai en même temps le pied de l'accélérateur et positionnai l'aiguille du compteur sur un modeste soixante-dix kilomètres à l'heure. Un vrai danger public sur cette portion de route ! Durant cette manœuvre irresponsable ma cogitation turbina. La justice allait faire des économies. Il n'y aurait pas de jugement pour le tueur de gendarme. Il ne restait plus qu'à coincer l'archer noir. Ce type possédait sa tanière à Toulouse. Mon petit doigt me disait qu'elle n'était pas loin de l'île du Ramier. Car pour une fois ce n'était pas l'archer noir qui était allé au devant de ses victimes mais tout le contraire. S'il fallait dessiner un cercle de recherche pour trouver où cet enfoiré logeait la cité d'Empalot, en amont du pont Saint-Michel, était tout indiquée.

34. Les flèches volaient

Je m'arrêtai à la gendarmerie. Je demandai que l'on convoque Éléonore Daurade au plus tôt. Tout compte fait j'avais réfléchi. Je ne voulais pas attendre au lendemain. Casser le rythme de mes investigations. Je donnai quelques coups de téléphone à droite et à gauche. Mais aujourd'hui nul ne semblait vouloir décrocher.

Dehors le village montait en pression. Il n'était pas loin de midi et il faisait beau. La foule commençait à affluer. Il y avait de plus en plus de bagnoles garées n'importe où. La bonne humeur était dans l'air. Les portières claquaient, les mômes s'échappaient sur les trottoirs et les parents leur criaient après. Tout ce beau monde convergeait vers la fête foraine et le stade où avait été dressé le mat. Le défilé royal s'ébranlerait en début d'après-midi suivi de la compétition. Certains commenceraient à se masser dans les endroits stratégiques pour profiter du spectacle. Le roi de l'année précédente, avait marqué de sa présence la messe en occitan à la cathédrale. Puis il avait présidé la cérémonie officielle qui avait suivi.

Pour l'heure il était avec ses potes à ripailler.

Soudain une puissante moto passa en trombe. Je regardai filer la silhouette casquée gainée de cuir. Se pouvait-il que ce motard inconnu soit l'archer noir ?

Derrière les flonflons multicolores, derrière la musique bon enfant des bandas, derrière les pommes d'amour et les barbes à papa, il y avait toujours l'ombre des flèches noires qui sifflaient au-dessus des têtes. Le tueur allait-il décocher une cinquième flèche assassine ? La vengeance était-elle sa seule motivation ou était-il un serial killer obéissant à ses pulsions meurtrières ? Éléonore avait-elle la clef pour résoudre l'énigme et était-elle disposée à me la donner ?

Je rentrai à l'hôtel. Le hall était vide, la maison silencieuse. J'en profitai pour contempler les tableaux qui ornaient les murs. Un taureau furieux avec un dos couvert de sang fonçait sur un torero filiforme. Une peinture taillée au couteau. Elle donnait une force magistrale à l'œuvre. Le tableau était très grand et il illuminait le couloir par ses couleurs sanguines. L'autre toile était plus modeste. C'était une peinture morte. Des fruits dans une corbeille et une bouteille de pinard. Sans intérêt pour moi ! Sur le comptoir un cendrier en pierre noire me surprit par sa présence. Un cigarillo encore fumant y reposait. Camilla ne fumait pas. Intrigué, jaloux, je m'avançai et stoppai devant sa porte. Songeur je matai la petite pancarte « privé » et j'hésitai. Je collai l'oreille à la porte. J'entendis vaguement des bruits de vaisselle. J'allai faire demi-tour mais je me ravisai.

Je frappai. Camilla m'ouvrit. Dans son dos j'aperçus la silhouette d'un grand type. Elle me tendit une main distante et me présenta :
- Un ami ! dit-elle. Sans en dire davantage.

Que répondre ! Je me trouvai con et elle le sentit.
- Veux-tu te joindre à nous ? Nous allions prendre l'apéritif.

Sur la table, sur une nappe bordeaux, à l'ombre d'un bouquet de roses que le type avait amené, le couvert était dressé avec deux assiettes blanches et une carafe de vin qui trônait au milieu.
- Non ! Je te remercie, dis-je avec une maladroite rudesse. Je désirais m'excuser pour hier soir. Il y a eu un autre meurtre. L'enquête devient plus compliquée. Elle piétine un peu. Aussi je vais en profiter pour assister au tir des archers. On se verra sans doute ce soir ? ajoutai-je plein d'espoir.
- Mon ami est venu pour assister au Papogay. On va s'y rendre nous aussi. On risque de se voir…
- Bon et bien à tout à l'heure.
- Tu ne veux vraiment pas prendre l'apéro avec nous ?

Boudeur je refusai.
- Je préfère travailler sur mes notes. On se verra ce soir.
Je pivotai sur mes talons et je montai dans ma piaule. Après avoir soulagé ma vessie, je me regardai dans la glace de la salle de bain et je me traitai d'imbécile. Il n'était pas question de déprimer. Camilla pouvait bien fréquenter qui elle voulait. Je

redescendis et je partis faire le touriste.

Sur le bord de l'avenue de la Gare la foule se pressait. Sur l'esplanade plusieurs bandas égrainaient leurs notes joyeuses. Puis les majorettes défilèrent. Dans les rangs serrés de la foule qui attendait le passage du char royal j'aperçus Charlotte. Je jouai des coudes et parvins à sa hauteur. Elle m'aperçut et me fit un signe de la main. Elle était tout sourire. Vêtue d'un pantalon noir moulant, d'une veste en cuir rouge, elle était juchée sur ses compensés qu'elle semblait, à priori, ne jamais quitter.

- Tu n'es pas au château ? dis-je.
- Ils m'ont congédiée ! Je ne vois pas pourquoi je vais leur faire cadeau de mon dimanche. Quand il y avait le capitaine c'était autre chose. Il avait du sentiment pour moi et il voulait m'établir.
- Comment ça t'établir ?

Charlotte me dégota un sourire cruel et cynique.
-Vous ne croyez pas commissaire que je me suis tapé le vieux pour des prunes… Vous savez bien que je faisais la pute à Bordeaux. Il était client dans le bordel où je bossais. Il m'a racheté à mon mac et ensuite il m'a embauchée au château. Après tout ce n'était pas si mal d'avoir qu'un seul client. Il m'a offert un appartement à Jolimont, près de la médiathèque José Cabanis. Il savait que j'aimais lire. Surtout les BD… Il avait même signé pour un studio en Espagne. Un beau trois pièces face à la mer. Puerto de la Selva vous connaissez ?
- Non !
- Mais le capitaine est mort ! Cette salope d'Éléonore a fouiné dans les papiers. Elle a fini par trouver le contrat que le vieux avait signé chez le notaire espagnol. Elle n'a pas attendu pour me virer. Mais je m'en fous ! J'ai mon appartement à Toulouse et j'ai ma rente.
- Ta quoi ?
- Il s'est arrangé avec sa banque pour que je touche chaque mois. Comme un salaire quoi ! Mais sans rien foutre. J'avais juste à me faire baiser…

- Et maintenant cela va s'arrêter ?
- Non ! Il a fait le nécessaire dans un testament ou je ne sais quoi !
- Et sa femme ne disait rien ?
- La vieille elle s'en foutait ! Son mari pouvait baiser n'importe quelle pétasse elle s'en fichait . C'est une grenouille de bénitier. Par contre c'est sa fille que ma présence emmerdait. Elle voyait d'un mauvais œil que le capitaine claque autant de pognon. Que voulez-vous, commissaire, ajouta-t-elle avec un air salace, ce vieux cochon était amoureux.
- Je pense qu'il aimait plutôt tes talents de pute.

Le char du roi arriva sur ces entrefaites. Charlotte battit des mains comme une petite fille. Je l'observai éberlué. A la voir elle avait l'air d'une femme normale avec ce bout d'enfance qui vous colle toujours à la peau. Le type qui se trouvait à côté de nous avait entendu la conversation. Il lorgnait Charlotte avec des yeux gloutons. Je lui tapai sur l'épaule :
- Casse-toi ! Tu n'as pas les moyens…

Le type me toisa, il hésita, vit ma trogne renfrognée et il s'éloigna. Il se planta un peu plus loin et il nous observa à la dérobée, inquiet.

Je laissai Charlotte à sa joie enfantine et à ses illusions au sujet de sa rente mensuelle. Éléonore allait y mettre bon ordre. Je n'en doutais pas. Au passage je m'achetai un hot-dog et une bière. Je m'installai sur un banc pour manger. J'avais le temps avant le début du tir. A mes pieds je ramassai un papelard. C'était un dépliant sur papier glacé qui racontait l'histoire du Papogay. Il était question de l'historique de la compétition. J'appris en plus de ce que j'avais déjà glané sur la fête que nous devions sa naissance à nos ennemis héréditaires. Sous le règne d'Édouard III, les angliches avaient battu à plate couture les troupes de Philippe VI grâce à la supériorité des arcs et des arbalètes. Vingt-trois ans plus tard, le roi Charles V dans une de ses ordonnances demandait à son peuple d'imiter l'ennemi en s'exerçant régulièrement au tir à l'arc et à l'arbalète. Puis quand les arquebuses prirent le pas sur les flèches cette activité guerrière cessa. Cependant plusieurs villages continuèrent de perpétrer la tradition. Notamment dans le sud de la France. Je reposai le prospectus nostalgique. Mon pater aimait à dire, à propos de nos amis anglais qu'ils avaient brûlé Jeanne d'Arc, empoisonné Napoléon et qu'ils nous avaient rendu de Gaulle. Je me marrais tout seul !

Après avoir fini de téter ma cannette, je m'en roulai une et je pris la direction du stade. Je désirais avoir une place assise dans les tribunes. Je ne devais pas trop traîner à regarder le défilé.

Quand je me pointai à l'entrée du stade les pupilles étaient à l'œuvre. Les flèches volaient, s'éparpillaient dans tous les sens. C'était une joyeuse pagaille. Les mômes se prenaient au sérieux. Ils s'appliquaient en imitant leurs aînés. Les parents se congratulaient. Les bancs se remplissaient. Je dénichai une place et attaquai une autre bière. Bientôt le côté tribune du stade fut rempli. J'observais les gens autour de moi quand soudain il y eut des applaudissements clairsemés. L'oiseau des gamins était enfin tombé. Immédiatement une fanfare prit le relais. De l'autre côté du stade il y avait quelques aventureux. Les flèches retombaient dans cette zone et c'était assez dangereux. Il y avait eu des accidents les années précédentes et la voiture du SAMU garée à l'entrée pouvait en témoigner.

Peu à peu les archers arrivèrent en nombre. En chemise blanche, cravate rose, pantalon noir et béret pyrénéen sur le ciboulot. Ce coup-ci j'avais mis mon téléphone portable en mode silencieux. Je ne voulais rien rater. Au signal les archers sortirent une flèche de leur carquois. Chacun avec sa couleur. Comme un seul homme ils visèrent le Papogay. La première volée s'en fut dans le ciel bleu et les flèches sifflèrent, décrivant une courbe parfaite. Certaines s'éclatèrent sur le mat, d'autres touchèrent l'oiseau en faisant un bruit sec. Sans toutefois le faire vaciller. Elles retombèrent se planter dans la pelouse grasse. Quand les carquois furent vides le mec au micro reprit la parole.

Les commentaires allaient bon train dans le public. Les verres de bière se vidaient. Les archers, comme un seul homme, s'étaient élancés sur le terrain à la recherche de leurs flèches. Chacun ayant ses propres couleurs. Une dame à côté de moi me toucha le poignet et elle me montra du doigt quelqu'un qui me faisait signe. C'était Camilla avec son gugusse. Elle me faisait signe de les rejoindre. Ils étaient debout sur la touche. J'étais assis et j'hésitais. Mais elle insista avec son sourire. Je n'avais pas le choix. Je me levai et avant même que je la rejoigne, un type avait pris ma place.

Elle se serra contre moi et je restai dans le dos de son ami qui s'était à peine retourné. A l'oreille Camilla m'expliqua que la plupart des archers confectionnaient leurs flèches à partir de rondins de frêne, de plumes de canard et de filasse. Les flèches faisaient 80 cm et 8mm de diamètre avec un fer à bout plat. Le perroquet était constitué de bois et de fer. Il pesait environ 4,5 kg et il était fixé en haut d'un mat de 45 mètres. Celui-ci était tenu par quatre haubans. Je lui demandai comment elle savait tous ces détails. Elle me répondit qu'elle avait un bon ami qui avait été roi. Je m'abstins d'en savoir davantage. Et je me replongeai dans le spectacle.

Les flèches volaient encore et encore. La foule appréciait. Des soupirs et des « hooo » retentissaient chaque fois qu'une flèche tapait l'oiseau sans le détrôner. Peu à peu je me désintéressais de la compétition. Camilla avait posé sa tête sur mon épaule. Les archers confectionnaient leurs flèches. L'archer noir lui ne s'embarrassait pas avec des bouts plats. Ses flèches étaient en carbone. Ses pointes étaient acérées comme du rasoir. Je perdis la notion du temps. Soudain la foule se mit à applaudir. Je levai le nez. Le Papogay n'était plus au sommet du mât. Une flèche avait tapé dans le mille. Déjà les archers félicitaient le nouveau roi. Là-dessus le public envahit la pelouse et nous fûmes vite entourés par une multitude. Le copain de Camilla nous rejoignit et nous partîmes tous les trois vers la fête foraine.

Pour ne pas paraître bégueule je proposai une bière à la guinguette. Puis j'appelai l'adjudant-chef. Il n'était pas là. Le gendarme de faction m'indiqua toutefois qu'Éléonore était de retour au château. Conformément à mon désir d'aller vite, et en y mettant toutefois des formes, car c'était un flic qui s'adressait à un gendarme, je demandai qu'on la convoque immédiatement à la gendarmerie.

- Vous ne voulez pas plutôt demain quémanda le gendarme que cette convocation n'enthousiasmait pas.

Chassez le naturel et il revient au galop. Je répondis d'un ton rogue :
- Non bon dieu de merde ! Tout de suite…

Camilla m'avait entendu jurer et elle s'approcha :
-Un problème ?
-Non ! Juste le boulot ! Je dois m'en aller. On se voit ce soir ?
-Bien sûr.
-Et ton copain il sera là ?

Elle éclata de rire.
- Non ! Il repart tout à l'heure. Son ami est pilote et il arrive ce soir.

Je préférais ça. J'avais bien remarqué à la longue que je n'intéressais pas ce gars. Je n'étais pas son genre. Mais c'était parce qu'il ne m'avait jamais vu dans ma tenue d'officier… Je me débinai.

Il me tardais de cuisiner cette menteuse d'Éléonore.

35. Vous me voyez tirer à l'arc ?

J'arrivai le premier. Impatient comme pas deux je fis les cent pas devant la gendarmerie, la clope éteinte au bec. Enfin la fourgonnette fit son apparition. Encadrée par les gendarmes Madame Daurade sortit du véhicule. Je la saluai sèchement et la précédai dans une pièce à part derrière un bureau. Je tirai une chaise. L'adjudant-chef était revenu. Sa bedaine sanglée en imposait tout autant que des flics de la brigade toulousaine.

Éléonore prit position sur la chaise, sans avoir dit la moindre parole. Elle tenait son air renfrogné de petite souris. La porte se referma. D'habitude il était de bonne guerre de faire mijoter les prévenus avant de leur tomber sur le paletot. Mais je n'en pouvais plus.

- Madame Daurade qu'avez-vous dit exactement à Driss Ben Arfa ?

Elle était vêtue d'un tailleur strict bleu marine qui accentuait la pâleur de son visage. Elle tenait contre elle un sac noir qui provenait certainement d'une boutique chic de Toulouse. Son visage n'était pas maquillé comme à l'ordinaire et affichait dix ans de plus. Comme elle restait muette je la priai de l'ouvrir en répétant ma question. Elle nous dévisagea l'un et l'autre avec morgue et lentement remua son derrière imposant sur la chaise.

- Je vous l'ai déjà dit !

Sa voix avait tremblé.

- Vous avez envoyé le père de votre enfant à la mort ! Dans ce village où l'on sait tout, cela vous est-il arrivé jusqu'à vos oreilles chastes ?

- Comment ? Vous dites que Driss…

Elle n'acheva pas sa phrase.

- Driss est mort. On l'a trouvé dans la Garonne une flèche noire plantée dans le ventre. Une flèche brisée. Il a été assassiné hier, quelques heures après vous avoir laissée. Où l'avez-vous donc envoyé ?

- Nulle part !

- Moi je dirai que vous lui avez donné l'adresse du meurtrier que nous recherchons. L'archer noir habite Empalot ! Et nous allons le trouver avec ou sans vous !
- Ce sera sans moi ! Je veux mon avocat.

Je m'étais attendu à ce qu'elle craque... J'avais eu tort de m'emballer pour l'interroger. Je lui reprochais quoi au juste ? Quel était son mobile dans cette histoire ? Certes son père claquait du blé avec sa pute mais était-ce suffisant pour le faire occire ? Aurait-elle voulu à son tour se venger de ces trois hommes dont l'un, plus salaud que les autres, avait massacré le bébé ? S'était-t-elle servie de Driss Ben Arfa, après ces années, pour assouvir sa vengeance ? Mais putain qui alors avait décoché la quatrième flèche ? Je n'y comprenais rien ! Existait-il une chance pour qu'Éléonore ait su que son fils avait été assassiné à la naissance ? Elle s'en doutait ou bien en avait-elle eu la preuve ? Le toubib était-peut être au courant et il lui avait peut-être parlé ? Cela faisait trop de « peut-être »... A force j'allais me faire péter le crâne en vaines suppositions. Ou pire. Je risquais qu'une explosion d'oiseaux me tombent dessus. Un nuage de piafs se jetant sur moi comme dans le fim d' Hitchcock. Mais j'avais encore une carte :
- Vous savez ce que l'on a trouvé au fond du puits ?
- Des vieilleries j'imagine... Dans la salle il y a, paraît-il, encore du mobilier du temps de l'occupation.
- Je vois que vous avez réponse à tout. Mais je vais vous dire... il y avait aussi un sac.
- Un sac ? Et alors ?
- Et dans ce sac... un corps de bébé. Est-ce que cela vous parle ?

En lui dévoilant l'horrible vérité je scrutai son visage et je ne lâchai pas son regard. Elle ne cilla même pas. Cette femme était en bronze. Elle prit le temps de déglutir, de plisser légèrement les joues plus comme une grimace plutôt comme un sourire et elle dit :
- Je sais ce que vous pensez ?
- Allez- y.

- Que c'est le mien et que l'ADN va parler.
- Et oui madame Daurade…
- Et alors ? osa-t-elle me jeter à la figure.
- Alors si c'est votre bébé, comme tout porte à le croire, qui l'a jeté du haut de la margelle ? Le meurtrier ne s'est pas fatigué à descendre le sac. C'est vous qui avez fait ça ?
- Une mère ne fait pas ça !
- Une mère dégénérée oui.
- C'est mon père.
- Il vous l'a dit ?
- Non ! Mais j'ai eu des doutes.
- Alors si vous avez eu des doutes peut-être avez-vous eu l'idée de vous venger ?
- Vous me voyez tirer à l'arc ?
- Ne faites pas l'idiote Éléonore ! Vous avez sans doute un complice ? Avez-vous engagé un archer ?
- Vous dites n'importe quoi. Vous n'avez qu'à chercher des preuves. Et je vous dis bon courage.

Elle n'ajouta plus rien. Fatigué je la laissai repartir. Ce n'était pas la peine de déranger le juge. Je n'avais rien de probant contre elle. Son avocat qui avait rappliqué au plus vite la raccompagna chez elle. Je saluai l'adjudant-chef et ses gars et je rentrai à l'hôtel. J'étais fourbu. Je désirais ardemment me taper un verre et une bonne clope. On ne se refait pas.

Camilla était rentrée et elle était derrière son bar. Elle n'eut pas besoin de me demander si ça allait. Elle me servit un bourbon et me laissa rouler ma cigarette avant de savoir si l'enquête avançait. Ce n'était pas par curiosité mais juste pour me remonter le moral qui était visiblement tombé dans mes chaussettes. Je lui déballai les dernières péripéties ainsi que les apparitions répétées de mon piaf. Cela la fit beaucoup rire et l'atmosphère se détendit. J'avais retrouvé la pêche mais la bouteille de bourbon y était aussi pour beaucoup.

On était dimanche soir. La fête du Papogay était finie. Le nouveau roi avait été couronné. Les musiciens étaient dans le bus. Les forains avaient déjà accroché leurs caravanes à leurs camions. L'archer noir avait rangé son arc et ses flèches assassines et il se préparait à mater le film à la télé. Moi, j'étais ivre. La troublante Camilla ne se troubla pas pour autant. Pour remonter le bonhomme elle déposa sur le bar une assiette de serrano, du sauciflard, un gros morceau de comté, un pain aux céréales et une bouteille de Saint Émilion.

- Quand on boit il faut manger ! ponctua-t-elle.

J'opinai de la tête et me resservis un verre de bourbon. J'ai mangé, j'ai bu, puis je me souviens qu'elle m'a accompagné sur le canapé. C'est là que je me suis réveillé à six heures du mat le lendemain.

36. Lundi 3 Mai

Elle avait ôté mes godasses et les avait rangées à côté de la porte. Bonjour l'odeur ! J'eus un sentiment de honte mais il ne dura pas. J'assumais. J'étais seul dans le séjour. La fenêtre était ouverte et j'entendais les corneilles qui s'en donnaient à cœur joie. Le ciel était dégagé, ce qui n'était pas le cas de mon crâne. Pauvre con que j'étais ! J'avais loupé encore la correspondance de l'express amoureux.

Je quittai l'appartement silencieusement et je montai dans ma chambre. Je me douchai, enfilai ma dernière chemise propre, je changeai par la même occasion de montre et de pompes, et je redescendis prendre ma voiture.
Le tueur vivait certainement à Toulouse. C'était là-bas que je devais chercher. Avant de démarrer je branchai mon téléphone. Je n'avais pas écouté ma messagerie. Je branchai le haut-parleur. J'avais des messages. La veuve Frémont voulait me rencontrer. J'étais un homme très demandé. Mais il y avait des priorités. Le juge désirait aussi me voir.

La jauge d'essence s'était allumée. Cela tombait bien. Je n'avais pas eu le temps de prendre mon café du matin. Je m'arrêtai sur l'autoroute à l'aire de Garonne et j'en profitai pour me faire un jus au distributeur automatique. Une bonne clope et je repris la route peinard.
Je croyais être parti suffisamment tôt pour ne pas avoir à me fader les embouteillages. Encore une fois je m'étais trompé. Putain cette ville c'était la galère ! Je plaignais ceux qui se tapaient le chemin pour aller turbiner. Je sortis le gyro car pour accéder à la place du Salin c'était la merde. Le juge avait dit huit heures.
C'était sans compter avec le quart d'heure toulousain.

Pour se garer ce n'était pas gagné non plus. En désespoir de cause je laissai la Peugeot en double file. Le mot « police » en évidence mais la fenêtre ouverte pour la pousser le cas échéant.
Un employé m'indiqua le bureau du juge. Je frappai deux

coups secs à la porte. Je n'étais pas dans mon assiette, et je ne m'attendais à rien de bon. Je n'avais eu que dix minutes de retard et j'étais relativement satisfait vu les difficultés à se véhiculer dans cette foutue ville rose.

Le juge était derrière un bureau couvert d'épais dossiers. Il leva son crâne dégarni et hâlé, puis ce fut au tour des yeux de se hisser par un haussement de sourcils par-dessus des lunettes bleues. Des lunettes rectangulaires et étroites. Des loupes de bobo, davantage pour faire le malin dans son milieu que pour bien y voir. Cela n'empêcha pas le bonhomme de m'adresser sèchement la parole :

- Ah vous voilà !

Effectivement comme accueil il y avait mieux. Pas de « bonjour… » ou « comment vous allez ?» ni même « et cette enquête cher commissaire… ». J'attendis la suite qui ne vint pas… Le nez avait replongé dans son dossier. La main gauche dotée d'une alliance chercha à l'aveuglette le cendrier qui se cachait derrière une choppe de bière rococo. La cendre de la Malboro faillit tomber à côté. Le juge releva le nez et aspira une bonne goulée avant de poursuivre :

- Qu'est-ce que vous foutez dans cette enquête ?

Comme il ne m'avait pas prié de m'asseoir, je tirai une chaise vers moi, j'ouvris ma veste, sortis mon tabac et, le fixant, je m'en roulai une. Puisque à l'évidence dans ce bureau, il était permis de fumer. Je ne voyais pas pourquoi je me priverais. Silence... Ma méthode du silence. Je pris le temps pour faire ma clope, sortir mon Zippo et tirer ma première bouffée. La tension entre nous était palpable. Le juge tirait sur sa cigarette en la faisant rouler entre son pouce et son index. Sacrément stressé le petit juge toulousain ! Un vrai duel de cloppes !A l'instant où il se décida à ouvrir la bouche je lui coupai l'herbe sous le pied.

- Je vous rappelle que je suis arrivé à peine mercredi soir ! J'enquête seul et sans équipe, excepté l'aide des gendarmes suivant leur disponibilité. A Rieux c'était aussi leur fameuse fête du Papogay. En outre, monsieur le juge, et j'appuyai sur « monsieur » pour me foutre gentiment de lui, cette affaire est bien plus complexe qu'elle n'y paraît. Cependant j'avance…

Il me coupa la parole.

- Vous aviez l'assassin et il s'est échappé !

- Présumé assassin. Il a été trucidé lui aussi par une flèche.

Le juge Hermes, cela ne s'inventait pas, posa son stylo Mont Blanc que sa bergère avait dû lui offrir pour ses quarante piges, ou cinquante, vu que sa tête n'avait pas d'âge. Il me rétorqua avec une dentition toute neuve qui avait dû lui coûter le prix d'une belle voiture neuve :

- Ce matin j'ai eu une conversation intéressante avec l'institut médico-légal. Le médecin légiste m'a affirmé que Driss Ben Arfa a bien été tué par une flèche mais elle n'a pas été décochée par un arc.

- Comment cela ? dis-je étonné.

- Quand une flèche est expédiée par un arc, elle crée une blessure droite et franche. Celle de Ben Arfa montre que la flèche a été utilisée comme un poignard. Le tueur est droitier et il a frappé de haut en bas. Il a poussé sauvagement faisant des dégâts irrémédiables.

- Vous en déduisez monsieur le juge ?

- Que l'archer noir c'était bien le sieur Ben Arfa et qu'il s'est fait à son tour éliminer. Un complice certainement ou une querelle de voyous… Mais ceci est une autre affaire ! Celle de l'archer noir est terminée aux vues des preuves que nous avons déjà.

- Si vous le dites ? Cependant j'ai peine à croire que la mort du jardinier ne soit pas liée aux trois autres. Mais vous avez raison monsieur le juge C'est préférable de séparer le tout. Il vaut mieux tenir que courir ! Et trois crimes résolus ça fait meilleur effet pour les statistiques. N'est-ce pas ?

- Ne soyez pas moqueur ! Avez-vous des faits nouveaux pour que je vous laisse encore sur le coup ?

- Même si les preuves sont contre Ben Arfa je pense que ce n'est pas lui. Il a été manipulé. On veut nous faire croire que le mobile c'est la vengeance. Peut-être mais il y a autre chose. Et je ne suis pas loin de le découvrir.

- C'est votre oiseau qui vous le dit ?

- Vous aussi ne soyez pas moqueur… Laissez-moi une semaine et après je rentre à Paris et je vous laisse vous démerder.

- Je n'étais pas chaud pour vous faire venir. Je me suis renseigné sur votre carrière. Même si vous avez obtenu de réels succès autrefois vous faites partie de ces gens incontrôlables. L'administration n'à que faire de gens comme vous. C'est bien parce que la brigade est vraiment engorgée, faute de moyens, que j'ai été obligé d'accepter la proposition de votre ami le commandant Frédéric Costessec

Les règles du jeu étaient claires. Je me levai et lui demandai si c'était tout et si je pouvais disposer. Il me fit un signe du menton pour acquiescer. La main reprit le Mont Blanc, et le juge Hermès replongea dans son dossier. L'entretien avait été on ne peut plus expéditif. La tire était à la même place et comme il était trop tôt pour aller chez la veuve je mis le cap sur Empalot qui était à deux pas du Stadium et de la grande piscine municipale.

J'avais lu un truc sur le champion de natation qui avait donné son nom à la piscine. Il se nommait Alfred Nakache. Il était juif d'Algérie et avait perdu un temps sa nationalité française sur ordre de Pétain. Puis il avait été pris par la Gestapo et interné au camp d'Auschwitz. Sa femme et sa fille, embarquées elles aussi, n'étaient pas revenues. Nakache avait réussi à s'en sortir. Il avait repris sa carrière de sportif. Plusieurs fois champion de France, il avait participé à plusieurs jeux olympiques. Une carrure ! Je me demandais si les petits gars qui fréquentaient la piscine avaient entendu parler de ce type ?

Le GPS me conduisit devant la bibliothèque du quartier.

Je me garai à proximité. Pour une fois j'avais eu de la chance question parking. Les portes n'étaient pas encore ouvertes au public. J'avais rendez-vous en fin de matinée avec la veuve. J'avais suffisamment de temps pour faire une recherche sur un ordinateur de l'annexe. En attendant, indécis, je marchais le long des grands immeubles. Des barres des années soixante où s'entassaient tous ceux qui n'avaient pas les moyens de loger ailleurs. J'avançais le nez en l'air, en détaillant les balcons chargés d'objets et de meubles divers. Le tueur vivait dans cette cité. Je n'en avais pas la preuve mais mon instinct de chasseur me le répétait. Il était là encore dans son lit vautré, entortillé dans ses draps, la gueule bouffie d'avoir veillé. Les voyous ne sont pas des matinaux. Ils ont trop à faire la nuit. Ici, dans cette cité j'étais chez moi. Ce n'était pas comme au château.

Je parvins jusqu'à la place centrale. La supérette Casino était ouverte. J'entrai dedans pour me balader, acheter un truc à manger. Je ressortis avec un sandwich poulet mayonnaise et m'installai, debout, le dos contre un mur, sous un rayon de soleil. Il y avait du monde sur la place. Les boutiques étaient ouvertes. Les primeurs s'étalaient sur les trottoirs. Dans la boucherie halal les gars cognaient sur la viande et frottaient leurs mains ensanglantées sur leurs tabliers blancs. La porte de la boulangerie, à chaque passage d'un client, laissait échapper une bonne odeur de croissant et de chocolatine. Sur les étagères les baguettes à la française côtoyaient les kesras, les galettes kabyles. Les cornes de gazelle et les gâteaux au miel étaient alignés en évidence. Le coiffeur rasait avec application un jeune adolescent. La fleuriste préparait ses bouquets. Le centre de téléphonie était déjà plein.

Je croquai mon sandwich avec plaisir et me laissai bercer par l'ambiance chaleureuse. Certes, l'on pouvait croire que l'on était sur une place de Rabat ou de Tunis. Mais ces gens-là étaient la plupart français comme moi, comme Driss Ben Arfa et comme le tueur sans doute. La France était plus colorée qu'avant. Cela ne me dérangeait pas. Ce fourmillement d'êtres était un enrichissement pour le citoyen que j'étais. Même si certaines cultures étaient plus bruyantes que d'autres. Même si mon oiseau parfois tenait des propos racistes.

A dix heures tapantes je me pointai devant le pavillon de la bibliothèque. Les quelques fonctionnaires territoriaux étaient en grande discussion. Il y avait peu de monde devant les étagères et les bacs de BD. Je fis semblant de m'intéresser à un bouquin pour écouter ce qui se disait. C'était toujours intéressant quand on était sur le terrain de laisser traîner ses oreilles. Ils parlaient d'une camionnette garée devant l'établissement. D'après eux elle était pleine à craquer de bicyclettes volées. Les voleurs habitaient en face et surveillaient de leur balcon leur butin. Les loulous étaient tranquilles. Ils étaient sur leur territoire. Certains n'hésitaient pas à se servir à l'intérieur du lycée Berthelot. Gare aux mômes qui possédaient des VTT neufs en période de Noël, répétait une bibliothécaire. Avec des lunettes noires sous une tête brune ébouriffée, elle paraissait plus excitée que les autres. « Dès que l'on s'approche de la camionnette, disait-elle, il y a un type qui vient au balcon ». Cela faisait des mois que le manège durait. La police ne faisait rien. Je souriais. Les flics avaient souvent bon dos dans les cités. Je n'étais pas venu pour résoudre une affaire de vol de bécanes. Mais je pouvais en toucher deux mots à Fred qui ferait suivre.

J'étais venu là pour consulter internet. Je demandai s'il y avait des postes pour le public. La bibliothécaire me désigna les écrans mais ils étaient tous occupés. Je pointai ma carcasse dans le dos d'un type, la trentaine qui consultait un site en arabe. Je touchai son épaule, lui fis signe d'ôter ses écouteurs et lui montrai mon insigne en lui ordonnant de déguerpir. Ce qu'il fit à la vitesse de l'éclair. Encore un qui n'avait pas vraiment la conscience tranquille. Je pris sa place et me plongeai dans une recherche rapide sur les clubs de tir à l'arc sur l'agglomération toulousaine. Il y en avait une quinzaine plus quelques boutiques spécialisées. Je ne pris pas la peine de les noter et je cherchai mon téléphone. Aussitôt la bibliothécaire rappliqua vers moi pour me signifier d'un ton péremptoire qu'il était interdit de téléphoner dans la bibliothèque. Merde, con, comme ils disaient ici ! J'avais oublié mais la fille en question était gonflée de me dire ça ! Leur discussion sur la camionnette avait été nettement au-dessus des décibels autorisés. Je sortis et je demandai à Fred s'il avait un flic sous la main pour éplucher les listes des licenciés toulousains et aussi des anciens sur au moins cinq ans et de recouper les listes avec ceux qui habitaient Empalot. C'était un boulot fastidieux mais qui pouvait nous faire trouver le tueur. Dans l'immédiat Fred n'avait personne mais il me promit de faire au mieux. Quant à la camionnette qui servait de garage à vélos il s'est foutu à rire avant de me dire « à ce soir à la maison ! ».

A ma toquante de luxe, de petit luxe, de tout petit luxe, car je n'avais pas, comme ce brillantissime tennisman ibérique, une putain de montre à deux cent cinquante mille euros, il était dix heures trente. Je pouvais décemment me pointer chez la veuve.

Je me souvenais du chemin et pris la direction de Lacroix Falgarde en remontant les berges de la Garonne. Le soleil depuis cinq minutes était de retour et je roulais tranquille la vitre baissée. La Garonne était boueuse. Il y avait encore sur la rive d'anciens bâtiments qui avaient essuyé le souffle de l'explosion de l'AZF. Ils étaient restés dans l'état. Carcasses au mauvais souvenir. Puis je tournai sur la gauche vers les coteaux. Un kilomètre avant Pechbusque je prévins madame Frémont de mon arrivée imminente. Elle me répondit d'une voix enjouée qu'elle m'attendait. Qu'avait-elle à me dire où voulait-elle autre chose ? J'avais bien compris que je ne lui étais pas insensible.

Je stoppai devant le portail de la villa et je sonnai. Madame Frémont vint m'ouvrir et me précéda dans le vestibule. Elle était visiblement ravie de me voir.

Elle me pria de m'asseoir sur le sofa dans sa luxueuse salle de séjour. M'y enfonçant avec plaisir j'acceptai le café qu'elle proposa. Elle revint cinq minutes plus tard avec un plateau en argent et une tasse fumante. Elle prit le fauteuil et croisa ses jambes en m'offrant de la sorte une vue imprenable. Je plongeai le nez dans le café et tâchai de faire abstraction de ces cuisses bronzées et huilées en remuant la petite cuillère dans la tasse que je n'avais pas sucrée. La garce m'avait déconcentré et elle s'en amusait. Il suffisait de croiser son regard pour s'en rendre compte.

Madame Frémont avait revêtu pour me recevoir un tailleur foncé en soie chic et cher. Sous la veste elle ne portait pas grand-chose à l'évidence. Il ne tenait qu'à moi de consoler cette pauvre veuve éplorée… Elle attendit que je repose la tasse et me dit en se levant :

- J'ai trouvé une lettre de mon mari. Ou plutôt une sorte de confession qu'il a rédigée à mon intention.

Bon ! La bagatelle c'était pour plus tard, pensai-je revenu à la réalité.

- Qui a-t-il dans cette lettre ?
- Vous allez voir.

Elle s'était dirigée à l'autre bout de la pièce puis avait tiré le tiroir d'une console d'un Louis ou d'un Napoléon quelconque. Elle pivota et revint dans ma direction en se déhanchant. Le tac-tac de ses escarpins vernis noirs sur le carrelage italien raviva ma déconcentration. Elle mettait le paquet pour me séduire et je n'étais pas fait de bois. On verrait bien ! capitulai-je. Ce coup-ci, elle vint se poser tout près de moi et se laissa, à son tour, envelopper par le moelleux du sofa. Elle colla son corps au mien en me tendant la lettre du défunt. Je fus soudain assiégé par son parfum. Et ma main trembla légèrement en saisissant l'enveloppe. Prétextant lire en même temps que moi, elle se blottit contre mon épaule. Je lus à mi-voix pour me donner une contenance.

Quand j'eus terminé elle me reprit la lettre des mains, la remit dans son enveloppe et la rangea avec des gestes mesurés dans la poche plaquée de ma veste. Puis elle ouvrit sa veste de tailleur et m'embrassa avec fougue. Je savais que cela allait arriver. Sous la veste elle était nue et ses seins étaient authentiques. Après les préliminaires d'usage elle m'entraîna dans une des nombreuses chambres d'amis. Par décence elle avait évité la sienne qu'elle avait partagée avec son mari durant des années. Nous nous amusâmes une heure durant. Nous avions du retard question pieu. Cela faisait des lustres que nous n'avions pas fait l'amour. Surtout moi. Elle… je ne savait pas ! Je me méfiais toujours des femmes parfaites. Des femmes comme Éléonore.

37. T'es keuf toi ?

Elle voulut que je reste à grignoter quelque chose avec elle puisque c'était midi passé. Je refusai en mettant des formes. En prenant pour excuse ce sacré boulot. C'était une chose de faire l'amour avec une femme et bien une autre de manger avec elle. C'était du compromettant. Déjà je me sentais fautif. Je venais de tromper Camilla par anticipation. Je n'avais qu'une hâte me carapater hors des griffes de la veuve. C'était le cas de le dire. Mon pauvre dos en gardait quelques égratignures.

Dès que je fus installé au volant mon piaf apparut. Il voulait que nous discutions de la lettre. J'étais d'accord et j'attendis d'être arrivé à hauteur de Lacroix Falgarde pour stopper la voiture. Je m'étais rapproché du vieux pont métallique qui enjambait l'Ariège à la sortie du village. L'oiseau sur l'épaule j'avais rejoint la berge. Le chemin était boueux ce qui était logique avec ce qui était tombé le week-end. Je maculai mes pompes neuves et je me maudis. Mais le mal était fait. Qu'avais-je à vouloir poser mes fesses au bord de l'eau pour discutailler avec le piaf ? Parfois je m'étonnais de tant de connerie !

J'avisai un banc de libre et pour cause. Il n'y avait personne dans le coin à l'exception d'un type qui courait avec un clébard qui se traînait derrière lui et qui n'en pouvait plus. Le clebard tirait une langue à tirer de grosses larmes à notre BB nationale.

Je sortis la lettre et je la relus plus posément. Elle comportait plusieurs pages avec une écriture fine et pressée. Celle d'un type qui en avait gros sur la patate. Paul Frémont l'avait écrite début janvier de cette année, après un appel téléphonique d'Éléonore dont il faisait mention dans les premières lignes. C'était éloquent ! Elle éclaircissait bien des points de l'enquête.
- Pourquoi a-t-il fait cette lettre ? demanda ma réplique sur patte.
- Pour apaiser sa conscience. Parce qu'il avait des remords à en croire le ton des phrases. Il reconnaît avoir touché une somme d'argent importante du capitaine, sans toutefois en préciser le montant, en échange de son silence et pour s'être occupé de l'accouchement. Éléonore est venue le voir à son cabinet après

leur échange téléphonique. Elle lui a expliqué que son père avait pris l'initiative d'embaucher Driss Ben Arfa. Elle ne savait pas pourquoi mais elle pensait qu'il ne l'avait pas reconnu. Si elle s'était ainsi déplacée c'était pour prier Paul Frémont de se taire si jamais Ben Arfa remontait jusqu'à lui. Il convenait de ne pas lui révéler l'existence de sa paternité. Elle avait insisté là-dessus. Qu'il ne devait jamais apprendre la vérité ! Qu'elle avait peur aussi de sa réaction, lui avait-elle confié !

- Mais quel intérêt de lui dire ça ? gazouilla le piaf.

- Je pense qu'elle a voulu faire en sorte que le toubib croit que Ben Arfa était revenu avec de mauvaises intentions. Qu'il risquait de se venger.

- Mais c'est vrai !

- On ne le sait pas réellement… Dans sa lettre Paul Frémont parle du retour musclé vers Paris dont il était au courant sans y avoir participé. Il évoque la grossesse de la gosse dans les Alpes, l'accouchement dont il s'est chargé seul. Puis il écrit avoir eu l'intention de placer le bébé dans une famille. Le jour de l'accouchement Jean-Auguste Pringeant, contrairement au plan, avait escamoté le bébé. Frémont ne précise nullement que l'enfant était mort-né. C'est donc qu'il était vivant… La famille d'accueil n'a jamais vu le bambin. Paul Frémont, médecin sans honneur, avait prêté le serment d'Hippocrate. Seulement il n'avait pas eu les couilles pour intervenir. Il s'était contenté d'empocher le pognon.

- C'est terrible. C'est ce saligaud de capitaine qui a tué le gosse, ajouta l'emplumé qui montrait là, curieusement, et pour une fois, un semblant de compassion.

- Cela m'en a tout l'air... mais ce n'est pas tout ! Écoute la suite ! Quelques années plus tard, Éléonore s'est rapprochée de Paul Frémont. Elle est devenue sa maîtresse pour lui tirer les vers du nez. Le cher homme avoue honnêtement qu'il a été durant plusieurs semaines sous le charme de cette femme. Elle en a profité pour le faire parler. Elle a obtenu qu'elle lui indique dans quelle famille son fils avait été adopté. C'est ce qu'il a écrit... Il a même rajouté une phrase pour demander pardon à son épouse en la suppliant de ne pas le quitter. Ce qui tend à dire qu'il avait l'intention de la lui donner cette lettre. Il ne se doutait pas que cela arriverait « post mortem ». Il n'a pas osé cependant avouer à Éléonore l'affreux soupçon qu'il avait eu quant à l'agissement du capitaine le jour de la naissance. Pour s'en débarrasser il lui a donné le nom de cette famille qu'il avait contacté au départ. Cette famille qui avait adopté quelques temps après un autre petit garçon. Elle a cru de la sorte avoir retrouvé son fils et elle s'est occupée de lui durant des années, sans lui révéler, ce qu'elle avait longtemps pensé : qu'elle était sa mère.

- Tu dis… a cru ?

- Oui ! Au téléphone elle a clairement affirmé, d'après les termes de la lettre, qu'elle a eu des doutes, un jour, au sujet de son père. Il lui avait jeté à la figure dans un accès de colère, que jamais il n'avait toléré que son sang ne soit souillé par un autre.

- Cela ne le dérangeait pas d'avoir des employés arabes mais il n'était pas question que son petit-fils le soit.

- Ouais ! C'est ça... Alors elle a payé un détective pour une recherche ADN. Le type s'est bien démerdé. Éléonore a eu confirmation que ce môme n'était pas le sien.

- Le goût de la vengeance est-il plus fort chez un homme ou chez une mère quand on s'en prend à son enfant ? dit le volatile en décrivant soudain un cercle autour de ma tête avant de se poser sur la pointe de ma chaussure,

- Je dirais la femme, répondis-je à mon emplumé.

- On a un sacré mobile !

- Je le pense aussi. Mais qui est l'archer noir ?

- Ils sont tous morts ! Le seul vivant c'est ce mec, le fils qui n'est pas le fils !

- Pourquoi aurait-il fait ça ?

- Y a qu'à le lui demander…

- Tu as certainement raison. Mais la mère Éléonore doit se mettre à table. Pour de bon cette fois-ci !

Je me levai et pliai soigneusement la lettre. Le piaf s'envola et je le vis filer au-dessus de l'eau. Je retournai à la bagnole pensif. Le toubib avait mentionné dans sa confession le nom de cette famille d'accueil : Aghmat. Ce couple habitait à l'époque des faits au Mirail. Tout en marchant je téléphonais à Fred pour qu'il m'obtienne l'adresse. Je préférais m'entretenir avec ces gens avant de débouler chez Éléonore. Fred n'était pas là et je laissai un message en lui disant qu'il me rappelle au plus vite. Puis je traversai le pont pour rejoindre la caisse que j'avais garée devant un restaurant qui avait pour enseigne « Le Bellevue ». Devant l'établissement mon estomac réclama son dû. Je poussai la porte. Une serveuse tout de noir vêtue et tablier blanc me demanda si j'étais seul, comme si elle ne le voyait pas ! Une terrasse donnait sur l'Ariège. Il n'y avait pas de vent et le soleil était timide. Je suivis la jeune femme qui me dégota une table à l'écart. Il y avait du monde et j'en fus surpris. Devant la carte, je compris pourquoi. Ce resto existait depuis 70 ans et il était renommé. Tant mieux ! La note risquait d'être salée et je m'en délectais d'avance.

Je commandai une entrecôte saignante accompagnée d'un plat de légumes avec un verre de Madiran. J'avais fait l'impasse douloureuse sur les frites. Je voulais éviter de trop me gaver. La journée n'était pas finie.

Fred m'appela au café. Il me fila l'adresse et me proposa de m'attribuer un de ses lieutenants pour me rendre dans cette cité du Mirail. Il n'était pas facile de s'y repérer. Je répondis que je n'avais pas besoin d'être dorloté. Les quartiers difficile c'était mon lot quotidien quand je bossais à plein-temps. Il me raccrocha en ricanant en me rappelant l'invitation pour la soirée.

A vol d'oiseau le Mirail n'était pas loin. Je pris la direction de Pinsaguel où je passai la Garonne et un quart d'heure plus tard, en suivant les bons conseils de Greta, mon GPS, je me garai devant un immeuble en béton. En réalité c'était plusieurs bâtiments enchâssés dans une courbe imposante. Sur la muraille de balcons, je dénombrai une multitude de paraboles. On aurait dit des champignons tournés dans la même direction, celle des jeux télévisés et des feuilletons. Je planquai le gyrophare sous le siège et traversai le terrain de jeu où des petits gars tapaient dans un ballon.

J'avais mémorisé le numéro de l'entrée. Je poussai la porte et m'arrêtai devant les boites aux lettres. Certaines étaient cassées, ouvertes, d'autres étaient restées intactes. Je ne trouvai pas celle de la famille Aghmat. Pas mal de boites aussi étaient sans nom. J'avais l'habitude. Souvent c'était pour décourager les huissiers ou les facteurs qui apportaient des lettres recommandées. Les flics, les pompiers et les médecins venaient ici à reculons.

Je ressortis de l'immeuble et cherchai du regard ces fameux mômes, ceux qui portaient, été comme hiver, la casquette Nike à l'envers, des survêts blancs, qui roulaient en scooter sans casque et qui foutaient une putain de frousse à toute la France. Il n'y avait aucune bande à l'horizon. Il n' y avait que les gamins qui jouaient au foot. Je m'approchai et j'attendis que le ballon parvienne dans mes jambes. Je le stoppai et le conservai un pied dessus. Étonnés les petits gars s'approchèrent et me couvrirent d'une volée de « M'ssieu... m'ssieu... passe la balle... ». Je pris le ballon à la main et je demandai où habitait la famille Aghmat. Méfiants, ils me dévisagèrent la mine soudain renfrognée, cherchant du regard un grand frère. Mais la chance était de mon côté. Les grands frères devaient faire du rodéo un peu plus loin. Un petit gars, un de ceux qui avait la gnaque après le ballon, dix ans environ, l'œil malin, avec une touffe de cheveux sur le sommet du crâne rasé, me demanda pourquoi je voulais les voir.

- Leur fils veut m'acheter ma voiture, une BMW série 1 coupé, dis-je à tout hasard.
- Farid c'est à la cité Empalot qu'il est !
- Et ses parents, ils sont là ?
- Y'a que sa mère ici.

Je lui lançai le ballon. Mais avant qu'il ne tape dedans je lui demandai :
- Où habite-elle ?
- J'sais pas !

Je sortis un billet de ma poche et le lui montrai.
- Vingt euros pour le renseignement.

Un autre, douze ans environs, le dur de la bande, à l'évidence, m'arracha le billet avec un geste précis de futur petit mac.
- Au douzième étage !

Puis il rajouta :
- T'es keuf toi ?
- Tu crois que si j'étais flic je me pointerais ici. Non je veux juste vendre ma caisse… C'est tout. Il m'a donné rendez-vous.
- Pourquoi tu ne l'appelles pas alors ?

Merde, quel petit fouinard ! Encore un surdoué qui sentait l'odeur des flics à moins de dix pas. Je lui répondis en tournant les talons :
- C'est ce que je vais faire. Salut !
- Et je fis mine de sortir mon téléphone et de faire un numéro.

L'ascenseur fonctionnait encore. Les parois métalliques étaient taguées et la glace rayée sur toute sa hauteur. Les artistes du coin y avaient gravé leurs signatures. Ces signes cabalistiques marquaient surtout leur territoire. L'ascenseur était poussif et je parvins cependant au douzième étage sans aucun problème. Ce genre d'ascension me fichait chaque fois les jetons. Le couloir était sombre. Les ampoules étaient cassées. A la flamme du Zippo je trouvai la porte et me postai sur le paillasson qui annonçait la bienvenue aux visiteurs. La télévision couvrit le ding-ding timide de la sonnette. Je recommençai deux ou trois fois puis je finis par tambouriner sur la porte. Une minute plus tard, une femme âgée d'une soixantaine d'années, vêtue d'une djellaba grise et traînant les pieds dans des babouches roses à bouts carrés, m'ouvrit mais sans retirer la chaîne de sécurité. Il était trop tôt pour lui annoncer que j'étais flic. Aussi j'usai de mon plus beau sourire et lui dis sous une subite inspiration :
- Je viens de la part de madame Éléonore Daurade.

C'était comme à la radio. Quitte ou double ! J'espérais que ce Sésame allait fonctionner.
- Madame Éléonore… Cela fait bien longtemps qu'elle n'est pas venue. Pourquoi elle vous envoie ?

- Justement ! Je veux bien vous expliquer mais ici sur le palier ce n'est pas agréable.

Elle me dévisagea une seconde, hésita encore, mais la porte se referma. J'entendis la chaîne tomber. Elle me fit pénétrer dans son intérieur. J'entrai dans un couloir avec un linoléum gris clair et un placard comme dans des milliers d'appartements. Dans le salon des banquettes en angle, une table basse en cuivre martelée sur un trépied en bois, des poufs en cuir rouge, deux selles de chameaux transformées en siège, et quelques photos encadrées accrochées aux murs. Une télévision énorme était suspendue dans un angle du séjour. Un présentateur en costume cravate déversait un flot de paroles en arabe. C'était Aljazeera. Je lui demandai de la baisser ou de l'éteindre. On ne s'entendait pas.

Madame Aghmat semblait être seule et ça m'arrangeait. Je lui fis signe si je pouvais m'asseoir car elle restait plantée, sans rien dire. Elle réagit soudain, me fit un sourire et me demanda pourquoi j'étais là.
- Cela fait longtemps que madame Daurade n'est pas venue vous voir ? dis-je.

Elle parlait français mais avec un fort accent.
- Des années… Depuis que Farid a quitté l'école.
- Il avait quel âge ?
- Seize…
- Oui je vois ! Elle n'est jamais revenue ici mais savez-vous si elle a continué à voir son… je veux dire votre fils.

J'avais failli faire la bévue de l'année. Madame Aghmat n'avait pas réagi.
- Je ne sais pas. Farid il rentre, il sort, il ne me dit rien.
- Vous voulez me raconter la première fois qu'elle est venue ici ?
- Pourquoi vous me demandez ça ?
- Je vais vous le dire mais soyez aimable, vous voulez bien me raconter ?
- D'accord. J'ai fait chauffer de l'eau pour un thé à la menthe.

Ça va ?
- Bien volontiers.

Un climat convivial était toujours mieux pour une discussion délicate. Elle s'en fut dans sa cuisine et revint avec un plateau, une théière fumante et deux verres décorés de frises dorées. Elle me servit.
- Il est déjà sucré.
- Alors Éléonore ?
- Farid avait neuf ans. Elle a sonné et elle a dit que c'était le docteur Frémont qui l'envoyait.
- Vous connaissiez le docteur ?
- Il a soigné mon Farid à l'hôpital quand il était petit. Après, comme il était gentil, nous sommes allés le voir quand nous étions malades. Mais il ne voulait pas venir ici, dans la cité.
- Oui ! Je m'en doute. Il n'était pas le seul. Qu'a-t-elle raconté pour expliquer sa visite ?
- Elle avait apporté un cadeau pour Farid et des gâteaux. Une panoplie de Zorro.

Madame Aghmat me fixa puis elle haussa les épaules comme si tout cela n'avait plus d'importance.
- Farid nous l'avons adopté grâce à une association « Enfants pour tous » qui nous a aidés pour les démarches. Madame Éléonore nous a dit qu'elle travaillait dans une association qui s'occupait d'aider des familles comme nous. Elle a expliqué qu'elle serait comme une marraine pour Farid. Elle venait de temps en temps, mais toujours avec des petits quelques choses. Pour les rentrées scolaires elle me donnait aussi de l'argent pour l'habiller. Mon mari travaillait sur les chantiers et moi je faisais des ménages.
- Farid comment il était avec elle ?
- Il était toujours content de la voir...
- A cause des cadeaux ?
- Oui ! Je crois.
- Il parlait avec elle sans votre présence. Je veux dire, est-ce qu'elle l'emmenait ailleurs qu'ici, en ville, au cinéma ou chez elle par exemple, à Rieux-Volvestre ?

- Quand il était petit oui ! Mais jamais bien loin. Après quand il a quitté l'école, elle n'est plus venue. Je crois qu'elle a été déçue qu'il ne continue pas ses études. Mais, pendant deux ans, j'ai reçu plusieurs mandats. Mon mari était au chômage. Cela nous a aidé. Mais je devais donner la moitié à Farid.
- Il reçoit toujours de l'argent ?
- Je ne sais pas.
- Quand il a eu dix-huit ans il ouvert un compte à la banque et je n'ai plus rien reçu pour lui.
- De quoi vit-il ? demandai-je à brûle-pourpoint.
- Mon Farid est au chômage. Il fait des petits boulots de livreurs.
- Il habite à Empalot aujourd'hui, n'est ce pas ?

Je ne voulais pas brusquer cette brave femme. Une chose me chiffonnait. A savoir si Éléonore avait continué à verser à Farid une rente et quelle en était la raison ? Quoiqu'une idée commençait à pointer…
- Votre fils a-t-il fait du sport quand il était petit ?
- Du foot au club de la Reynerie.
- Pas de tir à l'arc ?
- Pourquoi vous me demandez ça ?
- Pour rien c'est parce que mon fils en faisait.

Je n'avais pas de rejeton mais la pauvre femme ne le savait pas.
- Je peux voir sa chambre ?

Elle obtempéra. La pièce était bien rangée. Une chambre de jeune homme avec un ordinateur sur une table et une console de jeux. Des étagères mais aucun livre. Des voitures miniatures et quelques maquettes d'avions. Un sabre japonais était accroché au mur. Un lit à une place et au-dessus une affiche de cinéma. Russell Crowe, avait une fière allure dans sa tenue de Robin des Bois. Je demandai :
- Il a mis cette affiche quand ?
- Il n'y a pas longtemps. Avant il y en avait une autre de ce Robin des Bois. Mais avec un acteur américain… vous savez

celui avec une petite moustache.

- Errol Flynn !
- Oui c'est lui.
- Et alors cette affiche ? Je veux dire la première.
- C'est madame Éléonore qui la lui avait offerte. Elle lui avait donné aussi la panoplie avec l'arc et les flèches en caoutchouc. Mais je ne sais pas pourquoi il est venu et il a mis celle-là.
- C'est plus moderne sans doute ?

Intérieurement je bouillais. Je tenais un indice qui s'avérait prometteur.
- Vous savez où je peux le trouver ? Il vit peut-être chez une copine ?
- J'aimerais bien qu'il ait une petite amie. Il a presque trente ans et il loge encore chez un copain.
- Vous savez le nom de ce copain ?
- Pourquoi vous me posez tant de questions ?
- Excusez-moi, c'est une déformation professionnelle. Je suis inspecteur au ministère de la santé. Je réalise une enquête de moralité sur madame Éléonore Daurade. C'est une procédure normale pour ceux qui travaillent dans les associations qui sont en lien avec des familles. Mais jusqu'ici je n'ai eu que des louanges de cette personne.

Mon mensonge fit mouche et la mère de Farid retrouva son air aimable.
- Je crois que son copain s'appelle Noé. Celui-là je ne sais pas ce qu'il fabrique. Il est venu une fois ici avec mon fils. Je crois qu'il est gitan et il parle très mal.
- Comment ça ?
- Il ne sait pas conjuguer les verbes. C'est tout ce que je peux vous dire.
- Et votre mari ?
- Il est mort de la silicose. Toute sa vie sur les chantiers dans les Pyrénées ; cela n'a pas arrangé ses poumons. Heureusement mon Farid quand il travaille me donne des sous pour le loyer.
- Vous avez d'autres enfants ?
- Non c'est le seul !

Je n'étais pas à mon aise devant cette femme. Je lui racontais des salades. J'étais celui qui allait faire fondre le malheur sur son univers si Farid était l'archer noir. Dans cette affaire les principaux protagonistes possédaient   un double visage. Farid, Éléonore, Driss Ben Arfa, le toubib, le capitaine. Pourquoi avais-je l'air étonné ? Tout le monde possède un côté noir. Moi le premier. La chambre de Farid, dans ce modeste appartement, propre, rangé, reflétait la partie blanche du jeune homme. Et je redoutais de découvrir l'endroit où le côté noir vivait.

Je pris congé de cette brave femme et appelai l'ascenseur.

38. Comme toi mon pote !

Au bas de l'immeuble je me posai la question. Devais-je aller à Rieux pour interroger Éléonore ou plutôt tenter de dénicher Farid ? Dès qu'il y avait de l'action à l'horizon le piaf n'était pas pressé de se manifester. Je composai le numéro de Fred. Avec de la chance ces deux zigotos étaient fichés. Il n'était pas question de tomber sur le dos de ces mecs sans une solide équipe et un mandat de perquisition. Ben Arfa avait piqué le semi-automatique du gendarme. Un Sig Sauer. Comme on n'avait pas retrouvé l'arme de poing sur le cadavre du jardinier il y avait fort à parier que celle-ci avait été récupérée par l'archer noir ou par ce Noé. Allez donc savoir !

Fred me donna rendez-vous sur le parking derrière la clinique du Parc, en bord de Garonne. Le temps nécessaire pour obtenir le mandat et réunir ses troupes. Il me rappela dix minutes plus tard pour me dire qu'ils avaient logé Farid et le copain Noé. Celui-ci répondait au nom de Ziegler. Il était issu des gens du voyage et il était fiché comme dealer. Par contre il me prévint qu'ils auraient du retard mais surtout de les attendre et de ne pas m'aventurer seul dans la cité. Il était marrant ce vieux Fred. Il ne m'avait pas donné l'adresse.

Sur le parking il n'y avait aucune place et je me mis en double file. Cela devenait une habitude. Je fis les cent pas en fumant. Un quart d'heure plus tard trois voitures rappliquèrent. Il y avait douze carrures avec des gilets. Ben merde alors! Ils y allaient fort. Fred conduisait la première. Il ouvrit la portière et me dit de les suivre. En douceur.

Nous passâmes devant la zone commerciale, puis nous nous enquillâmes dans une allée. Au pied d'un immeuble, les trois voitures s'arrêtèrent. Elles se positionnèrent en file indienne. Je me garai derrière elles. Un policier resta près des tires et les autres, le brassard au bras et la main pas loin de leurs armes, s'engouffrèrent dans la cage d'escalier. Je les laissai se bouger et tranquillement leur emboîtai le pas.

Il était clair que lorsque nous redescendrions avec ou sans les loubards les voitures seraient entourées de badauds plus ou moins sympas. L'opération fut vite expédiée. La pêche était mauvaise. Seul le gitan était assis sur une chaise, menotté. Farid, le gros poisson n'était pas là.

- Où est-il ? demandai-je à Fred.

- Il dit que Farid est allé chercher de la bière au supermarché. Il s'est mis à table tout de suite. Ce n'est pas un dur et je crois qu'il a peur de lui. Il ne veut pas tomber pour complicité mais à mon avis il se trompe.

- Que fait-on ? On va attendre qu'il revienne ? Avec les voitures en bas c'est un peu gros. Il va les voir.

- Non ! On est en train de les planquer et on va tenter de faire déguerpir les personnes qui sont en bas. On a de la chance. Il n'y a que deux ou trois mémères avec leurs mioches.

- Bon ! On tente le coup.

- On va rester juste quelques-uns ici. Les autres autour de l'immeuble en essayant d'être discret.

- Et celui-là ! dis-je en désignant Noé.

- On le fiche dans une chambre et on le bâillonne. On ne sait jamais, il peut avoir des remords et brailler pour le prévenir.

Vingt minutes plus tard on entendit une clef et l'interpellation se déroula sans accroc. Fred s'était planqué derrière la porte d'entrée qui donnait directement sur le séjour. Il brandissait un Glock 26.9 mm parabellum. Un lieutenant attendait dans le couloir qui menait aux deux chambres. Un autre officier, une femme d'une trentaine d'année qui m'avait adressé un bref sourire, était restée à l'affût dans la salle de bain. Moi, j'étais dans la chambre avec Noé. Je n'étais pas armé. J'avais laissé mon Manurhin à Paris et je ne m'en vantais pas.

Un claquement de porte, une injonction brutale donnée d'une voix de stentor par l'ami Fred, un bruit de bousculade, des piétinements, un meuble renversé puis le silence. Je fonçai à mon tour. Un homme était au sol, les mains dans le dos. J'étais devant lui à l'instant même où on le relevait pour l'asseoir sur la chaise.

Je le détaillai avec soins. C'était un homme jeune, aux traits maghrébins, avec des yeux bleus, d'une pureté incroyable. Des yeux froids, des yeux de tueurs. Mais il restait à le prouver. Contrairement aux autres voyous qui se disaient innocents et qui le clamaient haut et fort, Farid Aghmat se contenta de nous toiser avec un sourire méprisant. J'avais envie de lui filer une baffe mais je m'en abstins. Rester à trouver l'arc et le Sig Sauer.

Fred fit rappliquer ses troupes par radio. Ils se mirent aussitôt à fouiller l'appartement. Il n'était pas grand. Les cachettes peu nombreuses. Il n'y avait pas beaucoup de meubles.

Soudain l'oiseau apparût sur la fenêtre de la cuisine. Il tapa du bec contre la vitre plusieurs fois pour que je lui ouvre. Ce que je fis discrètement.

- Tiens te voilà ! Toujours après la bagarre.
- Comme toi mon pote ! Je ne suis pas dupe et je sais pourquoi tu ne veux jamais prendre ton feu.
- Peut-être maintenant. Mais je n'ai pas toujours été comme ça... C'est depuis ce coup dur et tu le sais. Je suis devenu un flic non violent.
- Tu es ridicule ! Bon alors ? Vous avez trouvé quelque chose ?
- Non rien.
- Il faut que je te souffle ou quoi encore ? Un voyou, un dealer, dans une cité comme celle-ci, d'après toi où planquent-ils leur butin ?
- Ailleurs ?
- Là où ils passent tous les jours. La cage de l'escalier et accessoirement dans une cave.

Il avait raison comme toujours.
- Bon envole-toi ! Je ne suis pas seul. A bientôt.

Je refermai la fenêtre. Les hommes fouillèrent le placard des compteurs électriques, les ouvertures des gaines d'aération. Rien ! On descendit alors dans les caves. Avec Noé pour nous montrer tandis que Farid était conduit au commissariat central.

Le couloir menant aux caves était sombre malgré un soupirail qui laissait passer un peu de jour. Les ampoules des plafonniers avaient disparu pour décourager les habitants de l'immeuble de s'y rendre. La plupart étaient cadenassées. Noé tenta de jouer au plus malin et de nous résister. Je lui filai deux ou trois tapes sur le sommet de son crâne d'œuf et il me désigna la sienne en gémissant. Bien sûr il ne savait pas où était la clef. Fred expédia un agent à la recherche d'une pince et nous attendîmes son retour. La tension était encore présente. Chacun muré dans son silence. L'adrénaline de l'intervention commençait à peine à baisser. Quand la pince fut là, en un tour de main, le cadenas vola en éclats. Fred sortit son portable et inspecta la cave. Il y avait des étagères encombrées de vieilleries, un paquet vert d'isolant, une vieille chaise cassée, une carcasse de mobylette bleue des années 60, des rouleaux de tapisserie entamés, des tuyaux en PVC, un sac de ciment. Rien de particulier. Un contenant de cave, ni plus ni moins.

Fred ressortit avec son lieutenant sur les talons. Ils étaient déçus et ça se voyait à leurs tronches. J'observai Noé. Son visage reflétait un certain soulagement. Je me tournai vers Fred.
- Non ! Ce gugusse a faillit faire dans son pantalon quand on a ouvert la porte et maintenant regarde sa mine de faux cul !
- Tu as raison !
- Vous n'avez pas une meilleure lampe ?

La collègue, qui répondait au nom de Magali, expliqua qu'elle avait vu une torche dans la voiture. Elle partit en courant et pour la deuxième fois on fit le poireau. J'en profitai pour en rouler une. Fred sortit son paquet et fuma avant moi. Noé se tenait ratatiné dans l'ombre. Quand Magali revint je lui pris la lampe et j'entrai dans la cave. Je balayai le faisceau et je me creusai les méninges. Les étagères étaient pleines à craquer mais il était impossible d'y cacher un arc. Je bougeai tous les objets mais je ne trouvai rien. Il y avait ces tuyaux en PVC pour les évacuations d'eau. Ce sac de ciment aussi était bizarre. Il semblait plein mais il avait été ouvert. Pourtant Noé et son copain Farid n'avaient pas la gueule de bricolos du dimanche. Soudain il y eut le déclic. Je m'emparai du tuyau le plus large car il y en avait plusieurs de différents diamètres. Celui-là faisait un mètre cinquante environ de haut. Je le secouai, le basculai et plongeai le bras à l'intérieur. J'en retirai un arc.

Dans un autre rouleau, plus petit, je trouvai les flèches. Puis sous les yeux éberlués de mes collègues, je renversai à même le sol de la cave le sac de ciment. Un objet noir, enveloppé soigneusement dans une poche en plastique, s'en détacha et tomba avec un bruit sourd. Je venais de trouver de quoi confondre Farid et peut être même quelqu'un d'autre !

Nous embarquâmes les armes. Noé n'avait pas bougé. Je me tournai vers Magali.

- Si vous voulez la marchandise de notre ami Noé, vous n'avez qu'à dévisser le réservoir de la mob. Faites attention de ne pas faire tomber la ficelle qui est coincée à l'intérieur. La drogue y est attachée. J'ai déjà vu ce truc plusieurs fois à Paname. Mais à Toulouse ils sont un peu à la bourre.

La fille s'esclaffa.

- Votre réputation est loin d'être usurpée commissaire.
- Je vous remercie, jeune fille, répondis-je flatté. Allez ! A la maison ! Allons discuter avec ce Farid. Il doit avoir beaucoup de choses à nous dire.
- S'il veut bien parler.
- Oh oui ! Il va parler. Crois-moi, mon cher Fred ! Il va parler.

39. C'est lui qui va t'interroger

Je remontai dans ma Peugeot et je laissai les cow-boys rentrer le vent en poupe. La clope éteinte au bec je pris le parti de conduire comme un simple citoyen et de me coltiner les embouteillages. Je me garai à proximité du 23 boulevard de l'Embouchure, devant la station de métro, sous le panneau Taxi. Un flic en uniforme, s'avança aussi sec en gesticulant. Il me demanda de déguerpir. Mais je le pris de court en m'extirpant de la voiture comme mu par un ressort et en lui fichant ma carte tricolore sous le blaze. Gonflé, je lui mis les clefs de contact dans les mains en lui ordonnant d'un ton sans réplique d'aller garer la voiture et de ramener le trousseau dans le bureau du commandant Costessec. Avant qu'il ne puisse ouvrir la bouche pour me rétorquer que faire le larbin pour un commissaire n'était pas dans son profil de poste j'étais déjà à l'intérieur. Encore un qui allait se plaindre à son syndicat et qui aurait raison ! me dis-je en ricanant, rempli d'une mauvaise foi jouissive. Je montai les escaliers pour accéder au bureau de Fred. Il était vide. J'avisai un gars près de la retraite qui tenait un gobelet en plastique à la main. Je lui demandai où était la salle d'interrogatoire. Il me détailla en fronçant ses épais sourcils grisonnants. Avec une haleine qui puait le café, il voulut savoir pourquoi j'étais là et à quel titre ? Décidément je devais ressembler de moins en moins à un flic.
- Commissaire Marcello Visconti. Je bosse sur l'affaire de l'archer noir. On vient de serrer un suspect et Fred doit déjà le questionner.
- Ah ouais ! T'es le flic de Paris…

J'attendais qu'il fasse une allusion à mon piaf. Cependant ce mec-là tenait cachée derrière sa bedaine comme un fond de psychologie ou de prudence.
- C'est par là !

Je longeai un couloir et finis pas trouver la pièce. La porte était ouverte. Farid était assis sur une chaise en métal devant une table carrée. Il avait les poignets menottés dans le dos. Si c'était lui l'archer noir mieux valait se méfier. L'évasion de Ben Arfa avait marqué les esprits. Fred et Magali lui faisaient face. Ils étaient postés sur le même genre de chaises. A ma grande surprise c'était Magali qui interrogeait Farid. Je passai la tête dans l'entrebâillement. Je signalai ma présence par un bête raclement de gorge. Fred me fit signe d'avancer. Il n'y avait plus de chaise et je me plaçai debout de l'autre côté de la table.

Au bout d'une demi-heure je n'en pouvais plus. Je sortis me chercher une chaise. Fred et Magali se relayaient pour lui poser des questions. Farid les regardaient tour à tour avec un sourire figé et répondait par des phrases inachevées ou même par des mots solitaires qui n'avaient rien à voir avec la question. Ce qui avait le résultat de m'énerver. Par contre cette attitude ne semblait avoir aucun effet sur mes collègues qui continuaient à poser derechef leurs questions devant la vidéo qui tournait silencieusement dans notre dos.

Je m'étais abstenu de poser la moindre question et pourtant j'en avais envie. Mais je n'étais pas chez moi et jusqu'à preuve du contraire c'était la criminelle de Toulouse qui menait la danse. Fred me connaissait. Je savais qu'il appréciait mon attitude réservée. La Magali se défendait bien… Elle avait un beau visage blanc, à peine maquillé, un nez droit, fin, et des yeux chocolats taillés en amande. Une touche asiatique dans un corps de blonde suédoise athlétique. Elle posait ses phrases correctement d'une voix claire et timbrée en suivant une logique, en recommençant inlassablement les questions, mais chaque fois sous un angle différent, pour le pousser à se contredire. Ce qu'il fit plusieurs fois. Fred lui, vieux roublard, quand son tour venait de prendre le relais, lui assenait les peines qu'il encourait comme un forgeron modelant sa lame sur le froid de son enclume.

Deux heures plus tard ils cessèrent l'interrogatoire et nous sortîmes tous les trois de la pièce. Un gardien de la paix prit le relais au côté du prévenu. Fred sortit une clope de son paquet. Il m'entraîna vers la machine à café. Magali nous suivit. Elle paraissait en avoir marre et je la comprenais.

Ce Farid était difficile à manier.
- T'en veux un ? demanda Fred.

- Oui mais long et pas sucré !

- Tu te fais vieux mon gars ! Je me souviens qu'avant tu mettais le maxi sucre, observa-t-il.

- C'était avant que le toubib ne me tombe dessus. J'ai trop tiré sur mon capital santé quand j'étais jeune. Aujourd'hui je paye l'addition… Toi tu devrais faire gaffe ! Et toi aussi Magali.

- Je suis végétarienne, répondit-elle.

- Ce qui n'est pas mon cas, reprit Fred. Je suis comme toi Marcello. Et j'ai pris rendez-vous avec mon toubib.

- Ah bon ! Quand ça ?

Fred regarda sa montre et s'esclaffa.

- Dans dix ans !

- C'est ça ! T'as raison... Bon ! Fous-toi de ma gueule...

- Maintenant que fait-on avec ce mec ? Le procureur va le faire écrouer. On a les armes.

- Oui mais pas d'aveux !

- Tu veux lui causer ? me demanda Fred

- Tu sais bien que je n'attends que ta permission.

- Je m'en doute.

- Par contre je voudrais être seul avec lui. La jouer à ma façon… mais vous pourrez filmer. Aujourd'hui je m'en fous.

- Tu vas lui faire le coup de l'oiseau ?

- Oui ! Un flic à moitié fou ça fiche la trouille !

- C'est quoi le coup de l'oiseau ? voulut savoir Magali.

- Une méthode que je mets au point depuis des années. Je suis en train d'écrire un manuel là-dessus, pour aider ces pauvres demeurés de flics qui n'arrivent pas à s'en sortir.

Je revins dans la salle avec un café et la clef des menottes. Je posai délicatement le gobelet fumant sur la table, ainsi que mon paquet de tabac, mon Zippo et mon paquet de feuilles OCB noir. Je fermai la porte puis j'allai ouvrir la fenêtre. Le brouhaha et les klaxons rageurs du boulevard emplirent la pièce. Le gardien sortit et nous laissa seuls. Farid m'avait suivi durant mon entrée en scène de son même regard indifférent. Cependant un bref haussement des sourcils avait marqué son interrogation quant à ma façon de m'approprier les lieux.

Je m'assis non pas en face lui mais sur le côté et mes genoux touchèrent les siens. Instinctivement il les recula et se tassa sur sa chaise. Je pris le temps de me rouler une cigarette. Je la posai à côté du briquet. Puis j'en préparai une deuxième qui rejoignit la première. Je poussai le gobelet de café dans sa direction.
- Je ne bois pas de café après cinq heures ça m'empêche de dormir. Tu le veux ? dis-je d'une voix aimable.
- Je ne bois que du thé !

Je fis glisser une clope à côté du gobelet sans un mot.
- Je ne fume pas non plus !

Je ne répondis pas. J'allumai la mienne, fermai mon briquet d'un claquement sec, et lui dis :
- Tu sais pourquoi j'ai ouvert la fenêtre ?
- Pour avoir de l'air j'imagine. Dans cette pièce ça pue la merde de poulet.
- Non ! C'est parce que j'attends mon oiseau...

Il me regarda sans comprendre.
- C'est lui qui va t'interroger !

Il chercha une réponse adéquate qui ne vint pas. Je continuai :
- Mais comme tu ne parles pas le langage des oiseaux c'est moi qui vais traduire.

Il réussit quand même à proférer quelques mots :
- N'importe quoi !

Je me levai, me collai dans le coin de la pièce et fumai tranquillement. Quand il ne resta que le mégot je l'écrasai sur mon talon et je le mis dans la poche gauche de ma veste. Il y en avait d'autres.

Je me rapprochai de la table et me saisis de la deuxième cigarette. Je l'allumai. Toujours sans un mot.
- A quoi tu joues là mec ?
- Je te l'ai dit j'attends mon piaf !

Farid fit une mimique qui signifiait dans son langage de délinquant que j'étais barge. Soudain je m'exclamai :
- Ah le voilà !

Puis je fis semblant d'être en colère envers un Édith qui bien sûr n'était pas là. Mais cela n'avait aucune importance. Le but de la manœuvre étant de déstabiliser Farid. J'entamai donc une conversation avec mon piaf. J'attaquai en gueulant :
- Putain de moine ! Cela fait un quart d'heure que je t'attends. Tu foutais quoi ?
- Je profitai du soleil couchant sur l'étang, répondis-je à la place de l'oiseau et en prenant un voix de volatile. N'étais-je pas cinglé ?
- Quel étang ?
- Celui du jardin Compans Caffarelli. De l'autre côté du canal.
- Bon alors on commence !
- Dac !

Je me tournai vers Farid qui avait ouvert la bouche et qui cherchait peut-être un truc à dire. Mais je n'en étais pas sûr. Je m'adressai à lui.
- L'oiseau est en train de siffler un air connu ? Tu sais lequel ? « Ton père n'est pas ton père et ton père ne le sait pas » ! Pour toi on peut dire le contraire… « Ta mère n'est pas ta mère mais ta mère ne le sait pas » ! Mais t'es trop jeune mon gars pour avoir entendu ça. Et puis il faudrait peut-être te le traduire en rap.
Farid marqua un temps d'hésitation avant de me rétorquer avec hargne.
- C'est quoi cette blague ?
- Tu sais les piafs sont des musiciens. Bon d'accord ! Ce ne sont pas des rappeurs ! Mais parfois leurs chansons ont du sens. Mon petit oiseau à moi veut savoir si Éléonore t'a annoncé un jour qu'elle était ta mère, puis qu'elle ne l'était plus ! On s'y perd un peu, je dois dire.
- Comment ça ? Vous les keufs vous racontez que des salades ? Je ne connais pas cette Éléonore.
- Elle par contre te connaît très bien. Ne joue pas au plus

malin ! Avec mon oiseau je suis allé rendre visite à ta mère adoptive qui se fait beaucoup de soucis pour toi. Elle dit que tu as de mauvaises fréquentations comme ce Noé qui vient de se mettre à table. Lui ce n'est pas un dur comme toi et il va tout balancer. Notamment comment vous vous êtes débrouillés pour vous débarrasser du corps de Ben Arfa dans la Garonne... Mais revenons à madame Aghmat. Elle nous a tout raconté. Les visites d'Éléonore quand tu n'étais qu'un môme. Les cadeaux, la panoplie de Robin des Bois et le poster dans la chambre. Elle nous a dit aussi à ce propos que tu en avais mis un autre à la place. Un film plus récent. Et puis les chèques de fin d'année. Tu vois l'oiseau en sait des choses sur toi. Tout à l'heure mes collègues t'ont posé un tas de questions. Sur tes alibis, si tu avais fait partie d'une école de tir à l'arc, si tu avais fait des concours, si tu avais chassé avec ton arc, je ne sais pas, le sanglier ou le lapin, ou même les lézards ici dans les cités. Qu'est-ce que j'en sais moi ? Tous ces trucs mon oiseau s'en fout ! Lui il veut juste savoir si tu sais que ta mère n'est pas ta mère. C'est con comme question, mais c'est comme ça.

Farid roulait des yeux de la gauche vers la droite. Il remuait son cul sur la chaise sans trouver une meilleure posture pour son fessier. Cette position humiliante, dans cette pièce froide, était difficile pour son orgueil de petit mâle. Il tentait de reprendre contenance mais il avait du mal avec les mains toujours attachées. Bon prince, je me levai et je le libérai. Il se frotta les poignets en grognant des insanités sur les méthodes nazies dont se servaient les flics. Je me marrais doucement. Il était temps d'utiliser la méthode du silence. Cent quatre vingts secondes que je mis à profit pour me rouler une troisième clope. Je reniflai le café. Il était à peine tiède. Je le repoussai dans un coin de la table. La fenêtre et le ciel qui allait avec m'accaparèrent un moment. De temps en temps je marmonnais des mots à mon oiseau invisible. Il y avait de quoi fiche les chocottes à ce caïd de banlieue. La violence il la connaissait. Mais pas la folie… Trois minutes c'était long. Quatre même… pour faire bon poids comme on disait sur les marchés en pesant les légumes.

Farid craqua. Il émit un son, un demi-mot.

- Beuh ! Éléon…Oui… Éléonore c'est ma mère, dit-il avec l'accent bien prononcé des loulous qui se la pète en continue.

- Comment ça, ta mère ? Je viens de te dire qu'Éléonore n'est pas ta mère. Sais-tu donc qu'elle a fait faire une enquête sur toi il y a quelques années ?

- Quoi ?

- Oui ! Elle a payé un détective, comme dans les polars. Ils ont fait une recherche ADN. Je ne sais pas comment elle s'est arrangée, si tu lui as fait un bisou mouillé sur la joue, si elle a gardé un verre où tu avais bavé, ou pris une canette de coca où t'avais trempé ta langue, mais elle t'a piqué de la salive, c'est sûr. Le détective s'est démerdé pour faire l'analyse. Bingo ! Elle a appris à sa grande surprise que tu n'étais pas son fils. Et ça c'est bien la preuve ! Maintenant on ne peut plus se tromper comme autrefois. Alors qu'est-ce que t'en dis ?

- Je dis que c'est des conneries !

- Tu peux répéter que ce sont des conneries pendant trois heures si cela te fait plaisir. Cela ne changera rien à la vérité. Éléonore n'es pas ta mère, répétai-je pour bien lui enfoncer le clou dans son crâne obtus. Elle t'a raconté des craques. Je ne sais pas ce qu'elle t'a promis, ce que vous avez manigancé ensemble, mais il faut que tu saches une chose : en tuant ce quatrième type, l'autre arabe, Ben Arfa qu'il s'appelait, je ne sais même pas si tu savais son nom, et bien, tu as scié la branche sur laquelle tu étais assis. La mère Éléonore, elle, ce n'est pas une conne... Elle a fait assassiner trois hommes mais il y en avait qu'un seul qui l'intéressait. Son salaud de père, qui a tué son petit bébé autrefois. Ce père qui dépensait aussi trop de fric avec les putes. Mais peu importe ! Elle a voulu faire croire à une vengeance non pas émanant d'elle mais de son ancien petit ami, le père du bébé, le jardinier, ce pauvre Driss Ben Arfa qui était revenu dans son village pour couler des jours meilleurs. C'est en le voyant réapparaître après ces années qu'elle a eu l'idée de la machination. Elle t'a promis quoi ? Du fric sans doute ! Mais je ne pense pas qu'elle t'ait dit qu'elle te reconnaîtrait comme héritier. Vu que tu n'es plus son fiston d'amour. Et toi, pauvre imbécile, tu as accepté ce pacte avec cette diablesse. Tu as obéi comme un gentil toutou. Elle t'a dit d'aller tirer sur un cycliste et tu as pris ton arc et tu es parti. Puis elle t'a dit de tirer sur le capitaine et tu l'as fait sans réfléchir. Idem pour le pêcheur. Enfin, quand elle t'a demandé de laisser la flèche pour compromettre Driss Ben Arfa et de te servir de ses bottes pour laisser des empreintes, tu ne t'es pas posé la moindre question. Je comprends ! Tu as joué au tueur à gage. C'est ça ! Tu t'es dit en somme que tu avais passé un contrat avec elle et qu'il suffisait de l'honorer. Cela te parle tout ça ! Oui, je crois que oui… Il n'y a qu'à regarder ta gueule d'ahuri. Bref, pour en terminer, comme tu as tué le pauvre mec qu'il ne fallait pas… que crois-tu qu'elle va faire Éléonore ? Elle va te lâcher… Elle hérite de la fortune du vieux capitaine, et elle aura vite fait de se débarrasser de son mari. A elle… la belle vie ! Je ne suis pas certain qu'elle t'apportera des oranges en prison. Pauvre Farid ! Tu es vraiment dans la merde. Voilà ! C'est ce que dit mon piaf.

Le visage de Farid s'était transformé. Rouge cramoisi. Des yeux brillants de haine. Il brailla faute de mieux. Il était à deux doigts de me sauter au cou, ce brave garçon. Mais pas pour m'embrasser.

- Moi je dis que c'est pas vrai tout ce merdier. Elle ne me lâchera pas !

- Ah bien ! m'exclamai-je. Elle ne te lâchera pas ? Que veux dire cette phrase dans ta bouche ? Vous êtes en combine tous les deux ? Vous avez monté ces coups tordus ensemble ?

- Non je n'ai pas dit ça ! essaya-t-il de se rétracter.

- Tu vas tomber pour les meurtres. On a les armes. Tu vas aller droit en taule avec une peine de réclusion à perpétuité assortie d'une période de sûreté sans limite comme va te l'expliquer le juge avec son jargon de magistrat. Pour faire simple tu vas finir ta putain de vie au trou ! L'oiseau espère que tu vas soulager ta conscience. Que ce n'est pas toi qui as tout imaginé. Que c'est cette chienne d'Éléonore !

Farid me regarda enfin pour la première fois dans les yeux.

- Je ne suis pas un donneur.

- Tu n'es pas un donneur ? Je ne savais pas que les voyous

aujourd'hui possédaient un code d'honneur. Donc tu as un code d'honneur. Écoute ça ! Ton code d'honneur je vais le refiler à l'oiseau. Il en fera ce qu'il voudra. Je m'en cogne ! Tiens d'ailleurs le piaf se taille. Il en a assez entendu. Je crois qu'il en a marre de toi. Mes collègues vont revenir. A mon avis tu n'es pas prêt d'aller te coucher. Mais sans doute n'es-tu pas pressé d'aller dormir car c'est en prison que tu seras ce soir. Muret tu as entendu parler ? Moi je vais tailler une petite bavette avec ta mère qui n'est pas ta mère. Je suis curieux de voir ce qu'elle va inventer comme balivernes pour t'enfoncer. Mais je lui fais confiance. Elle est forte la petite mère. Pour toi mon coco les carottes sont cuites. Que tu parles ou pas on possède les preuves, et t'es bon pour le ballon. Tiens, ça rime ! Et fais gaffe en taule. Tu as intérêt à raser les murs. Un beau gars comme toi tu vas avoir du succès.

40. Vous savez quoi la flicaille ?

J'en avais ma claque. Dans une pièce adjacente Fred, assisté d'un autre gars, interrogeait Noé. Recroquevillé sur sa chaise, le regard fixé sur ses godasses il marmonnait plus qu'il ne parlait. Une voix de pleurnichard. Il n'avait pas le physique d'un voyou. Farid était sec, musclé, le visage et le ventre capables de recevoir des coups mais aussi avec des poings pouvant en distribuer. A l'inverse Noé offrait l'image d'un blanc-bec apathique. Il avançait à reculons dans la chieuse de vie. Avec un bide à hamburgers, des joues de buveur de coca-cola et une voix fluette de geignard. Un mollusque plutôt qu'un rastaquouère. Pour couronner le tableau il jactait un français ridicule et balançait les verbes à toutes les sauces. En réalité il avait grandi au camp de Ginestous. Il avait fait plus d'une fois l'école buissonnière.

Le talon d'Achille de Farid c'était bien le gitan. Il était son faire valoir, son maillon faible. Le mollasson s'était mis à table. Il n'avait pas inventé la poudre. Il était en train de balancer tout ce qu'il savait. Et ce n'était pas bon pour son complice.

Je fermai doucement la porte. Je n'avais pas oublié que j'étais invité à dîner. Je connaissais mon pote. Ce soir c'était un coup de minuit ou une heure du mat avant de rentrer. Par contre il était jaloux comme une teigne. Et s'il me savait vautré sur son canapé, à siroter avec sa jolie femme, il rappliquerait vite fait. Il eût été dommage de ne pas profiter des petits plats que sa bergère avait mijotés. En plus d'être canon, Myriam était une super cuisinière.

Je me barrai en douce.

Je remontai le long du canal du Midi jusqu'à la passerelle. Une mocheté en béton avec un carrelage grossier verdâtre et abîmé. Je passai devant un palmier en forme d'ananas. Quel était le mec qui avait planté ça ? Je gravis les marches en douceur. Au-dessus du canal je m'octroyai cinq minutes de pause. L'écluse jouxtait le pont des Minimes. Une péniche rouge et jaune, avec des pots de fleurs accrochés au bastingage et un amalgame de bicyclettes entremêlées sur le pont, s'y trouvait enfermée. Une péniche de touristes.

Bien sûr c'était quand je désirais être peinard que le piaf se matérialisait. Il fonçait en vol plané au ras de l'eau verte comme un martin pêcheur. Il se posa sur la balustrade.

- Je t'ai attendu pour l'interrogatoire et pour une fois que j'avais besoin de toi, tu n'es pas venu. J'ai dû faire semblant !

- Le coup de l'oiseau c'est ton invention... A toi de t'en dépatouiller ! Moi quand je me pointe ce n'est pas pour des clopinettes.

- Ah oui ! Et là maintenant qu'as-tu à me dire de plus que je ne sais déjà ?

- Comme d'habitude ! T'es trop prétentieux et si tu crois que tu peux te passer de moi tu te fourres le doigt dans l'œil jusqu'au coude.

- Que veux-tu me dire alors ?

- Au lieu de faire le malin avec cette chanson idiote, ton père et blabla, pourquoi tu ne lui as pas demandé à Farid ce qu'il foutait samedi soir au bar Pop ?

- Putain de moine ! Je savais bien que sa gueule me disait quelque chose, m'exclamai-je, furibard d'avoir été aussi nul.

- Et oui mon rat ! C'est le mec qui est sorti sur les talons de Julie. Ils se sont fait la bise en se quittant. Ces deux-là se connaissent.

- Demain ! Cela attendra demain. Ce soir je fais escale.

- Ouais ! Les temps ont bien changé à ce que je vois... Avant tu serais revenu au commissariat pour mettre une tronche au carré à ton Farid. Mais moi je dis ça ! Tu fais comme tu veux, consultant de mes deux.

- C'est ça ! Allez ! Envole-toi je t'ai assez vu pour aujourd'hui. Vivement que cette enquête se termine. Que tu ne viennes plus me casser les couilles.

L'oiseau détective se noya dans le ciel gris. Dépité je balançai un crachat de fumeur dans l'eau. J'étais dégoûté de cet oubli. Promeneur et pensif, sous le coup de ma bévue, je traversai le parc en laissant les canards de l'étang à leurs conciliabules. Une énorme araignée bleue sur laquelle, malgré l'heure tardive, des enfants s'accrochaient comme des mouches prises au piège me captiva un moment. Je pensai à ma fille et à son bambin que je n'avais pas revus depuis près d'un an. Dans l'allée, je passai devant un dragon de métal qui avait eu des temps meilleurs et je débouchai sur les boulevards. A ma Breitling il était vingt heures. L'appartement de mon ami Fred et de sa tendre épouse n'était plus très loin. Un immeuble standing proche de l'hôtel Mercure.

Myriam m'ouvrit. Une bonne odeur s'échappait de la cuisine. Le séjour était rangé, une table basse avec une nappe en papier, une musique jazz en sourdine, des bouteilles d'apéro et des amuse-gueules. Cela faisait toujours chaud au cœur d'être attendu.

Comme je l'avais prévu Fred nous rejoignit trois quart d'heure plus tard. Il avait fait fissa ! Nous discutâmes avec nos verres à la main. Lui au petit jaune et moi au Black and White. Myriam faisait des allers-retours entre le salon et la cuisine. Au passage elle trempait ses lèvres siliconées dans son ballon de Minervois. Les sujets de conversation défilèrent les uns après les autres. On évoqua en introduction la crise et les politicards. Nous étions du même avis. C'est à dire tous des enfoirés... Puis on attaqua avec le cinéma. Cela faisait des lustres que je ne m'étais pas payé une toile. Quant aux films à la télé j'avais perdu la prise. Depuis l'écran était resté noir. On aborda enfin le sujet, le must, le dernier match du stade toulousain contre les parisiens. Comme lié par une tacite entente nous évitions de parler de l'enquête.

Myriam avait cuisiné des lasagnes et une tarte à l'orange et citron délicieuse. A la fin de ce succulent repas Fred remplit deux verres d'Armagnac et me désigna le balcon. J'avais besoin de fumer. Bien sûr cela ne lui avait pas échappé. Aujourd'hui les fumeurs étaient parqués à l'extérieur. Quand il faisait beau ça pouvait passer. Par contre l'hiver on se pelait les miches. Mais c'était l'évolution. Les jeunes n'avaient pas connu autre chose. Mais un type comme moi, bordel, cela faisait chier !

Fred tira la porte coulissante. Myriam rangeait sa cuisine. Enfin nous avions un espace pour parler boulot. Accoudés à la balustrade, nous observâmes l'agitation du soir toulousain qui montait jusqu'à nous. J'avais ma cigarette à la bouche. Pour plaire à sa greluche Fred ne fumait jamais chez lui, ni même sur le balcon. Il commença :

- On tient certainement l'assassin. C'est du tout cuit pour la dernière victime.

- Cela s'est passé comment pour Noé ? demandai-je.

- Il a tout déballé… Il a raconté qu'ils étaient tous les deux en train de jouer à un jeu vidéo quand le téléphone portable de Farid a sonné. C'était une femme, a-t-il dit, mais il n'en est pas sûr. Ensuite Farid est descendu et il est resté dix minutes environ dehors. Puis il est revenu et il a ouvert avec une clef qu'il avait sur lui. C'est pour cette raison que Noé n'a pas bougé du fauteuil et qu'il a continué à jouer sans se retourner. Il a entendu Farid dans son dos qui fulminait. Il était en colère. Puis il a entendu une autre voix et c'est à ce moment-là qu'il s'est retourné. Il y avait un autre homme qui était monté avec Farid. Un arabe, a-t-il ajouté. Driss Ben Arfa en personne. Ils parlaient entre eux sauf que Noé n'a rien pigé.

Fred marqua une courte pause. Il réfléchissait. J'en profitai pour rallumer ma cigarette qui était éteinte. Je le relançai :
- Et après ?

- Le ton a monté toujours en arabe. Farid est parti dans la chambre et il est revenu avec une liasse de billets de 50 euros. Il les a tendus à Ben Arfa mais celui-ci les a pris et il les a jetés par terre.

- Cet argent d'où provenait-il ?

- Noé n'a pas su le dire. Il nous a confié qu'il croyait que Farid était fauché. Mais je crois qu'il nous a menti.

- Bon ensuite ?

- Farid a conservé son calme ce qui a étonné Noé. Il a continué à jacter d'une voix douce comme s'il voulait le convaincre de quelque chose d'important. Ben Arfa par contre s'est mis en colère. Soudain il a sorti l'arme qu'il avait volée au gendarme. Il a braqué Farid qui a réagi très violemment. L'autre a voulu se défendre. Il a même essayé de tirer mais il n'a pas su enlever à temps le cran d'arrêt. Dans la bagarre Farid a saisi une flèche qui se trouvait sur le canapé. Il l'a frappé avec. Ben Arfa s'est écroulé et il n'a plus bougé. Ils sont restés comme des abrutis devant le corps sans savoir s'il vivait encore. De vrais cons !

- Que faisaient ces flèches sur le canapé ?

- Noé dit que Farid c'est son truc. Il en achetait plein pour la chasse ou faire des cartons dans la nature.

- Il ne lui a pas demandé de quoi ils discutaient ?

- Si justement. Farid lui a confié que ce type était fou et qu'il voulait qu'il se dénonce pour des meurtres dont il n'avait même pas entendus parler. Il voulait l'emmener de force aux flics.

- Ce sont des comédiens…

- Oui je pense.

- Comment Ben Arfa a-t-il fini à la flotte ?

- Oh c'est simple ! Ils ont attendu la nuit, trois ou quatre heures du mat. Il ne sait plus très bien vu qu'il s'était assoupi dans l'attente et qu'il n'a pas pensé à regarder l'heure quand ils ont descendu le corps.

- Ils l'ont transporté comment ?

- Ils ont commencé par briser la flèche au ras de la blessure pour que cela soit moins voyant. Puis ils l'ont affublé d'un vieux survêt pour cacher la poitrine pleine de sang. Ensuite chacun d'un côté, en le soutenant par les aisselles, comme pour un poivrot, ils l'ont descendu dans la rue. En outre, il n'y a pas grand monde qui s'aventure dans le quartier à pareille heure. Actuellement il y a une bande de racailles, des jeunes ados, qui rackettent les étudiants du coin. Ils ont mis le corps dans le coffre d'une voiture et ils sont allés le jeter dans la Garonne. A deux pas.

- Farid a avoué ?

- Non ! Penses-tu. Il a repris du poil de la bête et il nous nargue. Tu sais comment ils sont ces mecs. Pris en flag ils sont capables de te dire en te regardant droit dans les yeux que ce n'étaient pas eux mais un sosie. Ou une autre connerie ! De toute façon on a une belle empreinte et des traces de sueur. Plus Noé comme témoin à charge qui flippe de prendre vingt ans. Farid va être déféré au parquet et mis en examen pour meurtre. Il nous reste maintenant à prouver sa responsabilité dans les autres assassinats.

- Cela ne va pas plaire au juge. Lui qui compte avoir deux affaires pour le prix d'une.

Soudain un moineau obèse rouge cerise fit son appartion Il se percha sur le rebord d'un pot de géraniums.
- Qu'est-ce que tu fais là ? Et c'est quoi ce ventre ?
- A cause du Macdo dessous. J'ai pas mal picoré.
- Dégage! Je cause avec Fred.
- Oh ça va ! Il me connaît.

Effectivement Fred confirma en me tapant dans le dos. Il était plié de rire.
- Ah ça y est ! Ton oiseau est là et tu lui parles ?

Je rétorquai du bout des lèvres.
- Oui ! Il est là. J'espère que cela ne te dérange pas ? Tu sais que…
- Rien du tout ! Tout le monde a le droit d'avoir des amis invisibles. Allez ? Qu'est-ce qu'il mijote ?
- Dis-lui à ton pote que Farid connaît Julie. C'est super important !

Je traduisis.
- Tu es sûr que c'était lui ? répondit Fred.

L'oiseau s'interposa :
- Il est con mais il a une bonne vue.
- Oh la ferme ! dis-je brusquement, si tu veux rester ici tais-toi.

Je repris en direction de Frédéric Costessec :
- Oui je les ai vus, en ville, dans un bar qui grouillait de jeunes.
- Quel bar ?
- Le bar Pop je crois… Julie y avait oublié ses clefs et elle m'a demandé de l'y accompagner. C'était samedi soir. En ressortant un type la suivait et ils se sont fait la bise. C'était Farid mais je ne m'en suis souvenu qu'après coup.

- Oui quand ton piaf te l'a rappelé.
- Oui c'est ça ! avouai-je de mauvaise grâce.
- Il faut savoir quel genre de relations ils entretiennent. D'accord ils sont jeunes et fréquentent comme la plupart des lieux branchés. Mais quand même c'est bizarre.
- Comment cela ?

Fred m'expliqua :
- Le but d'Éléonore Daurade, si on part du principe que c'est elle le cerveau, était de se débarrasser de son père, le capitaine. Jusque-là tu me suis ?
- Oui !
- Elle rajoute deux autres meurtres pour noyer le poisson, échafauder un plan machiavélique. Elle nous sert un suspect sur un plateau en fabriquant des preuves contre lui. Elle se démène donc pour faire accuser Ben Arfa qui est venu se mettre dans ses griffes après toutes ces années. C'est lui le catalyseur. Si cet idiot était resté à Paris, peinard, il n'y aurait jamais eu cet enchaînement dramatique. Et c'est là où c'est bizarre.
- Quoi donc ?
- Cette femme, à la première baffe de Ben Arfa, et rien ne prouve qu'il l'ait battue, lui dit où se trouve son bras meurtrier. Son intérêt aurait été que jamais ils ne se rencontrent. Driss Ben Arfa perdu dans la nature, le top aurait été que les flics l'abattent. Un tueur de gendarme, c'était probable. Elle devait être ravie de la tournure des événements.
- D'ailleurs elle m'a affirmé qu'elle ne lui avait rien dit. Je ne l'ai pas crue . C'est idiot de ma part. Je me suis enfermé dans mon raisonnement.

L'oiseau se mêla encore à la conversation. Il avait donné un coup d'aile et il s'était posé sur l'épaule de Fred pour me faire face.
- Il a raison Marcello. Ton ami est moins fermé que toi.

Avec mon verre vide à la main, je regardais sans les voir, en dessous de nous, des jeunes gens s'installer sur les bancs du Macdo. Ils déballaient les hamburgers de leurs emballages en carton.Ils semblaient avoir les crocs. Il avait raison, mon piaf, comme toujours. Cela clochait ! Je vidai d'un trait le reste de mon verre. Je repris le cours du raisonnement de Fred qui me fixait, l'œil un peu de travers. Lui aussi avait abusé du Ricard avant de manger. Sans parler du vin et des verres d'Armagnac.

- Bon ! Si ce n'est pas Éléonore, si elle n'a rien dit à Ben Arfa, que s'est-il passé quand celui-ci est reparti ?

- Il a descendu les escaliers du château et il s'est retrouvé à l'extérieur, avança l'ami Fred sans se mouiller dans ses suppositions.

- Mais putain ! Il est arrivé à Toulouse une ou deux heures plus tard, grand maxi ! Le légiste est formel. Il s'est fait buter en fin de journée et ça concorde avec ce que dit Noé.

- Il a donc pris une voiture ?

- Oui ! Mais il n'en avait pas. Il a peut-être fait du stop mais j'en doute. C'était risqué et pas évident avec la dégaine qu'il se trimbalait !

Je poursuivis :

- La cuisinière et la femme de ménage étaient là dans l'après-midi. Elles n'ont rien signalé de spécial pour les voitures. Elles disent ne pas avoir vu Ben Arfa. Charlotte roule à bicyclette pour se rendre au village. Jacques Daurade était à son golf et il avait emprunté la Mercedes. Sa voiture de collection et la Range Rover du capitaine sont toujours au garage. La vieille 4L qui sert pour aller et venir n'a plus de batterie. J'ai vérifié.

- Julie ! fit l'oiseau… Julie ! Julie ! Julie !

Il répétait le prénom comme une litanie printanière. Je le fis taire en reprenant après lui :

- Julie et son Austin ? Elle devait être au château.

- Bon OK ! Admettons… Ben Arfa tombe sur Julie et il la menace.

- Si c'était le cas, elle nous aurait parlé. Mais la gamine n'a rien dit. Puis on la retrouve le soir pour chercher sa mère. Cela voudrait dire qu'elle a fait un aller et retour sur Toulouse pour véhiculer Driss Ben Arfa. Pourquoi aurait-elle fait ça ? Enfin le soir au lieu de rentrer directement sur Rieux elle me demande de passer au bar pour récupérer son trousseau de clefs. Cela supposerait qu'elle aurait fait un détour au bar pour boire un verre et voir ses copains. C'est possible ! Cela se tient mais est-ce vraisemblable ? Avec les jeunes il faut s'attendre à tout !

Fred avait retrouvé ses esprits et il enchaîna :
- Pour résumer. Julie a caché Ben Arfa dans sa voiture pour passer les barrages. Elle connaît la région et les chemins détournés. Elle le conduit tout droit chez Farid à Empalot.
- Cela implique que Farid après avoir tué Ben Arfa ait laissé Noé seul avec le cadavre pour aller faire un tour au bar en fin de soirée. A mon avis, vu l'état d'esprit dans lequel il était, ce n'était pas pour se taper une bière. Il avait une raison.
- Mais bien sûr ! Voir Julie... La mettre au courant de ce qui s'était passé. Si c'est elle sa complice, cela paraît logique. Je te parie qu'elle n'avait pas oublié ses clefs. Elle a menti pour que tu la conduises là-bas !
Te rappelles-tu si elle a reçu des SMS quand elle était avec toi ?

L'oiseau se manifesta.
- T'as une bonne vue mais pas de mémoire. Alors je vais te dire. Quand vous êtes sortis de l'hosto tu es monté directo dans ta voiture. Mais tu as été obligé d'attendre Julie. Elle regardait l'écran de son portable et même que tu t'es impatienté...
- Merde ! ponctuai-je. Je me suis fait baiser. Elle est gonflée.
- Les jeunes sont gonflés ! Tu avais oublié, me jeta l'emplumé en se contorsionnant pour se gratter du bec sou son aile relevée.

Fred ajouta :
- Noé a oublié de nous dire que Farid était parti en ville en le laissant seul avec le cadavre.
- Il a juste oublié pour couvrir son pote. C'est de bonne guerre mais j'imagine que tu vas lui rafraîchir la mémoire.
- Compte sur moi Marcello ! Mais combien sont-ils dans le coup ? Avons-nous à faire à une famille entière de meurtriers ?
- Il se peut aussi qu'il n'y ait que Farid et Julie et que la mère Éléonore n'y soit pour rien ? Cela se tient dans tous les cas. Reste à découvrir aussi le vrai mobile. Je ne crois pas à la

vengeance du moins il n'y a pas que ça. La mort du bébé, le retour forcé sur Paris… Cela cache autre chose.

- De toute façon je vais demander à ce que l'on vérifie les appels de Julie et de Farid. On aura le renseignement demain dans la journée.

- C'est une bonne idée. Cela apportera de l'eau à notre moulin.

L'oiseau ayant fini sa toilette se manifesta :

- Bon ! Vous savez quoi la flicaille ? Je m'en vais. Il faut que je me trouve un nid pour la nuit. C'est que je ne suis pas d'ici moi.

Et il s'envola en direction de la cité administrative.

- Ouf ! Bon débarras ! soufflai-je.

Avec mon copain Fred on se zieuta dans le blanc des yeux, complices.

- Un autre ? me dit-il.

- Et comment !

Myriam se manifesta en tapant au carreau. Nous réintégrâmes l'intérieur.

Un bip-bip m'informa que j'avais un message. C'était Camilla. Pour éviter de lui dire que j'étais complètement allumé je pris l'excuse de mon boulot. C'était connu... Un flic n'avait pas d'heure pour bosser. Myriam avait déjà préparé la chambre d'amis. Bonne nuit les petits !

41. Mardi 4 Mai

Quand je me pointais dans la cuisine, sur le frigo, entre une carte postale de Rome et une autre de Prague, un papier tenu par des aimants en forme de cœur, avec mon prénom en gros feutre rouge, m'indiquait que j'étais seul dans la bicoque. Fred était parti déjà au commissariat. Myriam prenait le café avec ses collègues du Conseil Général. Leur fils était en classe. En pension dans les Pyrénées, dans une école dédiée aux études et à l'alpinisme.

Je pris le temps. Je me fis un café double avec un bel appareil à capsules, le dernier chic. Je bidouillai le bouton du transistor : RTL… France Info… RMC… Je tombai sur Radio Bleue, celle des toulousains. Ils annonçaient que les principales artères étaient bouchées. Pour ne pas changer ! Puis ce fut les infos. Mes neurones, tout doucement, se remettaient en place. Le café était bon. Sur les ondes rien sur notre affaire. L'archer noir était déjà du passé. Le braquage d'une bijouterie rue des Tourneurs occupait la scène. Je me levai en traînant mes pieds nus, ma tasse à la main, en direction de la salle d'eau. Je me coulai sous une douche tiède et me grattai la couenne avec le rasoir de Fred. Je m'habillai, enfilai ma liquette de la veille, qui puait le fauve. Je fermai la lourde et glissai la clef dans la boite aux lettres suivant la consigne du frigo. N'être qu'un consultant avait parfois du bon.

Cette fois je pris par l'autre côté, par le pont des Minimes et passai devant l'écluse. Point de bateau sur le canal. Un vent frais caressait les visages. Le bâtiment du commissariat avait de l'allure. Les voitures de police entraient et sortaient à tout berzingue du porche à double entrée. Les grilles étaient ouvertes. Les plantons s'agitaient comme de beaux diables. Il y avait du taf pour les flicards aujourd'hui ! Soudain cela fit tilt. Il y avait une manif de prévue. Je l'avais entendu vaguement à la radio. Je ne savais plus sur quoi. Après les affres de l'hiver, rien ne valait une bonne manifestation depuis le quartier Saint Cyprien jusqu'à la place Wilson pour se remettre à fond dans le plaisir oh combien savoureux de la contestation.

Ravigoté par cette ambiance festive je traversai en jouant au torero avec les voitures qui filaient sur le boulevard. Une giclée de dioxyde de carbone me chatouilla le naze et je me jetai dans le hall d'entrée. Il était déjà plein de plaignants qui attendaient sagement, comme à la sécu, que l'on veuille bien entendre leurs doléances. Je montrai ma carte de commissaire n'ayant pas de badge pour pénétrer par l'entrée du personnel.

Fred était en réunion avec son équipe autour d'une grande table. Je m'appropriai d'une chaise et tâchai d'être le plus discret possible. Quelques têtes me dévisagèrent. Je me concentrai sur ce qui se disait.

Farid avait passé la nuit à la prison de Muret. Il était en route pour une autre audition. A mon avis il nous chanterait l'air de la chanson sans nous dire les paroles. J'appris que Julie avait été stoppée par les gendarmes à la sortie du château pour être cuisinée elle aussi à la sauce perdreaux. Il était question de la confronter avec Farid. A ce stade de la réunion je ne pus m'empêcher d'ouvrir la margoulette. Comme en classe de sixième, je levai la main pour parler :
- Pourquoi ne pas confronter en même temps Éléonore. Les trois face-à-face ? Cela pourrait faire avancer le schmilblick. Qu'en pensez-vous capitaine ?

Toutes les tronches se tournèrent vers la mienne bardée d'un grand sourire d'indien. C'est-à-dire pas de sourire ! Puis les têtes reprirent leur position. J'entendis Fred dire :
- Bonne idée ! On va la faire venir.

Puis ce furent les questions d'organisation. A quelle heure ? Dans quelle salle ? Avec qui ?
- On va caler la confronte à quatorze heures. Cela nous laissera le temps d'interroger Farid et Julie, observa Fred.

J'en avais assez entendu. Je me levai et quittai la pièce sans un regard ! Et oui ! J'étais un électron libre. Je faisais ce que je voulais. Fred ne tirerait rien de Farid mais il était obligé d'en passer par là. Quant à Julie, si elle était coupable, elle avait suffisamment de cran pour résister aux collègues. Je misais davantage sur le théâtre de cet après-midi pour la faire craquer.

J'avais besoin d'une autre chemise.

Devant le commissariat central il y avait une station de métro. Il n'était pas question de prendre la voiture avec le foutoir en ville. Je descendis à Jean Jaurès. Place Wilson je dégotai une boutique Serge Blanco. Je trouvai une chemise blanche à ma taille que je gardai sur moi, fourrant la sale dans sa boite. Puis je me plantai devant la vitrine des montres. Une automatique chrono gris acier, avec à l'intérieur un ballon de rugby gravé, me tapa aussitôt dans l'œil. Elle était chère mais quand on aime on se laisse aller à des dépenses inconsidérées. Qui dirait le contraire ?

En fin de matinée la manifestation, tel un tsunami humain, submergea les boulevards et la place Wilson. A la terrasse du café des Américains j'étais aux premières loges. La réforme sur les retraites : c'était ça le thème et cela me fit rire jaune. Je laissai un bifton sur la table que je calai avec le cendrier et pris la tangente à travers la foule qui se dispersait à vitesse réduite. Les drapeaux et les banderoles étaient soigneusement pliés pour la prochaine manif. Les autocollants des syndicats décoraient encore les culs, les fronts, les joues, les sacs, enfin, tout ce qui pouvait servir de support. Le bitume était jonché de tracs. Des hauts–parleurs, sur des camionnettes crachaient toujours de la zizique révolutionnaire et bonne franquette. Des slogans, des dessins, débordant d'humour émergeaient par-ci, par-là. Voilà la France que j'aimais, moi le loustic qui n'avait jamais manifesté de ma vie !

A ma nouvelle montre il était midi moins vingt. J'avais le temps de faire le tour de la place du Capitole. Le soleil fit une timide apparition et le vent avait cessé. J'avisai au début de la rue Gambetta un bar et je m'y posai, le temps de me taper une bière et un sandwich au thon.

J'en profitai pour appeler Camilla et l'inviter à dîner ce soir en ville et plus si affinités. Cette fois je me fis la promesse que rien ne viendrait nous déranger. Cette femme avait eu beaucoup de patience avec moi. Si à la longue son humeur changeait à mon égard l'ascension de son intimité relèverait alors d'une mission impossible.

A treize heures trente j'étais à nouveau devant la maison poulaga. Je grimpai dare-dare au second où devait se passer la confrontation. Fred et ses sbires étaient déjà en place. Farid était enfermé dans une pièce avec deux gendarmes. Il avait eu droit à une pizza et un Schweppes. Julie était au premier en compagnie de sa mère dans une salle d'attente.

Auprès de l'ami Fred je m'enquérais de ce qu'avait donné l'entrevue avec Julie. En ce qui concernait Farid ce n'était pas la peine que j'use ma salive.

- Julie reconnaît avoir pris Driss Ben Arfa à son bord. Elle nous a baratiné en nous jurant qu'elle ne savait pas qu'il était en fuite et qu'il avait aussi séquestré sa mère. Elle a soutenu qu'elle n'avait pas rencontré de barrage. Elle a juste aperçu, à un moment donné, des voitures de la gendarmerie qui étaient stationnées à l'entrée du péage de l'autoroute.

- C'est plausible ?

- Peut-être ! Cela s'est passé à quelques minutes près. Ils ont eu de la chance.

- Et pourquoi a-t-elle raccompagné Driss ?

- C'est là qu'elle nous ment. Elle nous a affirmé qu'il était au portail du château. Elle a failli lui rentrer dedans en voiture. Il a surgi tel un guignol de sa boite. Il lui a demandé si elle se rendait à Toulouse. Comme c'était le cas elle s'est proposée de le prendre avec elle. Elle nous a rappelé que tout le monde faisait ça avec lui. En passant devant le Stadium il lui avait dit de le laisser là. C'est ce qu'elle a fait, d'après elle.

- Et pour la vérif de ses appels ?

- Notre spécialiste en informatique est débordé. Il est expert auprès du tribunal et ce matin il témoignait.

- On va voir ce que va donner la confronte ?

- Je ne suis pas optimiste, reprit Fred. Que dit ton oiseau à ce sujet ?

- Rien ! Il ne s'est pas manifesté. Il ne doit pas trouver l'idée excellente puisque c'est moi seul qui l'aie eue.

A quatorze heures pétantes on installa Farid, Éléonore et Julie dans une salle vide avec une table ronde et trois chaises pour la circonstance. Une caméra vidéo devait enregistrer les échanges verbaux et les passer en direct pour permettre aux collègues de suivre les débats.

Les trois suspects entrèrent et prirent place dans un silence de plomb troublé par leurs seuls claquements de pas sur le carrelage et le bruit des chaises tirées. Puis Fred suivi de Magali pénétra à son tour. Le troisième c'était moi. Je fermai la porte sèchement ce qui fit sursauter Éléonore.

Nous avions prévu de rester debout dans leur dos puis de tourner autour d'eux pour les décontenancer lors de l'avalanche de questions que nous étions décidés à leur poser. A nous voir avec nos binettes tendues on aurait dit des loups affamés prêts à fondre sur trois agneaux attachés à un piquet.

Je les avais convaincus d'utiliser ma méthode du silence. Obliger l'un des trois à ouvrir son clapet. Ce fut Farid qui perdit patience le premier. Il s'adressa à Éléonore. Celle-ci, se tenait droite sur sa chaise. Elle était vêtue d'un pantalon en laine qui la boudinait avec une ceinture rouge assortie aux chaussures à talons plats. Un chemisier beige à dentelles sous une veste noire classique. Elle avait chopé dix ans malgré les sapes friquées qu'elle arborait. Ce n'était plus la même femme hautaine que j'avais rencontrée à plusieurs reprises dans son fief de chasseur de cathares Son visage portait la marque d'une faille.

- Ces tarés m'ont dit que tu n'es pas ma mère ! Qu'ils ont la preuve…

Éléonore le dévisagea. Ses yeux flamboyaient. Elle se pencha en avant et avança son bras droit pour tenter de le toucher, de lui saisir la main. Farid eut un geste de recul et camoufla ses bras sous la table. Son visage restait de marbre tandis qu'il regardait fixement au-delà de l'épaule d'Éléonore. Le garçon n'était pas du genre à mater les gens droit dans les yeux. Une larme coula sur la joue d'Éléonore. Dans un sanglot qu'elle eût du mal à cacher elle parvint à dire :

- C'est vrai ! Je ne suis pas ta mère biologique. Mais ça ne change rien. Je l'ai appris il y a quelques années mais je ne t'ai rien dit. A quoi bon te faire du mal ! Je t'aime comme si tu étais mon vrai fils. Tu sais bien que j'ai continué à m'occuper de toi. Tout l'argent que je te donne... pourquoi je ferais ça si je ne te considérais pas comme mon fils ?

Puis se tournant vers Julie qui ne paraissait nullement étonnée d'avoir un frère, elle ajouta :
- Excuse-moi ma chérie ! Je t'aime toi aussi.
- Je sais maman. Ne te tracasse pas, ça va s'arranger.
- S'arranger ? entama Fred d'une voix un tantinet moqueuse... Nous avons trois meurtres à élucider, quatre sans parler de votre enfant madame. Quoique cette affaire-ci n'en est plus une en vérité. C'est certainement votre père, Jean-Auguste Pringeant, dit le capitaine qui l'a proprement homicidé.
- C'était une ordure, attaqua violemment Julie.

Je m'arrêtai dans son dos, posai mes mains sur ses épaules, et lui demandai, complètement au pif :
- C'est pour cette raison que tu as demandé à ton frère, puisque frère il y a, de tuer ton salaud de grand-père. De maquiller ce crime en éliminant les deux autres. Le toubib Paul Frémont quelques jours avant et le pêcheur de brochets Étienne Laroque cinq jours après ? Bien vu comme astuce ! Tu avais lu ça quelque part dans Agatha Christie j'imagine…

Voir quelqu'un accusé d'un crime ce n'est jamais plaisant. Par contre être accusé soi-même c'est tout de suite plus flippant. La gamine se dégagea de ma poigne comme une anguille. Elle avait pâli. Ses grands yeux cherchèrent une aide auprès de Farid qui continuait à détourner le regard.

Le commandant Frédéric Costessec prit la parole à son tour. Il s'adressa à Farid. Il s'était arrêté de marcher et lui faisait face.
- On a vérifié avec soin ton arc et ton attirail. Tes flèches ressemblent étrangement à celles que l'on a retrouvées sur les

corps des malheureux. Elles proviennent de la même boutique avenue de l'URSS. On a montré ta photo au gérant et il t'a bien reconnu. Il nous a dit que tu étais un sacré bon client.

Les flèches du tueur étaient courantes. On les trouvait partout. Mais cela fit quand même mouche. Farid sortit enfin de son mutisme. Sèchement il rétorqua avec son accent de banlieue :
- Ouais il me connaît ! Et alors j'suis pas le seul à me fournir chez lui. Je chasse le sanglier avec. Mais j'ai pas buté les trois bouffons ! Ma mère n'y est pour rien et Julie non plus !
- Et pour Driss Ben Arfa, t'es aussi innocent peut-être ?
- Ah cet autre bouffon il m'a menacé de son arme. Il voulait que je m'accuse des meurtres. C'était un taré ce mec ! Me suis juste défendu avec ce que j'avais sous la main. Il a voulu me flinguer ce connard ! Mon avocat il va dire que c'est de la légitime défense… C'est tout ce que j'ai à dire aux keufs.

Éléonore éclata en sanglots. Julie quitta sa chaise pour prendre sa mère dans ses bras. On attendit dix secondes et l'on pria la gamine de se rasseoir.
Il n'était pas question de stopper les hostilités si vite. Les deux femmes ne cessaient de se décocher des regards furtifs. Pour se soutenir mutuellement. Éléonore avait le regard noyé. Dans celui de Julie j'y décelai une étincelle. Il y avait autre chose derrière ces regards. Mon flair de vieux flicard me le couinait dans les oreilles. Farid derrière son attitude masquait la vérité. Qui avait buté ces trois types ? Et qui protégeait qui ? Nous avions trois suspects, métaphoriquement trois portes. Celle de Farid s'était refermée à double tour. Il restait les deux autres. Je pouvais encore crocheter la serrure.
- Julie ! commençai-je. Sais-tu tirer à l'arc ? Une fille de Rieux doit bien avoir eu un jour un arc dans les mains ? C'est Farid qui t'a appris ou un copain du village ?

La jeune femme tressaillit. Elle demeura seule devant la question. Puis soudain Farid vola à son secours. Il plongea ses yeux pour la première fois dans les siens. Il ne proféra aucun mot mais son visage était sacrément explicite. « Tais-toi, disait-il ! Tais-toi ! Nie de toutes tes forces. »

Elle lui retourna un semblant de sourire. Sa main droite s'énervait sur sa bague en argent. Elle la triturait avec frénésie. Même tic que sa mère, remarquai-je.
- Non ! Je ne sais pas tirer à l'arc ni à l'arbalète. Je ne sais tirer à rien ! hurla-t-elle, en pétant un plomb. Je n'ai pas tué mon grand-père, ce fumier, ce porc.

La faille s'élargissait… Ce n'était plus qu'une question de temps.
- Mais laissez-là donc ! s'interposa vivement sa mère. C'est odieux ce que vous essayez de faire. Vous savez bien que le coupable c'était Driss, notre jardinier. Il s'est vengé de ce que lui avait fait subir autrefois mon père et ses amis et aussi la mort du bébé. Je crois qu'il savait.
- C'est facile à dire maintenant qu'il est mort, dis-je… Et comment l'aurait-il appris ?
- Je n'en sais rien mais j'avais bien des doutes moi !
- Si l'on veut ! Ben Arfa n'est plus là pour se défendre. C'est une sacrée aubaine sa mort ! Après tout, persiflai-je, le plan a quand même fonctionné. Sauf pour ce pauvre Farid qui se retrouve le couillon de l'histoire.

Ensuite le jeu des questions et des réponses continua… On les serra au plus près. Mais on tourna en rond en se heurtant chaque fois aux absences de preuves. Au tribunal ce n'était pas jouable. Le lot de consolation n'était guère folichon. L'avocat allait plaider la légitime défense. Dans moins de cinq ans Farid serait dehors. On voulut savoir aussi comment il avait connu Julie. Ils répondirent dans un même élan et sans autres détails « au bar Pop, rue de la Colombette ». C'était là que beaucoup de jeunes se retrouvaient. C'était logique que leurs chemins se soient un jour croisés.

Magali voulut savoir si ce n'était pas plutôt Farid qui s'était rapproché de Julie voulant ainsi connaître cette fille qu'il croyait être sa demi-sœur. Là-dessus il grommela une réponse qui voulait dire en langage grossier qu'il ne parlait pas aux femmes qui portaient une arme et qui se prenaient pour un mec.

235

L'avocat d'Éléonore avait ramené sa fraise au commissariat. Il avait été accompagné par un planton qui l'avait baladé dans les étages. A la longue, rouge de colère il avait fini par rappliquer. Éléonore avait déjà pris le parti de se taire. Au point où en étaient les investigations on n'en avait plus rien à foutre. L'homme du barreau était une pointure. Il pouvait faire ce qu'il voulait cela ne changeait rien. Nous n'avions strictement rien à nous mettre sous la dent pour les autres meurtres. Des présomptions... C'était tout. La défense avait une autoroute. Le procureur un sentier de montagne. A dix-sept heures on boucla la boutique. Farid repartit dans sa geôle. Moi j'avais encore une carte à jouer. Pour cela je devais raccompagner ces dames au château.

42. Vous avez raison commissaire

Julie prit la place du mort. Sa mère monta à l'arrière. Elle chercha la ceinture, la boucla, se cala contre l'appuie-tête et ferma les yeux dans un soupir. Elle était épuisée. Puis je tournai la clef de contact. Julie n'avait pas mis sa ceinture et je le lui fis remarquer. Elle m'envoya sur les roses. Je n'insistai pas. Les rues étaient encombrées pour ne pas changer. Le ronron de la voiture, dès que nous fûmes sur la quatre voies, berça rapidement mes passagères. J'étais aux aguets dans l'attente d'une occase pour une ultime tentative. En évitant de les brusquer. Quand nous arrivâmes à la hauteur de Noé je leur adressai la parole :
- Je sais que vous vouliez l'une et l'autre la disparition du capitaine. Vous Éléonore il a tué votre enfant. Il a volé votre vie en vous obligeant à rester sous sa coupe. Il vous a manipulée pour que vous restiez vivre au château. Vous poussant même à épouser une ombre. Est-ce que je me trompe ? Je ne crois pas, précisai-je, en faisant les questions et les réponses.

Les deux femmes se taisaient. Éléonore n'était plus assoupie. Elle me dévisageait à travers le rétroviseur. Mon instinct ne me trompait pas. Je pensai : « Pourvu que le piaf ne vienne pas fourrer son bec dans ma petite combine de psycho. » J'avais aussi évité de nommer Jean Auguste Pringeant par les termes de « père, grand-père ou de mari ». Ces mots étaient chargés de nitroglycérine. Celui de « capitaine » les éloignait de l'affectif qui les unissait encore à lui. Je poursuivis avec le plus de compassion dans la voix :
- Le capitaine a trompé sa femme sans vergogne, sans se cacher, avec des putains. Il a dilapidé l'argent en achetant un appartement à Charlotte. Il avait aussi signé pour un autre en Espagne… Combien a-t-il dépensé pour son plaisir au détriment de sa famille ? Il était même question qu'il épouse Charlotte. C'était un drôle de coco le capitaine ! Le quotidien ne devait pas être facile.

Le visage d'Éléonore s'était décomposé au rythme de mon

énumération. Soudain les larmes s'échappèrent. Elle se cacha vivement le visage puis, son caractère reprenant le dessus, elle s'essuya d'un revers et fouraille dans son sac à la recherche d'un mouchoir. Julie se retourna et lui prit la main. Une chose était certaine. La fille et la mère ne se détestaient pas comme je le croyais. Cette attitude était-elle de l'amour ou une simple solidarité face à la police ?

Puis Julie lâcha sa mère et regarda à nouveau défiler la route. Le barrage ayant cédé du côté d'Éléonore je continuai du côté de Julie :
- C'était une crapule n'est-ce pas Julie ?
- Encore plus que ça ! avoua-t-elle d'une voix faible.

Julie avait eu un trémolo en disant cela. Je levai le pied de l'accélérateur. L'aiguille du compteur se stabilisa sur 80 km/heure. Je n'étais pas pressé d'arriver. Ce sanglot avait eu une sonorité que j'avais trop entendue lors de précédentes affaires. Cette phrase que la jeune fille avait murmurée avait suffi à trahir ce qu'elle cachait.
- Il t'a fait du mal. C'est ça Julie ?
- Arrêtez ! Arrêtez donc de dire ça ! cria subitement Éléonore. Sous l'effet de ce coup de gueule, je m'étais déporté sur l'autre file. Heureusement il n'y avait personne. Je remis la tire dans le droit chemin.

L'ambiance filait sur le coup au drame. Je me garai en donnant un vigoureux coup de frein devant le téléphone d'une zone d'arrêt d'urgence.
- Écoutez-moi mesdames ! Tout ce que vous pourrez dire dans cette voiture n'a aucune valeur juridique. Il n'y a pas de témoin officiel et je n'enregistre rien... Cette discussion n'apparaîtra jamais dans un procès-verbal. En ce qui concerne la police, l'affaire est quasiment sur le point d'être bouclée. Ils ont un coupable et il est mort. Driss Ben Arfa est tout désigné pour rassurer l'opinion publique. Farid ne sera mis en examen que pour légitime défense. C'est un dur mais il va prendre son mal en patience. Malgré ce qu'il est, il vous considère comme sa famille. Il ne dira rien de plus. Je sais qu'il est au courant de ce

qu'a fait le capitaine à sa petite-fille. C'est pour cette raison qu'il s'est lancé dans cette chasse disons particulière. Mais ça c'est mon intime conviction mais on ne le prouvera jamais ! Ai-je raison ?

Le silence dura une éternité. Enfin les lèvres serrées d'Éléonore eurent un frémissement. Elle répondit :
- Vous avez raison commissaire.

Elle se moucha avec distinction. Gentleman j'attendis qu'elle ait fini en détournant mon regard... Puis je posai mes yeux sur son visage. Elle s'était redressée, buste tendu en avant. Nous étions proche l'un de l'autre. Je sentais son parfum à la vanille. Elle respirait mon haleine de chacal. Ce rapprochement intime poussait à la confidence. Julie se tenait le front contre la vitre. Elle fixait sans le voir le téléphone d'urgence. Absente.
- Mon père était un salaud...

Elle rajouta, éducation quand tu nous tiens :
- Excusez-moi d'être grossière.
- Vu les circonstances vous pouvez vous lâcher, dis-je bon prince.
- C'est vrai ! reprit Éléonore. Il a fait du mal à ma fille et je n'ai rien dit. J'ai été lâche mais j'avais peur de lui. Vous avez traité mon mari d'ombre. C'est exact. Cet idiot ne s'est jamais aperçu de nos souffrances. Mais ce n'est pas là le sujet. Oui ! Mon père a violé sa petite-fille, et quand je m'en suis aperçue j'ai cru devenir folle. J'ai failli le tuer une première fois avec son revolver. Je l'ai manqué. L'incident est resté entre lui et moi. Mais depuis ce jour-là il s'est méfié. Il ne l'a plus touchée. C'était au moins ça de gagné... J'ai parlé à Julie et elle m'a écouté. Je lui avais demandé de se taire. Ce fut une erreur. Nous aurions dû porter plainte mais c'était trop tard.

Elle avait dit : « une première fois ». Cela sonnait comme un aveu. Une voix intérieure me souffla de ne pas relever. A ma gauche une autre petite voix, plus réelle celle-là, se fit entendre. Julie sortait de sa rêverie.

- Ce que ma mère ne vous dit pas, commissaire, c'est qu'elle aussi a été violée par ce porc. Moi j'ai eu de la chance si on peut dire. Cela n'a duré que quelques mois. Ma mère ce fut durant des années. Il la frappait comme il frappait ma grand-mère.
- Ah tiens donc ! Parlons-en de Marthe Pringeant. J'imagine qu'elle est au courant de tout ce qui s'est passé.

Les deux femmes se regardèrent puis répondirent en même temps par un « non » qui voulait dire « oui ». Peu importait. Un détail m'échappait encore :
- Pourquoi Julie as-tu conduit Driss chez Farid ?
- Vous me promettez que vous ne vous en servirez pas au procès ?
- Je te le promets. C'est juste pour ma gouverne et mon oiseau ?
- Votre oiseau ?
- Oui il est là posé là, dehors sur le téléphone Il écoute tout ce que nous disons.

Les femmes me regardèrent interloquées. C'était ma dernière cartouche pour les amadouer définitivement. Et puis c'était vrai. Mon pioupiou était là et il ne disait rien pour une fois.
- J'ai des hallucinations récurrentes depuis des décennies. Elle prend l'apparence d'un piaf qui me parle pour m'aider à résoudre mes enquêtes. Je vois un psychologue régulièrement. C'est pour ça que je ne suis plus qu'un commissaire consultant. C'est pour cette raison aussi et je vais être grossier à mon tour, que ma putain de parole ne vaut pas un clou devant un tribunal. Il n'y a qu'une poignée de collègues qui me font confiance. Alors vous voyez mesdames vous n'avez rien à craindre de moi.

Je répétai ma question :
- Pourquoi Julie ?
- Quand Driss a été embauché ma mère m'a prévenue. Elle m'a raconté l'histoire de Paris. Quand je suis montée dans la voiture il était là, caché sous une couverture, à l'arrière. Il m'a supplié de le conduire à Toulouse. Il voulait remonter sur Paris. J'ai eu

pitié de lui.

- Dis plutôt que tu as eu des remords de le voir ainsi accusé de crimes qu'il n'avait pas commis ?

Elle ne répondit pas. Je crus que j'avais gaffé et que je venais de bousiller la tacite entente qui nous unissait présentement tous les trois. Il n'en fut rien et je respirai. Elle reprit :

- Je l'ai laissé devant le Stadium. J'ignore comment il a eu connaissance de l'adresse de Farid. Ce n'est pas moi ni ma mère.

- Est-ce ta grand-mère ?

- Je ne sais pas !

L'oiseau se mêla enfin à la conversation.

- Elle ment ! Quand tu auras déposé ces deux morues qui ont réussi un crime parfait il te faudra aller voir la vieille avant de repartir à Paname.

Je mis le clignotant et redémarrai. Nous arrivâmes au château sans qu'il y ait eu d'autres mots de prononcés. Je stoppai devant la grille. Éléonore descendit et appuya sur la sonnette. Julie rejoignit sa mère et lui prit le bras. La grille doucement s'ouvrit. Les deux femmes sans même me jeter un regard s'en allèrent dans l'allée. Je biglai ma toquante. Il était presque dix neuf heures.

Je fis demi-tour et pris la direction de l'hôtel. Camilla devait s'y trouver en train de se pomponner. De là-bas j'appellerai Marthe Pringeant pour un entretien demain en fin de matinée. Camilla n'était pas prête. Pour ne pas déroger à la règle sacro-sainte qu'une femme mettait dix fois plus de temps à se saper qu'à se déloquer. J'avais besoin, moi aussi, de me mettre sur mon trente-et-un. Nous étions conscients que nous avions la nuit pour nous.

L'enquête était presque finie à moins d'un coup de théâtre, ce dont je doutais.Ce soir je ne voulais pas prendre le risque d'être dérangé par mon téléphone portable. Aussi je le débranchai et le rangeai sans état d'âme dans le tiroir de la table de chevet.

Nous prîmes la route de Toulouse vers les vingt heures. Trois quarts d'heure après, nous étions encore coincés dans les embouteillages. Mais je m'en fichais. Camilla était assise à ma droite. Elle était magnifique dans sa robe en lamé noire. Elle dégageait une sensualité qui me mettait en appétit. Je n'étais qu'un gros macho et j'avais l'intention, ce soir, de m'asseoir sur mes clichés. De me comporter en homme intelligent et sensible. Il y avait du boulot. Mais le jeu en valait la chandelle.

J'avais profité de ma présence au centre-ville, lors de mes achats, pour réserver une table en terrasse dans un restaurant sur la place du Capitole. Il y avait mieux mais cette place me plaisait beaucoup. Je ne savais pas comment aller évoluer la soirée. J'avais cependant réservé une chambre au Mercure. Une piaule à cent cinquante euros. Un quitte ou double, m'étais-je dit, en filant ma carte visa au planton de l'hôtel.

Le repas fut délicieux. Nous étions des touristes parmi les autres. Camilla me confia quelques bribes de sa vie, le vin aidant. De mon côté cela faisait longtemps que j'avais appris à me taire sur mon passé. Quand elle me questionnait à mon sujet j'éludais. J'attendais ensuite, fendu d'une banane béate, qu'elle me parle de l'Amérique du Sud.

Cette femme me faisait voyager.

Toutefois une ombre planait déjà... Je n'étais pas du coin. Je devais m'en retourner dans les jours à venir à Paris. Elle me proposa de rester le temps que je désirais chez elle. Je répondis ni oui ni non. Il y avait à peine une quinzaine de jours je rêvais de prendre la tangente, de m'installer dans une ville de lumière. Le sud-ouest ce n'était pas la côte d'Azur mais c'était quand même mieux que la région parisienne. Mais j'étais attaché à mon appart pourri. Le pire c'était que j'en connaissais la raison. L'inertie. Le poids du corps et de mes pensées. J'étais un roc qui aurait nécessité un bâton de dynamite pour me faire bouger.

Après avoir réglé la note nous nous promenâmes bras dessus, bras dessous, jusqu'à la basilique Saint-Sernin. Puis nos pas nous ramenèrent vers la place Wilson. Dans un bar, enveloppés d'une musique branchée, devant un gin tonic et un cognac, Camilla ne s'offusqua point lorsque je lui susurrais à l'oreille qu'une belle chambre d'hôtel nous invitait à lui rendre visite lorsque nous en aurions envie.

Nous fîmes l'amour au début prudemment. Avec un mélange de tendresse et de rudesse. Puis le rythme s'accéléra. Camilla avait du tempérament et n'était pas coincée. Nous laissâmes tomber « l'amour à la papa » pour jouer à d'autres jeux, plus érotiques. Enfin quand nous fûmes rassasiés, que le lit de 160 fut définitivement dévasté, je me levai, nu comme un gros ver, et ramenai les draps qui traînaient par terre pour nous couvrir. Elle se cala dans les oreillers et se pelotonna contre moi. Je m'abstins aussi d'allumer une clope.

Quand elle ferma les yeux j'attendis que Morphée fasse correctement son boulot. A pas feutrés, je me levai pour aller fumer sur le balcon. J'ouvris précautionneusement la porte pour ne pas la réveiller. Puis tel un sénateur romain, drapé d'une couvrante, je m'accoudai à la balustrade, seul face à la nuit et à la lune.

Dans ma tête chamboulée le film de nos ébats amoureux continuait. Peu à peu les images cessèrent pour de bon. Il n'était pas loin de trois plombes. Sur les immeubles alentours des volets n'étaient pas fermés. Des fenêtres étaient allumées. J'avais les yeux écarquillés sur la nuit. Je respirais sa présence à plein nez. J'étais un fauve en quête d'une flaque d'eau. J'aurais voulu percer le mystère de ces vie derrière les carrés de lumière. Ces gens étaient comme moi. C'est-à-dire vivants et réveillés. Mais la comparaison s'arrêtait là. J'étais un être à part.

Les ombres des nuages couraient sur le béton. La brillance de la lune donnait un aspect irréel au décor de la ville. Malgré la fatigue accumulée de cette journée, soudain je me pris à songer d'une manière irrationnelle à une certaine période de ma vie. Le temps qui court. Toujours cette phrase qui revenait marteler mes tympans. Je tentais d'analyser mon passé mais sans y parvenir. Mon mariage perdu, mes tromperies de gros dégueulasse, mes échecs par manque d'ambition, la merde de ma vie. Je m'apitoyais seulement sur le côté sombre des jours vécus. J'avais occulté les moments de plénitude, de grand bonheur auprès de ma femme durant les premières années de notre mariage.

Je tirais comme un malade sur ma clope. Puis mes idées embrouillées, reprirent la place que je leur avais assignée dans mon organisation mentale du moment. Elles redevinrent précises, affûtées comme des lames neuves. Une à une je les extirpais de leur fourreau. Je me mis à trancher dans le vif de mon existence stoppée sur le bord des illusions, de mon ressentiment envers mes supérieurs qui m'avaient mis sur la touche. Par une lucidité tardive mes échecs devinrent limpides. Ce n'était pas la faute de mon père, décédé trop tôt. N de ma mère qui avait vite convolé en d'autres noces. Ni de mon épouse qui était partie. Ni de ma fille et de mon petit-fils qui me manquaient. Ni des autres femmes de ma vie, comme Yolande la dernière. Et sans parler de tous ces assassins qui tentaient de bousiller le ciel bleu qui existait malgré tout dans ma tête de branquignol. La colère qui me tenaillait était le résultat de ma lâcheté et de mon manque de charisme.

Alors le temps redevint immobile. Le responsable de ma putain de vie c'était moi. Je n'avais pas fait les bons choix. Je ne m'étais pas suffisamment armé avant de me lancer dans la course. J'avais encore un bon tiers de vie à me farcir si ma carcasse ne me lâchait pas. Il était encore temps de réaliser certains de mes rêves et de recommencer.

Camilla était là et elle dormait.

Comme un camé je la rejoignis et me collai à son ventre chaud.

Elle grogna mais ne se réveilla pas

244

43. Mercredi 5 Mai

Le lendemain le temps était maussade. Levé le premier je m'étais réfugié dans la salle de bain. Après une douche et pas rasé, mon rasoir étant resté à Rieux, j'avais rejoins Camilla sous le drap. Les relations entre les êtres prennent parfois des chemins inattendus. Insidieusement une gêne s'était glissée entre nos deux oreillers. Nous étions bizarrement redevenus des étrangers. Le garçon d'étage monta le petit déjeuner. Cela fit diversion. Le café, les tartines, les crêpes et le jus d'orange remirent les pendules à l'heure. Camilla sortit du lit. Elle était nue. je la capturai au passage manquant renverser ma tasse. Nous nous fîmes un long baiser d'amour puis je la laissai filer. J'avais bien fait... Il n'avait tenu qu'à un fil de perdre cette complicité savoureuse qui avait failli se diluer à notre réveil dans l'indifférence de la vie.

En milieu de matinée je déposai Camilla devant l'auberge du Cygne. Je ne m'attardai pas. Marthe Pringeant me devait des explications. La grille du château de Roquenoir était ouverte. Je garai la tire sur le bord du chemin. J'évitai de sonner et m'engageai à pied dans l'allée. Pour cette dernière visite je voulais saisir l'impalpable quotidien de ce lieu obscur. Des nuages gris étaient amoncelés au-dessus du château. Il n'y avait pas un souffle d'air. Des corneilles mécontentes de mon intrusion troublaient le silence oppressant.

Je longeai les écuries. Le palefrenier dressait un canasson dans un enclos. Il m'adressa un signe de main puis se concentra sur sa monture. Il montait une bête splendide au pelage noir et brillant. Le bassin était vivant. Une main avait actionné la pompe. Un jet d'eau puissant retombait en pluie sur l'eau qui moussait légèrement autour des nénuphars. Une grenouille verte somnolait sur le bord. Elle se réfugia dans la flotte à mon passage. Je grimpai quatre à quatre les marches de la terrasse. Je pénétrai à l'intérieur de la bâtisse comme si j'étais chez moi. Un flic était toujours chez lui dans la maison d'un assassin. Et ici, j'en comptai trois.

L'aiguille de ma montre automatique grignotait les secondes élégamment. Rien à voir avec la marche saccadée des toquantes à quartz. Il était presque onze heures passé de huit minutes. Dans le vestibule un aspirateur faisait un boucan du diable. Dans la cuisine une bonne odeur s'échappait d'un faitout. Ventre affamé n'a pas d'heure. Mon petit déjeuner était loin. Il n'y avait personne. Soudain la porte claqua et je me trouvai nez à nez avec Martine. Elle portait un plateau avec une tasse vide et un magnifique sucrier en argent.
- Ah vous voilà inspecteur !

Décidément elle et les blazes officiels cela faisait deux.
- Madame Marthe est réveillée je présume. Va-t-elle quitter sa chambre ?
- Ce matin elle est particulièrement en forme. A croire qu'elle n'est pas malade la pauvre…

Certains événements vous donnent comme un coup de fouet. Le capitaine était mort et Driss endossait les meurtres. Farid était hors circuit mais ne dirait rien. Marthe Pringeant pouvait mourir en paix. Sa paix. La sienne. Mais chacun possédait une morale propre. Contre cela il n'y avait rien à faire. « Avec le temps tout s'en va », comme le chantait le vieux Léo Ferré. Dans dix ans il ne resterait rien de ce drame. Excepté un dossier dans un coin oublié des archives. D'autres affaires criminelles demeuraient à jamais oubliées. Sauf des victimes. « Et l'on se sent floué par les années perdues, mon vieux Léo ». Comme tu avais raison. Moi je me sentais floué par les affaires perdues. Mais aujourd'hui la vieille Marthe allait cracher. Oui elle allait cracher la vérité. Elle n'avait plus rien à perdre.
- Inspecteur ? reprit Martine.
- Excusez-moi. J'étais dans mes pensées. Où est-elle ?
- Dans le salon.
- Bon j'y vais ! dis-je résolu à en finir.

Je poussai la lourde porte. Le tapis étouffa mes pas. Elle me tournait le dos. Marthe écrivait sur une table ronde. Ce genre de table utilisée par certains pour causer avec les esprits. Pourquoi s'emmerder à chercher des criminels alors qu'il serait plus simple d'interroger les victimes dans l'au-delà ? En créant une brigade de flics spirites. Les têtes pensantes du ministère n'y avaient pas encore pensé. Voilà une idée ! me dis-je.

Je me plaçai devant elle. Elle redressa la tête. Une couche de fard qui au lieu de mettre en valeur le visage soulignait toutes les erreurs de la vieillesse. Elle ouvrit la bouche en un sourire vainqueur. Elle savait que je savais.

- Prenez une chaise commissaire. Quelle surprise ! Je pensais que vous étiez déjà sur le chemin du retour.

- Je ne suis pas pressé de revoir Paris. Rieux est un charmant petit village.

- Et les femmes y sont charmantes ! insinua-t-elle avec malice.

Je ricanai.

- C'est vrai que rien ne vous échappe. Cela a été mon erreur au début mais j'ai compris.

- Et vous avez compris quoi ?

- Que vous ne vouliez pas partir sans régler certains détails.

- Et qui sont ?

- Oh ! Le détail en question. Vous ne vouliez pas partir avant votre coquin de mari ? Mais, chère madame, avant de continuer cette discussion, mettons les choses au point. Votre fille et votre petite-fille ont dû déjà vous prévenir. Je ne suis pas en mesure de prouver quoi que ce soit... Je suis là uniquement pour vous dire que j'ai tout compris. Ce que je regrette sincèrement c'est que vous vous en soyez prise au docteur Paul Frémont et à Étienne Laroque. Ces deux hommes ne méritaient pas la mort pour ce qu'ils avaient fait. Que votre mari ait mérité d'être puni je vous l'accorde. Mais là-aussi la peine de mort et sans jugement je ne peux y souscrire. Cependant je comprends votre détermination. Votre mari était un salaud, un malfaisant.

- Et les malfaisants il faut s'en débarrasser.

- Certes mais il y a plusieurs façons. La prison en est une notamment.

Elle me coupa. La bouche s'était refermée et Marthe Pringeant

247

répondit les lèvres serrées. Une vieille harpie qui sifflait sous l'effet de la colère.

- Je vous ai menti en disant que je m'étais laissée vivre aux côtés de mon mari. Le capitaine était… Bah ! Ce n'est pas la peine de revenir là-dessus. Il le méritait un point c'est tout. Le seul regret que j'ai… c'est d'avoir perdu toutes ces années.

- Vous voulez dire que vous auriez dû l'assassiner plus tôt.

- Vous croyez peut-être avoir compris certaines choses mais ne comptez pas que je vous avoue implicitement n'importe quoi.

- Et d'avoir voulu faire accuser un innocent ?

Elle me toisa et de son air pincé elle rétorqua avec un cynisme à couper le souffle

- Celui-là ce n'est pas une grande perte ! osa-t-elle affirmer derrière une grimace. Il avait séduit ma fille.

- Oui ! C'est tout le mal qu'il a fait cet homme. Excepté que c'était un arabe ! Mais les arabes vous les aimez bien quand cela vous arrange. Le petit Farid vous l'avez bien adopté, n'est-ce pas ?

Elle me regarda et prit le temps de refermer le cahier dans lequel elle écrivait quand j'étais arrivé.

- Paul Frémont a menti à ma fille en lui disant que son fils était ce Farid. Je l'ai cru moi aussi jusqu'à ce que je dise à ma fille d'engager un détective.

- C'est elle ou c'est vous qui avez eu des doutes sur la mort du bébé.

- C'est elle lors d'une dispute avec son père. Après elle est venue m'en parler et je n'en fus guère étonné. Je connaissais mon mari et je savais très bien de quoi il pouvait être capable.

- Donc c'est parce qu'il a menti à votre fille que le docteur a été condamné à mort ?

Elle ne tomba pas dans le piège.

- C'est vous qui le dites ! Ce n'est pas moi.

- Et monsieur Étienne Laroque ? Que lui reprochiez-vous ? Il n'avait fait que participer à l'évacuation si je puis dire de Driss, ce garçon que vous ne portiez pas dans votre cœur. Après tout, il vous a rendu service.

- Driss s'est vengé ! C'est tout. Il n'avait pas oublié que c'était lui qui avait accompagné mon mari pour les reconduire à Paris.

- Bien sûr ! C'était lui l'archer noir. Mais moi j'ai une autre version…

- Laquelle ? ironisa-t-elle.

- Vous le savez très bien… Je ne connais pas les détails mais voilà ce que je crois. Vous-même, votre fille et votre petite-fille vous vous êtes unies dans cette croisade particulière. Celle de vous débarrasser de votre mari, Jean Auguste Pringeant. Celui-ci, en plus d'avoir abusé de sa fille, puis de sa petite fille, d'avoir escamoté et tué le bébé d'Éléonore, en outre de vous avoir trompé durant des années sans se cacher, ce saligaud avait dans l'idée, de se marier avec Charlotte Green dès votre disparition. Il lui avait payé un appartement à Toulouse, était en passe d'en acheter un second en Espagne, plus une rente et tout ce que j'ignore. Alors de le voir ainsi poursuivre la démolition de votre fortune pour cette catin vous ne l'avait plus supporté. Qui a organisé ? Qui a poussé au crime ? Qui a aidé ? Je dirais que c'est vous qui avez eu l'idée de l'assassiner. C'est Éléonore qui a organisé la machination. Et c'est Julie qui a aidé et qui servait de lien entre vous et Farid. Voilà c'est simple ! Vous avez commis non pas un crime parfait mais trois. Et là je ne peux vous dire que bravo !

Marthe Pringeant bougea la tête de gauche à droite.

Elle ne prit nullement la peine de me répondre ni même de me sourire. Elle s'appuya des deux mains sur la table qui grinça sous son poids, puis repoussant la chaise elle agrippa sa canne. Elle fit quelques pas en direction de la porte. Au passage elle s'était saisie de son cahier :

- J'écris mes mémoires. Peut-être qu'un jour aurez-vous l'occasion de les lire, qui sait ? Je vous souhaite une bonne journée commissaire.

Elle me laissa seul dans le grand salon, désemparé, devant tant de culot. Je n'avais rien appris. Elle n'avait rien avoué. Ces trois femmes étaient de remarquables meurtrières. Il m'était déjà arrivé d'échouer mais jamais je n'avais eu une intime conviction aussi forte. J'étais sûr d'avoir raison et j'étais obligé d'accepter ma défaite.

Je restai là planté comme un piquet de tomates puis je tournai enfin les talons. J'avais besoin d'air et de fumer. Ce qui est fichtrement paradoxal. La nature humaine est ainsi faite. Je fis quelques pas dans le parc. Il y avait un banc sous un lilas en fleur qui embaumait. Je m'y installai. Mon piaf était perché sur une branche. Avec son plumage multicolore sur le blanc des grappes fleuries je le repérai immédiatement. Je pris mon tabac et j'attendis qu'il ouvre son bec.

- S'il n'y avait pas eu cette lettre posthume du médecin jamais vous n'auriez pu remonter jusqu'à Farid.

Ce qui me surprit ce n'était pas ce qu'il venait de me dire mais le ton avec lequel il avait prononcé cette phrase.

- Tu as raison. Elles ont été à deux doigts de se faire pincer. Pourtant il doit bien y avoir un moyen de les confondre ?

- Dans les enquêtes de fiction il y a toujours un coup de théâtre. Cela peut être un flash inespéré d'un radar, ou un témoin de dernière minute, ou un indice majeur qui surgit, mais il y a toujours un coup de pouce du destin pour aider le flic.

- Tu veux dire que dans une fiction l'écrivain ou le scénariste qui ne sait pas comment faire pour trouver l'astuce qui doit confondre le criminel a recours à ce stratagème ?

- Oui c'est cela mon pote ! Sauf que toi tu es dans la réalité. La lettre n'a pas suffi.

- Qu'est-ce que je dois faire ?

- Te barrer ou baiser Camilla !

- Je parle de l'enquête espèce d'obsédé à plumes.

Le piaf avait retrouvé son langage grossier. Cela me rassura. Il me répondit sur sa lancée.

- On va prendre le temps de se creuser les méninges. Il n'est pas question de se faire envelopper par ces greluches. Ce qu'il faut c'est se raccrocher à du réel. Et laisser les suppositions au vestiaire.

- Ce qui veut dire ?

- D'abord les alibis ? Que peut-on en dire ?

- Le trio des nanas a bien goupillé le leur. Au moment des meurtres elles ont affirmé qu'elles étaient les trois ensemble. Le seul qui n'en avait pas c'était Driss.

- Et Farid ?

- Lui aussi il a plein de potes dans la cité qui sont prêts à jurer n'importe quoi pour emmerder les keufs.

- Bon on laisse tomber. Quoi d'autres ?

- L'arc ! m'écriai-je soudain en proie d'une excitation.

- On l'a chopé et les flèches aussi !

- Non ! Celui que nous avons trouvé n'est pas assez performant pour avoir servi à exécuter le capitaine. La distance entre la rive droite de l'Arize et la fenêtre du bureau est trop grande. Il n'était pas question pour eux de rater le capitaine. Même en étant un excellent tireur, avec l'arc trouvé dans la cave du gitan, la marge d'erreur est trop grande. Pareil pour le toubib qui a pris la flèche alors qu'il fonçait en vélo. Il n'y a que pour Étienne Laroque tué à bout portant que le raisonnement ne tient pas.

- Tu veux dire quoi, répondit Édith en sautillant d'une branche à l'autre et fourrant sa tête dans le lilas comme pour s'en enivrer.

- Au lieu de sniffer les fleurs écoute-moi plutôt ! Il doit y avoir un autre arc. Quand j'étais à la bibliothèque je suis tombé sur un site d'une boutique spécialisée. Avec des arcs tous différents. Il y en avait un très perfectionné. Avec un viseur. Comme pour un fusil à lunette. Impossible avec une telle arme pour un tireur aguerri de foirer son tir. Farid a dû en utiliser une.

- Admettons ! Si c'est le cas ils s'en sont débarrassés. Le dernier meurtre a eu lieu sur le plan d'eau de Rieux. Je ne pense pas que Farid a été assez con pour le foutre à l'eau. A la rigueur sur le chemin du retour. Il y a bien le pont sur l'Ariège à Lacroix Falgarde mais il y a beaucoup de passage. Par contre à l'entrée du quartier d'Empalot il y a une station électrique avec un ponton discret. L'eau y est profonde. Moi, petit oiseau mais qui sait y faire, je l'aurai balancé là.

- Ou peut-être pas. Farid se prend pour Robin des Bois. Il aime les arcs… Il chasse avec. Cet arc doit coûter la peau du cul. S'en séparer cela doit être difficile pour lui. Il l'a sans doute caché. N'oublions pas que s'il n'y avait pas eu la lettre jamais on ne l'aurait arrêté. Il n'avait donc pas de raison de le jeter. Regarde ! Même l'arme du gendarme il l'a conservée.

- Si tu as raison où est-il ?

- On va perquisitionner le château et les caves de l'immeuble. Farid n'a pas que Noé comme copain.

- Pourquoi le château ? dit l'oiseau qui parut surpris.

- Ils se sont partagés le boulot. Sur trois homicides deux ont été perpétrés à Rieux-Volvestre. Il aurait été plus facile d'avoir l'arc sur place. Plutôt que le contraire. Mais tu as raison c'est bancale. Julie a servi de taxi. Elle a très bien pu transporter Farid et son arc d'un lieu à un autre. Je ne vois pas Farid se taper le trajet aller-retour entre Rieux et Toulouse en scooter ou moto avec un arc en bandoulière. Trop voyant et pas pratique. Les traces de béquille que j'ai découvertes sur le sol de l'autre côté de la départementale ont probablement été faites lors d'une visite de repérage. Et cette fois-là avec un deux-roues volé. J'y mettrais ma main au feu !

- Quand je pense qu'une pétasse si jeune ait pu se prêter à de tels actes. Il n'y a plus de jeunesse !

- C'est Farid le tueur... Mais Julie l'a secondé, oui je le crois… C'est une question de motivation ! Si le vieux l'a violée ça peut se comprendre. Elle a pensé venger aussi sa mère par la même occasion.

- Tu te fais des illusions sur les femmes mon pauvre gars. A ton âge c'est foutu ! se moqua le piaf. Il continua :

- Tu crois que les trois femelles avaient la même motivation ?

- À y réfléchir, je dirais non… Éléonore et Julie se sont vengées des abus sexuels. Quant à la vieille Marthe c'est la dilapidation de leur fortune qui l'a poussée à jouer les vengeresses sanguinaires. Il ne faut pas occulter le fait qu'elle a fermé sa poire toute sa vie au sujet des viols de son mari sur sa fille et sa petite-fille. Sans doute par peur mais aussi par confort.

- Pourquoi t'ont-elles parlé des viols dans la voiture ?

- La pression était trop forte. Elles ont compris que je m'approchais de la vérité. Je les soupçonnais fortement. Elles ont voulu se justifier.

Puis ayant retrouvé la pêche je poursuivis en tapant du poing sur le banc

- On va trouver ce putain d'arc et on va les coincer !

L'oiseau s'envola et fit le tour du lilas plusieurs fois. Il revint se poser sur ma guibolle. J'en profitai pour me faire une autre clope.

- Ne t'emballe pas Marcello ! Si on trouve l'arc il faudra qu'il y ait des empreintes. Ce n'est pas gagné. L'autre zigue devait avoir mis des gants. Ce qui serait plus judicieux c'est de savoir comment il se l'est procuré ? Et quand ?

-Tu as raison. Driss Ben Arfa est arrivé à Rieux en janvier. C'est à ce moment-là que les femmes ont pensé à assassiner le capitaine. Une fois leur plan d'attaque prêt elles ont commencé probablement par vouloir procurer une arme à Farid.

- Peut-être l'avait-il depuis longtemps ?

- Non ! Il se servait de celui que l'on a trouvé uniquement pour chasser. Par contre, étant un initié se prenant pour Robin des bois, il doit être à l'initiative du choix d'un tel arc. Plus sophistiqué, plus précis, c'était ce qu'il fallait pour assurer le bon fonctionnement de leur plan.

- Alors ?

- Ils ne l'ont pas acheté. Trop dangereux.

- Ils l'ont volé !

- Exact mon cher oiseau ! Il faut pointer tous les vols depuis janvier sur Toulouse et la région.

- Bon ! Il y a encore du boulot et tu ne repars pas sur Paris. C'est Camilla qui va être contente…

- Ouais c'est ça ! Elle va être ravie.

Je saluai l'oiseau et le regardai se nicher au cœur d'un seringa en fleurs. Décidément l'oiseau avait des envies primesautières. Moi aussi je respirai au passage le parfum des lilas. Je rejoignis ma bagnole avec la même bonne humeur.

44. Un jeu de guerre

Mon estomac criait famine mais je préférais battre le fer tant qu'il était chaud. Je retrouvais mes réflexes de flic. On allait voir ce qu'on allait voir ! En roulant comme un malade je téléphonais à Fred, le bigophone à la main gauche, l'autre sur le volant. En espérant ne point me faire arrêter par les « anges de la route ». Fred se fit tirer l'oreille. Pour lui, l'affaire était quasiment close. Il était déjà passé à autre chose. Un foldingue avait tiré sur sa femme et ses trois gosses. Un vrai carnage. Toutefois il me promit de mettre un gars immédiatement au boulot. C'était mon pote et je lui jetai une connerie pour le remercier. Il rigola. Heureusement aujourd'hui il y avait les ordinateurs avec un logiciel qui bossait comme cent flics à la fois. Au commissariat Fred était parti mais Magali m'attendait.

- Nous avons quelque chose ! me dit-elle en tendant une main énergique, ornée d'un bijou berbère en argent.

- Joli le bracelet ! répondis-je pour être aimable.

- Un souvenir de Marrakech… Commissaire nous avons une adresse.

- Génial. Mais cela a été super rapide ?

- Quand on a de bons outils c'est facile. Nous rentrons dans la boite les vols et agressions, date, lieu et la liste détaillée de ce qui a été volé. Il suffit de taper un mot comme sujet et on n'a plus qu'à attendre que ça mouline.

- Le fichier est national, non ? Cela ne prend pas plus de temps ?

- On peut faire une recherche par région.

- O.K. Et le nom du gars ?

- Un dénommé Michel Perez. Il habite en banlieue, un village, Quint-Fonsegrives Je l'ai eu au téléphone.

- Il ne travaille pas cet homme ?

- Il est infirmier à la clinique des Cèdres. Il est en récup. On lui a piqué un arc au début de l'année.

- Comment ça ?

- Je ne sais pas trop ! J'étais sur un autre truc en même temps. Mais il est prévenu et il sera chez lui.

- Vous voulez venir avec moi ?

- Désolé mais on est pas mal débordé. Maintenant je dois rejoindre le commandant Costessec.

Magali me donna l'adresse et je remontai rapidement dans ma Peugeot. Je programmai le GPS et me coulai entre un bus et une Clio sur le boulevard. Pour une fois la circulation semblait normale. C'était l'heure de la bouffe et la France était à table. Sauf moi !

A l'entrée de Quint-Fonsegrives j'aperçus une boulangerie. Je me garai et poussai la porte du magasin.

Une rangée de sandwichs hors de prix était à l'étalage sous un caisson de verre. J'en achetai un au poulet et un autre au porc avec une cannette de bière sortie d'un frigo. Un bon point. Je revins m'installer sur le capot de la tire et croquai à belles dents dans le pain. Aucune suggestion alimentaire n'interférerait dans ma réflexion policière.

L'enquête était allée trop vite. Cette recherche qui n'avait pris que peu de temps nous aurions pu la faire plus tôt. Mais excepté l'aide de l'adjudant-chef et de ses quelques gendarmes, eux aussi surchargés de travail, de Fred pour l'interpellation, j'avais été seul. Avec mon piaf ! J'avais fait des erreurs. Je m'étais démasqué bien trop tôt. J'avais agi ainsi pour montrer à ces bourgeoises que je n'étais pas un demeuré de flic. J'étais allé ouvrir ma bobine comme un débutant. J'aurai pu bosser en douce. La jouer façon Colombo au lieu d'aller faire le Mariolle. J'aurai dû faire en sorte qu'elles ne se doutent pas de mes soupçons. Maintenant elles étaient sur le qui-vive. Et si elles étaient en possession de l'arc je pouvais toujours me l'arrondir pour y mettre la main dessus.

Je n'avais plus qu'à espérer le fameux coup de théâtre, comme avait dit l'oiseau. L'indice de la dernière chance... La chance ! J'avais oublié ce facteur primordial. Il n'y avait pas d'enquêtes résolues sans elle. C'était comme dans la vie. Cette putain de vie. Il y avait ceux qui avaient la chance d'avoir le cul bordé de nouilles. Et les autres qui s'entrechoquaient dans le panier de crabes avant de se faire croquer.

J'avais fini mon sandwich et avalé la dernière gorgée de bière.

Je me roulai une clope et l'allumai en mettant le contact. Greta me demanda de prendre la route en surveillance. Il restait deux kilomètres environ.

L'infirmier habitait dans une résidence moderne. Ce style d'immeuble avec piscine, terrain de tennis et jardin soigné. Le tout empaqueté derrière de hautes grilles vertes, avec code et bip pour rentrer. Je sonnai et la porte s'ouvrit. Une voix résonna dans l'interphone en m'indiquant que c'était au troisième.

Le type qui ouvrit avait moins de trente ans. Il était de taille moyenne, les cheveux courts, une prestance athlétique et un sourire charmeur.

- Entrez monsieur le commissaire !

Il me précéda dans un salon et m'indiqua un canapé. Je zieutai autour de moi. Il avait rangé la pièce vite fait en prévision de ma visite. Dans un coin un aquarium illuminait la pièce. Des poissons multicolores se baladaient dans tous les sens. Il y en avait un max. Sans me fouler je commençai :

- Vous êtes infirmier, à ce qu'on m'a dit ?
- Oui ! En réanimation.

Ces politesses terminées j'attaquai dans le vif :

- Comment vous a-t-on volé l'arc ?
- Le jour où je l'ai acheté ! Ce n'était pas de bol.
- Comment il était ?
- Je vais vous montrer. L'assurance m'a remboursé et je m'en suis acheté un autre. Je l'ai dans ma chambre.

Il s'était déjà levé mais je le fis se rasseoir.

- Racontez-moi avant.
- Voilà ! C'était un jour comme aujourd'hui. J'étais en récup car j'avais été de garde la nuit précédente. Il faut vous dire aussi que je fais partie d'une association de chasseur de tir à l'arc dans l'Aveyron. Mes parents ont une ferme. Avec des amis nous avons projeté un voyage au Sénégal cet été pour chasser le phacochère. Une sorte de sanglier.
- Oui je connais. Allez au fait !

256

- Ce jour-là je suis donc allé chercher un arc que j'avais commandé dans une boutique spécialisée. Il coûte plus de 1000 euros avec les accessoires.

- C'est une somme pour un arc !

- Oui mais pour chasser ces animaux il vaut mieux les tuer du premier coup. Blessés ils peuvent être dangereux. L'arc possède un viseur et les flèches sont au carbone, extrêmement précises. Elles ne dévient pas même s'il y a du vent.

- Donc vous avez acheté l'arc, et vous êtes sorti du magasin. Ensuite ?

- Je suis rentré chez moi. Quand j'ai ouvert le portail du parking je ne me suis pas rendu compte qu'un homme était passé derrière moi. Même si je l'avais vu cela n'aurait rien changé. Il avait une cagoule et il était armé d'un pistolet. Avant même que je coupe le contact il est monté dans ma voiture. Il m'a mis l'arme sous la gorge. Il m'a pris mon portefeuille, m'a demandé le code de ma carte bleue. Il m'a fait sortir de la voiture et ouvrir le coffre. Il a pris l'arc, la poche avec les accessoires, plus les autres paquets et il m'a ordonné de l'accompagner et d'actionner l'ouverture du portail avec le bip pour sortir.

- Il n'y avait personne d'autre sur le parking ?

- Non ! La nuit tombait et il pleuvait.

- Et après ?

- A l'extérieur du parking il y avait une Audi garée avec un autre gars masqué au volant. Il est monté dedans et ils se sont enfuis. Je n'ai rien pu faire. Heureusement ils m'ont laissé mes clefs. Je suis monté directement et j'ai appelé la police. Ils m'ont demandé de passer déposer une plainte pour agression et vol. C'est ce que j'ai fait.

- Ils se sont servis de la carte.

- Non ! J'ai eu la présence d'esprit de leur donner un faux numéro.

- Que vous ont-ils volé d'autres.

- Un jeu vidéo qui était dans le coffre.

- C'était quoi votre jeu vidéo ?

- Un jeu de guerre.

- Bien ! Vous pouvez me montrer votre arc ?

Le jeune homme se leva et alla le chercher. Il revint une minute plus tard avec l'arme dans les mains. J'étais estomaqué.
- Ouah ! Putain ça en jette !
- Oui commissaire ! C'est un bel arc.

L'engin ne ressemblait en rien à celui de Robin des Bois ni à ceux des archers du Papogay.
L'infirmier me le tendit.
- C'est un Bowtech. C'est un arc à doubles poulies qui est réglable. Vous voyez il est équipé d'un écarteur ?
- C'est précis ?
- Oui ! D'autant qu'il y a un viseur Bowsight.

Il posa le doigt dessus comme s'il s'agissait d'exciter le mamelon de sa meuf. Il continua ses explications techniques :
- Ce viseur permet de confirmer votre bonne position et de rectifier un mauvais encrage de la poignée.
- Imparable ! dis-je, manière de lui montrer que je comprenais ce qu'il me baragouinait.
- Il faut savoir quand même tirer…
- Et les flèches ? Vous en a-t-on volées ?
- Oui ! J'avais acheté un carquois Ghost Rage et un lot des flèches en carbone avec des pointes Blood Runner.

Le jeune homme me débitait à tire-larigot toutes les marques de son équipement. Un passionné. Aurait-il été capable de passer du phacochère à l'homme ? Les flèches que les deux mecs avaient piquées étaient les mêmes que celles qu'il me présentait. Je lui demandai d'en garder une provisoirement pour la comparer à celles retrouvées chez les victimes. Il accepta de bonne grâce.
Michel Perez m'expliqua le maniement de l'arc, empoigna avec dextérité une flèche, la positionna, et m'indiqua comment mettre en joue, comment utiliser le viseur. Dommage que nous étions dans un appartement. Je me serais bien amusé à décocher quelques flèches sur une cible quelconque. En définitive j'étais plus calé sur la question qu'en rentrant mais cela ne faisait pas avancer l'enquête. De toute évidence, les lascars qui l'avaient

braqué c'était Farid et Noé. Dans cette hypothèse mon axe d'attaque restait Noé. Si je parvenais à le faire douter, à lui faire avouer que c'était eux, j'avais une chance de trouver l'arc. Au pire, prouver d'une façon indiscutable en m'appuyant sur son témoignage qu'il existait un lien entre l'arme supposée des crimes et le sieur Farid.

Perez avait fini sa démonstration. Maintenant il se taisait en me regardant. J'abandonnai ma réflexion et extirpai mon paquet de tabac. Il n'osa pas me dire non. Il y avait bien un balcon mais je ne lui proposais pas d'y aller. Puisqu'il m'autorisait à fumer dans son salon pourquoi être plus royaliste que le roi ?
-Vous voulez un café ? dit-il pour meubler le silence.

J'acquiesçai :
-Avec plaisir.

Le claquement des portes des placards puis le cliquetis des tasses, le ron-ron de la pompe de l'aquarium, ces petits bruits domestiques s'escamotèrent tandis que je replongeais dans mes déductions. Une idée me trottinait dans la tronche. Mais elle restait en pointillé. Et je ne parvenais pas à la saisir... Cela commençait à m'énerver. Je tirai sur ma clope et recrachai la fumée comme un locomotive. Le petit jeune avait intérêt à aérer après mon départ. Je me levai et tournai autour de la pièce. C'était quoi ce truc qui m'échappait ? Soudain les pointillés devinrent des mots. Puis des formes. Comme une téloche qui vous expédiait une image étincelante après un long moment d'obscurité. Je me précipitai dans la cuisine et faillis bousculer Perez qui se pointait avec un plateau et deux tasses fumantes. Il reposa le tout sur la table de la cuisine. Je devais faire une drôle de binette. Je pris une tasse comme si j'étais chez mon meilleur pote et avalai une gorgée. Le café était bon. Je demandai :
-Vous avez la facture ?
- De l'arc ?
- Non ! De votre jeu vidéo. Vous l'avez acheté où ?
- A la FNAC en même temps que mon XBOX 360.
- C'est quoi ça ?

- La console de jeu ! répondit-il apparemment consterné que l'on puisse lui poser une telle question.

Il hésita et je me tortillai d'impatience comme une nana qui veut faire pipi en rentrant chez elle et qui ne trouve pas sa clef pour ouvrir.
- Je crois oui ! Il faut que je la cherche.
- Allez-y c'est important. J'ai tout mon temps. Je vous attends.

Je m'emparai du plateau et retournai dans le salon. Je l'entendis fouiller dans un tiroir. Dans un T2 de cinquante mètres carrés c'est assez coton de s'isoler. Michel Perez vivait apparemment seul. Pour un célibataire ce n'était pas trop le foutoir. Il rappliqua avec un papier et un sourire victorieux sur les lèvres. Cela me faisait le même effet lorsque je retrouvais une feuille de la sécurité sociale dans le tiroir fourre-tout où je mettais pêle-mêle tous mes papelards. Un exploit à chaque fois renouvelé. Il me dit :
- Je l'avais gardée pour la garantie. Je devrais acheter des classeurs, je m'y retrouvais mieux.
- A qui le dites-vous ! répondis-je en lisant la facture.

Elle mentionnait la fameuse Xbox qui coûtait plus de trois cents euros plus trois jeux qui frisaient les cinquante euros chacun.
- Infirmier ça gagne bien ! dis-je en pensant aussi au prix de l'arc.
- Pas tant que ça mais j'ai des primes. Et puis je vis seul !
- Et quand on aime on ne compte pas ! rajoutai-je bêtement.

Parfois on ferait mieux de se la fermer au lieu de balancer des putains de proverbes à la con qui te font passer pour le premier glandu venu.
Le piaf nageait dans l'aquarium. Je fermai les yeux puis les rouvris. Édith avait disparu. Pour une fois cela avait marché.
- A quoi ça ressemble votre jeu ? demandai-je ayant dégluti de surprise.

Perez se dirigea vers le meuble télé. Il l'ouvrit et il me montra l'engin.

- C'est ça ! Et le jeu que l'on m'a volé c'est celui-là. Comme pour l'arc je l'ai racheté. Vous voulez voir ?
- Ce n'est pas la peine ! Le boîtier était le même ?
- Oui ! Exactement.

Je m'en saisi délicatement. Le tournai dans tous les sens. Un excellent boîtier en plastique qui conservait à merveille les empreintes digitales. Noé avait dit dans sa déposition qu'il jouait à un jeu de guerre quand Driss Ben Arfa avait débarqué chez lui. Avec de la chance je pouvais le confondre. Inquiet soudain je précisai :

- Il n'était pas dans son emballage ?
- Non ! Je ne l'avais pas acheté en même temps que l'arc. Ce jeu était dans la voiture car la veille j'étais allé chez un copain pour le lui montrer.

Je respirai.

-Tant mieux ! Il y a de fortes chances qu'il y ait vos empreintes dessus.

-Sans doute mais pourquoi vous me demandez ça ?

-Je crois savoir où se trouve votre jeu vidéo.

-Ah bon !

-Oui ! Je l'espère. Bien je vous remercie et dès que j'ai des nouvelles on vous préviendra. Je garde aussi les factures, on ne sait jamais.

- Je peux vous faire des photocopies tout de suite. J'ai une imprimante Canon.

Décidément ! Lui et les marques… J'attendis deux minutes et je le laissai avec le double des factures pliées dans ma poche.

Dehors j'appelai Magali qui m'avait refilé son numéro perso. Je ne voulais plus déranger Fred pour un oui ou pour un non. Je lui expliquai le topo. Elle me confirma qu'il y avait toujours les scellés sur la porte de l'appartement de Noé. Elle partait immédiatement à la recherche du jeu. On avait convenu de se retrouver au commissariat.

45. C'étions pas mes oignons

Le café de la crim était toujours aussi mauvais. Ou alors c'était moi qui ne le supportait plus. J'en buvais trop ! Fred était passé en coup de vent puis il était reparti. Quelques minutes plus tard, Magali arriva, triomphante, un jeu vidéo à la main dans un sachet plastique.
- Je le porte aux empreintes.
- Je t'accompagne.

On descendit à la section technique. Elle était copine avec un collègue en blouse blanche qui laissa tomber ce qu'il faisait pour s'occuper de nous. J'avais eu le réflexe de demander à Perez, sur le pas de sa porte, d'apposer la marque de son pouce et de son index sur la partie écran de mon portable. Pour comparer le cas échéant. Avec précaution je le lui tendis.
- Dans l'immédiat cela suffira. On verra plus tard pour des empreintes officielles.

Nous avions celles des deux suspects mais les seules qui m'intéressaient sur le boîtier étaient celles de Perez. Nous regardâmes le collègue œuvrer. Les yeux rivés sur l'écran de contrôle. Retenant notre souffle, nous étions comme deux parents qui attendions l'échographie de leur rejeton. Enfin ce fut la réponse. C'était gagné. Il y avait l'empreinte du pouce de Perez sur le boîtier trouvé chez Noé. Nous reprîmes la pièce à conviction et je chargeai Magali de s'occuper de la procédure. Moi j'avais à faire au centre de rétention de Muret Il me tardait de me coltiner Noé.

Je téléphonai au directeur de la prison pour qu'il me fasse mettre au frais ses deux pensionnaires. Mais chacun dans une pièce à part. Magali voulut m'accompagner et j'acceptai. Après tout chaque nouvelle expérience était bonne à prendre pour un flic. Cette fille commençait à me plaire professionnellement. Quant à la procédure pour les empreintes cela pouvait attendre. Elle rangea le boîtier dans le tiroir de son bureau et elle tourna la clef.

A Muret les portes de la prison se refermèrent derrière nous. Un maton nous guida dans l'entrelacs des portes et des couloirs. Noé était dans une pièce vide à se morfondre. Il n'y avait qu'une chaise sur laquelle il était assis. A notre arrivée il se leva. je le fis rasseoir. Le gardien s'éclipsa et ferma la porte. Magali avait photographié le boîtier du jeu vidéo. Elle m'avait demandé aussi de conduire l'interrogatoire. J'avais dit oui. Elle sortit son téléphone, ouvrit sa galerie de photos et tendit l'écran à Noé. L'image du jeu apparut avec un type style baroudeur, fusil à canon scié sur l'épaule et un titre : « Bioshock infinite ». Magali m'avait expliqué que ce héros était la représentation d'un ancien détective, Booker Dewitt, de la célèbre agence Pinkerton.

- Ce jeu a été trouvé dans ton appart. Tu le reconnais ? Il était à côté de ta console.

Noé se demanda où était le piège ? Il hésita à répondre.
- Oui ! Oui ! balbutia-t-il avec un soupçon de regret.

En son for intérieur il avait senti une menace.
- Puisqu'on est d'accord peux-tu me dire d'où il provient ?

Il tenta une échappatoire inutile dans son langage particulier :
- Ben je l'avions acheté…
- Où ?
- A la Fnac.
- En partie gagné ! Sauf que ce n'est pas toi le véritable acheteur. Tu vois, Noé, le gars qui a payé ce jeu vidéo il y a toujours son empreinte dessus. A côté des tiennes. Et ce gars c'est celui que vous avez braqué au début de l'année.

Le gitan ne savait plus quoi répondre. Il roulait des yeux malheureux et se passait la langue sur les lèvres. Magali enfonça le clou. Moi j'attendais en croisant les bras qu'il crache le morceau.
- Le hic dans cette histoire c'est que vous lui avez fauché aussi un arc de compète et tout l'attirail qui va avec... L'arc qui a permis d'occire trois victimes. Tu vois où je veux en venir ?

- Non ! gémit-il lamentablement.

Le type était mal. Magali fit semblant de se fâcher. Elle monta le volume :
- Jusqu'à aujourd'hui tu étais accusé de trafic d'herbe et de complicité pour un assassinat qui sans doute va se plaider en légitime défense. Tu as juste aidé ton pote Farid à jeter le corps à la Garonne. Mais là, avec le vol de l'arc, on tombe sous le coup de la préméditation. D'une autre complicité de meurtre bien plus grave. Il s'agit de trois hommes lâchement tués par Farid. Il va prendre perpète et toi, pas loin de vingt ans. Sauf…

Magali fit une pause.
- Sauf si tu affirmes au juge que l'arc c'est Farid qui l'a pris et que toi tu as gardé juste le jeu vidéo.
- Non ! Je n'étions pas une balance, tenta-t-il de se persuader.
- Tu devrais y réfléchir à deux fois. Avec l'arc il y avait des flèches neuves et un carquois. On va les retrouver, tu peux nous faire confiance. Il y a le témoin qui vous a vu au volant de la voiture avec les bas de femme sur le visage. Tu as beau nier tu es cuit. Si tu veux de taper les plus belles années de ta vie en prison en train de te faire empapaouter c'est ton droit.
- Empapaouter ? demanda-t-il surpris.

Je volai à son secours.
- C'est une manière délicate que la demoiselle a pour te dire que tu vas te faire enculer avec le mignon petit postérieur bien dodu que tu as ! Alors tu vas le voir le juge oui ou non ? Dix ans de moins, peut-être même quinze… Décide-toi ! On ne va pas attendre plus longtemps.

Noé se jeta sur cette planche comme un noyé en pleine tempête.
- Oui ! Oui ! Merde c'étions Farid ! C'étions lui qu'a pris l'arc et il m'avons dit que c'est pour la chasse.
- Il avait raison. Mais c'était d'une chasse à l'homme dont il parlait… C'est toi qui avais piqué l'Audi ?
- Non ! C'est Farid qui est allons la chercher et il m'avons dit

que c'étions pas mes oignons de savoir d'où elle venait.
- Ce n'est pas grave. Il est à côté on va lui demander.

Noé s'affola.
- Vous n'allions pas me laisser seul avec lui ? Déjà on s'est croisons dans un couloir et j'avons cru qu'il allions me buter.
- Ne t'en fait pas ! Toi tu sortiras dans dix ou quinze ans et tu auras le temps de te mettre à l'abri. Lui si jamais il sort ce sera un vieillard et il finira SDF.

Magali sembla lever le pied et j'en profitai pour rajouter :
- Où est l'arme qui a servi à braquer l'infirmier ?
- C'étons un jouet et l'avions jeté à la rivière.

Je m'esclaffai car j'avais du mal à garder mon sérieux devant ce mec.
- Bon OK ! Je te crois ! Il faudra répéter tout ça au juge demain.

J'appelai le gardien. Noé pouvait repartir dans sa cellule. Maintenant c'était au tour de Farid d'être cuisiné. Celui-ci faisait du lard dans une pièce voisine. Il sortit de sa torpeur à notre entrée. J'avais prévenu Magali que je reprenais les rennes.
- Cette fois mon gars on va passer aux choses sérieuses.

Je sortis mon téléphone et branchai la fonction magnéto. J'avais enregistré la confession du gitan. Une œuvre d'art à conserver précieusement dans mes archives. Comme le son n'était pas terrible je sortis les écouteurs et je les lui tendis. Il s'en coinça un dans une oreille après l'avoir inspecté d'un œil mauvais.
- Ben quoi ! Je me lave les esgourdes moi le matin ! grondai-je.

A la fin Farid reposa l'oreillette. Il faisait une sale gueule.
- Qu'est-ce que tu en dis l'ami ?
- Je crois qu'il ne dit rien, compléta Magali.
- Pour cause. Il a compris qu'il est cramé. Pour une mauvaise nouvelle c'est une mauvaise nouvelle. Et oui ! Il y a des jours où cela vous tombe dessus... On se demande pourquoi ? Un

véritable tueur travaille seul. Toi tu t'es accoquiné avec ton abruti de gitan. Il a gardé le jeu vidéo et je ne suis même pas sûr que tu t'en sois rendu compte. C'est ce putain de grain de sable qui a tout fait foirer. Nous savons donc que tu as eu l'arc. Les jurés apprécieront. Même si on ne le retrouve pas nous savons quel était le modèle. Nos techniciens vont vite établir que c'était celui-là que tu as utilisé.

- Vous ne le retrouverez pas ! finit par dire Farid.
- Et pourquoi donc… tu t'en es débarrassé ?
- Non je l'ai rendu.

Un blanc… pour ma pomme et pour Magali. Le temps de digérer l'info je repris :

- Que dis-tu ?
- Je l'ai rendu avec l'Audi.
- Répète ça ?
- Je dis que je l'ai rendu avec l'Audi. Je l'ai laissé dans le coffre suivant les instructions.
- Toi tu ne nous mènerais pas en bateau par hasard ?
- Écoutez-moi les keufs ! J'ai pas buté ces trois bouffons. J'ai reçu un SMS qui disait d'aller chercher l'Audi qui était garée sur le parking du Stadium. Il y avait des consignes.
- Lesquelles ?
- De me rendre dans une boutique avenue des États Unis et d'attendre un type qui devait arriver avec une Fiat 600 rouge.
- Oui et alors ?
- Le type est rentré dans la boutique et il est ressorti avec l'arc. On l'a suivi jusqu'à chez lui et on lui a piqué l'arc dans son parking.
- Avec quelle arme ?
- Un jouet ! On allait pas prendre une kalachnikov pour ce naze.
- Les consignes disaient quoi ensuite ?
- D'aller remettre l'Audi où on l'avait prise et de se barrer.
- Les consignes disaient que tu devais agir seul ou avec ton pote ?
- Elles disaient rien.
- Et tu as fait ça pour le plaisir ?
- Il y avait une enveloppe avec cinq mille euros.

- Et tu ne sais pas à qui elle appartenait cette voiture ni qui t'a donné le fric ?
- Non je ne sais pas !
- Éléonore ? Julie ?
-Vous les keufs vous croyez quoi ? Que c'est Eléonore qui a volé l'Audi et qui a craché le blé ?
-Tu penses que l'Audi a été volée ?
- Non ! ricana-t-il. Le proprio avait laissé la carte grise avec son nom.
- A question idiote réponse idiote !

Je me tournai. L'oiseau était revenu. Suspendu au plafond il jouait à la chauve-souris.
- Il y avait longtemps que tu n'étais pas venu me faire chier !
- A qui vous parlez ? demanda Farid.
- A qui crois-tu connard ? A mon oiseau.

Depuis cinq minutes la tension était brusquement montée. Je pensais conclure en recueillant les aveux de Farid et voilà que cet abruti me sortait une histoire de contrat qui pouvait le disculper des trois meurtres. Ou alors c'était peut-être une manœuvre de sa part. Il n'était pas con et il avait eu tout le temps de réfléchir en cellule pour affiner sa défense.
- Il dit la vérité ce bougnoule !

L'oiseau était toujours collé au plafond. Il battait maintenant des ailes comme une vieille andalouse avec son éventail.
- Que tu crois ?
- Je te dis que si !
- Je te dis que non !
- T'es vraiment a foutre à Marchand ! ironisa Farid.

Ce n'était pas le moment de m'emmerder. Je lui retournai une torgnole sur le front pour qu'il la ferme !
- Oh ! ça va pas non ? s'exclama-t-il.
- Tu ne vas pas chialer. T'es une fillette ou quoi ? Bien ! J'imagine que tu n'as rien d'autre à me dire ?
- Exact !

- Bon ! Vas te faire foutre !

J'appelai le gardien. La porte s'ouvrit et le piaf en profita pour se faire la malle dans les couloirs de la prison. Si seulement ce volatile de pacotille pouvait y rester ! pensai-je complètement démoralisé.
- Vous parliez avec qui en regardant le plafond ? osa enfin me demander Magali.

Elle était dans mon dos durant l'interrogatoire de Farid. Sa présence m'était sortie de l'esprit quand le piaf était apparu. Sur le chemin du retour je lui racontais ma petite histoire. Et cela la fit marrer. C'était fou ce que ma maladie faisait rire du monde.

46. Pouah ! fit-elle

Je laissai Magali devant le commissariat et continuai vers le centre-ville. J'avais besoin de faire le point. Seul ou avec ma projection volante. Je m'en fichais. Je garai la voiture au parking et je m'installai à la première table de libre, parmi les touristes de tous poils, face au Capitole. Il était dix-neuf heures à la grosse pendule municipale. La mienne petite avançait de trois minutes. Mais de ça aussi je m'en fichais. Une intuition encore me taraudait mais elle demeurait impalpable. Je commandai une pression puis je me ravisai hélant le garçon déjà parti au bar. Cinq minutes plus tard il me porta un double Jack Daniel. Avec un fond de glaçons. Je le sirotai en observant mes voisins. A gauche des Angliches déjà au vin blanc. A droite des amoureux qui se miraient dans le blanc des yeux en gloussant comme des imbéciles en regardant leurs photos sur leur Smartphones. Devant des chinooks ou des japs ou des coréens. Difficile à dire… Parmi eux il y avait un couple avec chacun le même appareil Nikon sur le ventre. Ils devaient faire les photos en double. Puis les mettre sur leur ordinateur respectif et les regarder chacun de leur côté, durant les longues nuits asiatiques, là-bas, à l'autre bout de la planète, où je n'avais jamais mis les pieds. C'était bien fait pour moi ! Je n'avais qu'à me bouger les fesses aurait dit mon oiseau. Mais de ça aussi je m'en fichais. Moi et les voyages cela faisait deux. Je commençais d'ailleurs à me ficher de tout et ce n'était pas bon signe… La déprime me guettait. Je n'étais pas certain que ce fût à cause de l'enquête. Les investigations que nous avions menées tambour battant nous poussaient encore une fois dans une impasse. Mon verre fini je fus sur le point d'en prendre un autre mais je me ravisai. Soudain mon intuition se matérialisa. L'Audi... Si Farid disait vrai qui avait piqué l'Audi ? Un autre membre de cette famille de demeurés ?

- Pourquoi cette idée ? T'es pété ou quoi ? questionna le piaf qui venait d'atterrir sur mon verre.
- J'essaye de savoir qui a pu procurer cette tire à Farid ?
- Éléonore ? Julie ? La vieille ?
- Cela ne colle pas avec le profil des femmes.

- Alors quoi ?
- Et s'il y avait un autre mec ?
- Je ne vois pas ! Explique…
- L'Audi ne peut être qu'une voiture volée. Et je vois mal une femme faire ça. Si ce n'est pas Farid, et je suis porté à le croire sur ce coup-ci, comment a-t-il eu l'Audi ? Qui lui a donné les infos pour l'arc ?
- Admettons ! conclut l'oiseau.
- Je vais plus loin... Une fois le braquage effectué la voiture restait un élément encombrant. Le mec qui est derrière tout ça a récupéré l'arc. Et il a abandonné l'Audi.
- Tu crois qu'elle a été retrouvée sur le parking du Stadium ?
- C'était ça mon intuition. Et je vais aller le vérifier tout de suite dans le fichier des voitures volées.

Je me levai et payai au bar. Dans les polars le flic laissait un bifton sur la table et il se cassait. Moi je faisais comme tout le monde. Je récupérai ma monnaie. Magali était à son bureau de l'hôtel de police. Elle consulta le fichier et imprima trois photos qu'elle me tendit.
- Ce sont les municipaux qui ont repéré l'Audi. Elle était stationnée depuis plusieurs jours sur le parking. Ce sont des témoins qui l'ont affirmé. Sans doute les jeunes que l'on voit en arrière plan sur une photo. C'était en janvier. Je vous ai marqué la date exacte au dos d'une des photos.
- Il y avait des empreintes ?
- Rien ! Les types avaient pris soin de les effacer. Ou bien ils avaient des gants. Le coffre était vide et elle avait peu roulé. Pas de rodéo non plus. La carrosserie était intacte. Le proprio l'a récupérée. Vous voulez son adresse ?
- Non ce n'est pas la peine. Merci Magali.

Je détaillai les photos en question. Une Audi noire était garée dans un coin du parking, à l'écart en face d'un fronton de pelote basque. Sur une autre, en arrière-plan de la caisse, deux vieux camping-cars, côté Garonne, apparaissaient. On distinguait des jeunes et leurs chiens. Sans doute les témoins ! Des groupes de marginaux qui vivaient dans les coins pommés des grandes villes. La troisième photographie montrait l'Audi version gros plan avec le numéro d'immatriculation. L'inconnu qui avait piqué cette voiture de marque était d'une autre trempe que les deux locdus, le gitan et son gadjo de copain beur. L'archer noir était peut-être ce type. Le tueur, oh combien efficace, qui n'avait rien à voir avec le mythique et sympathique Robin des Bois.

- Quand les municipaux l'on trouvée les portières étaient fermées à clef mais pas le coffre. Il était vide, précisa Magali.

- Il n'y a rien à tirer de cette bagnole sauf que sa présence valide les aveux de Farid, observai-je.

J'étais de plus en plus perplexe. Que venait donc faire cette voiture de luxe dans le paysage ? Je me heurtais à un mur et je ne savais plus vers quel saint me vouer. Avant de rentrer je fis un détour par le Stadium. Avec un peu de chance les jeunes étaient encore là. Mais le parking était désert. Il n'y avait pas de camping-car. Je fis demi-tour. Tout en réfléchissant je pris la route de Rieux-Volvestre. J'appuyai frénétiquement sur la radio à la recherche de France-Info. Un discours journalistique sur n'importe quel sujet aurait été le bienvenu pour me changer les idées.

J'arrivai à Rieux et m'arrêtai cinq minutes à la gendarmerie. L'adjudant-chef était dans son burlingue. Je le mis au courant de mes découvertes et lui fis part du pressentiment qui me turlupinait. L'enquête finissait en eau de boudin. Le doute subsisterait quant à la culpabilité des trois femmes. Leur niveau de responsabilité lors de ces événements resterait impossible à définir précisément. Nous étions à la fin. La vengeance était accomplie. Le crime était presque parfait. La lettre du toubib avait fait télescoper le destin de deux hommes qui n'auraient jamais dû se rencontrer. L'un avait tué l'autre pour se défendre. Il avait pris sa place en prison. Place qu'une machiavélique sorcière lui avait destinée. Derrière ce tableau funeste deux autres femmes avaient joué un rôle qui n'était guère reluisant de moralité. Dans quelques années un journaliste se pencherait sur l'affaire et ferait une émission à sensation sur une chaîne de télévision quelconque. Il y avait tant de crimes non résolus qu'il n'était guère étonnant de voir pulluler ce genre d'émissions.

Je saluai le gendarme et les gars présents et regagnai l'hôtel des Cygnes. Il était temps de faire mon baluchon. Camilla serait-elle disponible pour cette dernière soirée ? L'hôtel était silencieux. La patronne était absente. Déçu je grimpai dans ma chambre directement. Je n'avais pas faim. Ce que Farid m'avait raconté m'avait coupé l'appétit. Demain j'irais voir Éléonore ou la vielle Marthe. Mais rien n'était sûr. Je me déchaussai et me jetai sur le lit. J'étais en vrac. Au préalable j'avais sorti de mon sac une flasque de whisky pour les moments difficiles. J'avais commencé à picoler place du Capitole. Il ne me restait plus qu'à continuer. J'avalai une bonne rasade et scrutai le plafond. Un troisième homme. Il y avait un troisième homme qui devait être loin maintenant. Je m'étais bien fait balader.

Quand la flasque fut vide je m'endormis. A onze heures je me réveillai brusquement. Une voiture venait d'arriver. Je me levai pour regarder à la fenêtre. C'était la voiture de Camilla. Je remis mes pompes, me filai un coup de peigne et je descendis à la hâte l'escalier.

Camilla m'accueillit avec un sourire fatigué. Elle était vêtue d'un pantalon blanc et d'un blouson de cuir noir. Un énorme sac posé devant elle. Elle l'enjamba et se blottit dans mes bras.
- Tu sens l'alcool ! dit-elle en préambule.
- Tu n'étais pas là alors je me suis saoulé.
- Mon pobre bichon ! se moqua-t-elle gentiment avec son accent.
- D'où arrives-tu ? questionnai-je un peu abruptement comme si j'avais des droits sur elle. Puis me rendant compte de ma bévue, je rajoutai : « excuse-moi, je ne voulais pas être indiscret »
- De Bordeaux ! J'ai fait l'aller et le retour. Mon père…
- Ton père ?
- Oui ! Il habite à Mérignac. Il est seul mais il ne veut pas quitter sa maison.
- Je croyais que tes parents étaient en Argentine.
- Quand ma mère est morte il est venu en France. Il a connu une autre femme et il s'est remarié. Ils ont acheté une maison. Mais

elle est décédée l'année dernière d'un cancer et la situation est difficile pour lui. Il a perdu les deux femmes de sa vie. J'essaye de lui rendre visite une fois par mois. Mais il est têtu. Il ne veut pas venir ici. Pourtant il y a de la place.

- Laisse-lui le temps. Il finira par rappliquer ! lui dis-je pour l'apaiser.

Je l'embrassai sur la bouche et elle me repoussa.

- Pouah ! fit-elle. Vas te laver la bouche ou bien prends un chewing-gum ! plaisanta-t-elle. Je mets une pizza au four. Cela t'intéresse-t-il ?

- Oh oui ! répondis-je en remontant l'escalier pour m'exécuter. A tout de suite !

47. Jeudi 6 Mai

Le ciel était plombé. C'était un jeudi de merde. En buvant mon café noir j'écoutais le vent. J'avais l'esprit ailleurs. De violentes rafales secouaient sans ménagement les géraniums sur le rebord de la fenêtre. Camilla buvait un jus de fruit. Elle me dévisageait songeuse.

Nous avions passé une autre nuit délicieuse. Au réveil, alors qu'elle était blottie contre moi, je lui avais annoncé que je comptais repartir à Paris par le prochain avion.
- Tu reviendras quand ?
- Je ne sais pas ! avais-je répondu avec circonspection.

J'avais déjà eu une liaison avec quelqu'un qui habitait loin. Cela avait été un échec. J'avais rajouté cependant :
- Par contre tu peux venir à Paris quand tu veux.
- La saison va bientôt commencer et je dois rester ici. Peut-être cet hiver alors ?
- Cela fait loin...

Elle n'avait pas répondu. Elle avait terminé son verre, prit ma tasse vide et s'était campée devant l'évier.

Je soupirai hypocritement à fendre l'âme et la laissai à sa vaisselle. Son ordinateur était dans le hall de l'hôtel. Je branchai Internet et surfai sur le site Air France. Puis j'imprimai ma feuille d'embarquement. J'avais trouvé un vol à vingt heures. Cela me laissait encore une journée pour entériner cette enquête.

A neuf heures j'embrassai Camilla sur le bout des lèvres et quittai l'hôtel. Nous avions convenu que je passerai en fin de journée pour récupérer mes affaires. Et payer ma note... J'y tenais ! Comme la veille je m'arrêtai à la gendarmerie. J'en profitai pour téléphoner à Magali. Fred étant en réunion. Je démarrai et pris la route du château.

La grille était ouverte. La pluie tombait sans discontinuité et je roulais avec précaution. D'immenses flaques s'étendaient sur

274

l'allée de gravier. Je me garai au plus près de la terrasse pour éviter de prendre une douche. Avant de me précipiter dehors je me roulai la première clope de la journée. Je n'avais pas voulu fumer devant Camilla.

Je baissai la vitre. Malgré les gouttes qui piquaient mon visage je regardai la façade du château. Les volets étaient fermés. Lors de mes précédentes visites les fenêtres étaient ouvertes. Chez les Daurade tout était clos. Même la porte du garage était fermée. Par contre les box étaient ouverts. Trois têtes de canassons en dépassaient. Ma dernière taffe tirée je sortis vite fait et me propulsai vers la porte d'entrée. Elle était fermée. Essayant de me protéger des rafales je me plaquai le dos à la porte et tambourinai avec le poing pour tenter de me faire ouvrir. Personne ! A quelques mètres il y avait une autre porte qui donnait accès à la cuisine. En sautillant pour éviter la flotte qui stagnait je me déplaçai vers elle et tentai de l'ouvrir. Elle aussi était fermée. La mèche de cheveux mouillée, les godasses imbibées, les épaules trempées, j'aperçus une corde avec une poignée qui était relié à une cloche de service. Avec la même détermination, sans doute utilisée par les anciens majordomes pour rappeler à l'ordre des servantes étourdies, j'empoignai la poignée en bois et tirai rageusement dessus. La cloche fit son office. Ce n'était pas le tocsin mais presque ! Je renouvelai ma tentative plusieurs fois. Enfin quelqu'un se pointa muni d'un immense parapluie rouge. C'était le gars qui s'occupait des chevaux. Il était en tenu de cavalier et ses grandes bottes en cuir noir étaient couvertes de boue.
- Excusez-moi dit-il je faisais travailler un cheval dans le manège derrière les écuries.
- Bonjour ! Il était temps que vous arriviez ! Qu'est-ce qui se passe ? Il n'y a plus personne ici ?

L'homme fouilla dans une poche de son pull et en sortit une clef. Il ouvrit la porte et me fit pénétrer au sec.

Comme un chien je m'ébrouai.
- Alors ? Où sont-ils ?

Dans la cuisine c'était l'obscurité. La lumière faite il expliqua.
- Ils sont partis ! Sauf Charlotte.
- Je croyais qu'elle était virée ?
- Oui mais elle doit faire son préavis d'un mois.
- Ah bon ! Et les autres ?
- Michèle et Martine ont pris leurs congés. Il n'y a plus personne. C'est pour cela que j'ai les clefs pendant leur absence.
- Et les proprios où sont-ils aujourd'hui ?
- En vacances eux aussi.
- Comment ça en vacances ?
- Monsieur et Madame Daurade et leur fille sont partis sur la Côte d'Azur hier matin. Ils ont une maison mais je ne sais pas où.
- Nom de Zeus ! Et la mère ?
- Je ne sais pas ! Ils ne m'ont rien dit à son sujet. Mais je crois qu'elle doit partir en maison de repos. Mais Charlotte ne va pas tarder et elle va vous en dire un peu plus.
- Où est-elle ? Elle a découché c'est ça ?
- Je crois qu'elle connaît quelqu'un au village…

Il hésita à me dire la suite puis il lâcha comme s'il disait une cochonnerie.
- Avec un gendarme…
- Tiens donc !

Mais je m'en doutais un peu, vu les fuites qu'il y avait eu au départ de l'enquête.
- C'est elle qui doit s'occuper de Marthe Pringeant avant son départ en maison de repos ?
- Oui !

Je donnais un coup d'œil à ma montre du jour : une LIP qui datait des événements tragiques qui avaient secoué l'usine dans les années 70. Une réplique, encore une, que portait le Général De Gaulle.
- Dites donc ! Il est presque dix heures. Vous ne croyez pas

qu'elle devrait être là pour le réveil de la malade ?

- Vous avez raison. Il n'y a pas son vélo. Et avec ce qui tombe aujourd'hui elle doit attendre une éclaircie.

- A mon avis elle risque de ne pas venir de la journée si elle attend ça. Elle n'a qu'à se faire porter par son gendarme. Ecoutez mon ami ! Retournez à vos chevaux et je vais attendre qu'elle soit là. Mais je vais quand même aller voir si votre patronne n'a besoin de rien.

L'homme remonta le col de son pull et partit en courant vers les écuries. Pas commode avec des bottes et un parapluie gonflé par les bourrasques. La pluie avait baissé d'intensité mais elle était encore à nous assaillir sournoisement. Les nuages étaient grisâtres. Je les fixai avec l'espoir d' une amélioration mais ils demeuraient immobiles. Il n'y avait pas un bruit excepté la rage du vent sur les branches. Pas un seul cri d'oiseau, ni même l'aboiement d'un chien. Rien ! Juste le silence et le claquement incessant de la pluie. Putain de temps de chiotte ! J'ouvris les volets de la cuisine. Le peu de clarté naturelle qui pénétra changea l'aspect de la pièce. J'ouvris les placards à la recherche de café. Je décrochai une casserole du mur et mis de l'eau à chauffer. J'avais le froid sur moi. Puisque j'étais seul dans ce château lugubre pourquoi me gêner ?

Que signifiait ces départs prématurés en vacances au mois de Mai ? Cela ressemblait davantage à une fuite. Je pris un filtre et versai le café sur la cafetière. Quand l'eau se mit à bouillir, en faisant attention de ne point déborder, je fis couler le café. Le préparer de cette façon cela devenait une manie de vieux schnocks. Aujourd'hui il existait des machines de plus en plus sophistiquées, de plus en plus chères. Boire du café devenait un luxe. Il n'y avait qu'à voir ces boutiques où l'on vous recevait comme une star de cinéma !

Le café bu, ma clope finie, j'avais eu le temps de cogiter. L'évidence d'un tueur s'installait de plus en plus. Et l'évidence qu'on ne le retrouverait pas aussi. Je tournais en rond. Même l'oiseau pensait que la partie était jouée. Il s'était envolé dans le ciel de mon cerveau. Un lieu connu de lui seul. Pour une durée indéterminée comme à chaque fin d'enquête. Je remontai ma manche et lorgnai encore ma toquante. Dix heures trente. Toujours pas de Charlotte. Je me levai et me rendis à la chambre de Marthe. Je toquai discrètement à sa porte puis un peu plus violemment mais sans résultat. Je tentai alors de tourner la poignée mais la porte était fermée à clef.

Je revins à la cuisine et appelai l'adjudant-chef. Je lui demandai de faire rapidement son enquête auprès de ses hommes, de trouver lequel se tapait Charlotte. Il me rappela cinq minutes plus tard. Le guignol était de repos et les deux tourtereaux devaient se la couler douce sur l'oreiller. Il voulut me donner son numéro de téléphone mais je préférais qu'il envoie une voiture récupérer Charlotte. Je commençais à avoir un mauvais pressentiment. Je lui recommandai de faire vite.

Je retournai à la cuisine et me servis une autre tasse de café. L'oiseau apparut soudainement. Je ne m'y attendais pas.
- Tu crois que c'est fini mon coco ?
- Euh non !
- Je suis revenu car tu fais n'importe quoi ! Au lieu d'attendre bêtement que les cognes ramènent la pute, pose ton café et passe par le balcon.
- Mais c'est au premier.
- Et alors mon couillon ? Démerde-toi…Prends une échelle. Agis quoi !

Subjugué je quittai ma chaise et mis le nez dehors. La pluie battait moue. Je me souvins alors de la fameuse échelle qui se trouvait dans les combles. Mais je n'avais aucune envie de me taper les trois étages. De plus, c'était une vieille échelle en bois avec une armature en fer. Elle pesait une tonne. Et le premier étage d'un château ressemblait davantage au deuxième d'un immeuble de prolos. Je fis demi-tour et retournai à la cuisine. L'oiseau était reparti mais il avait raison. Ce n'était pas fini.

Enfin j'entendis une voiture. Puis une portière claquer et le redémarrage de la dite voiture.

La croustillante Charlotte débarqua, le chignon défait, le corsage en bataille. Baignée encore de sa nuit d'amour et de son parfum à déclencher la suspicion d'une régulière.

- Marthe ne répond pas ! lui dis-je sans préambule.

Je rajoutai de plus en plus énervé.
- Vous avez la clef de sa chambre ?
- Pourquoi elle est fermée à clef ? répondit-elle en se recoiffant et faisant jaillir son décolleté qu'elle me flanqua sous le nez sans pudeur.
- Oui ! Ce n'est pas normal ?
- Non pas du tout et d'ailleurs je n'ai pas la clef.
- Merde !

Ce coup-ci j'étais bon pour me taper le grenier.
- Venez m'aider ! On va aller chercher l'échelle là-haut. A deux ce sera plus facile pour la descendre.
- Ce n'est pas la peine. Il y en a une autre à l'écurie. Je vais aller prévenir Jean-Antoine.

Je pris mon mal en patience. Dix minutes plus tard Charlotte et le Jean-Antoine en question revenaient en transportant une grande échelle en aluminium. On l'installa sur le rebord du balcon. Une fois stabilisée Jean-Antoine se tourna vers moi avec insistance... C'était à moi de grimper.
- Si la fenêtre est fermée je la casse ! prévins-je.
- Ce n'est pas un problème ! Je la remplacerais prévint le cavalier.

Je grimpai avec précaution sur les barreaux. Je n'étais pas à l'aise quand je jouais au cascadeur. J'enjambai la balustrade et collai mon blair contre la vitre de la porte-fenêtre. Les rideaux étaient tirés. La fenêtre était fermée. Autour de moi il n'y avait rien hormis un pot en terre avec un vieux terreau à l'intérieur. Je l'empoignai et je cognai avec sa base dans la vitre qui vola en éclats. Heureusement ce n'était pas du double vitrage. Je passai le bras et trouvai la poignée pour ouvrir. Puis j'écartai le rideau en velours et pénétrai à l'intérieur. La chambre sentait bizarrement et je n'y voyais rien... Au bruit de la casse il n'y avait eu aucune réaction de la vieille dame. C'était de très mauvais augure. Soudain un violent coup de vent s'engouffra à l'intérieur et souleva le rideau qui claqua comme une menace imminente. L'espace d'une seconde la lueur du jour avait pénétré dans la chambre. J'avais eu le temps d'être frappé par une vision d'horreur.

Je me précipitai sur l'interrupteur et fis de la lumière. Marthe Pringeant était assise. Clouée dans le montant en bois du lit par une flèche noire. Sa chemise de nuit blanche était devenue rouge. Le coton avait pompé le sang comme une serviette éponge. La vieille femme avait la tête penchée sur le côté, les yeux fermés. Elle souriait. Je m'approchai du lit avec émotion. Se trouver devant un cadavre n'était jamais une partie de plaisir. Quand on approchait la mort de si près je défiais quiconque de demeurer insensible. La mort d'un autre était toujours le miroir de votre propre mort. Je posai mes doigts sur son cou. Le contact froid de sa peau m'indiqua qu'elle était morte depuis pas mal de temps.

Sur la table de nuit il y avait une lampe de chevet en peau de zébu ou d'un autre animal. Je la branchai. La clarté rouge de l'abat-jour accentua le rictus mortuaire et bienheureux à la fois de Marthe. Un pilulier en argent était posé à côté d'une paire de lunettes. Je n'avais aucune idée du genre de comprimés que c'était mais dans le tiroir j'eus la réponse. Il y en avait d'autres avec leur boite d'origine. C'était des somnifères. La pauvre vieille devait dormir profondément quand le trait meurtrier de la flèche l'avait percée ?

J'inspectai minutieusement la scène de crime. Sur le point de quitter la pièce j'eus un geste idiot. Mais pas tant que ça ! Je me saisis du drap et de la couverture qui couvrait Marthe Pringeant. Je soulevai le tout délicatement. Sur le ventre où le sang avait cheminé la défunte avait croisé ses mains autour d'un chapelet en bois. On l'avait assassinée avec son consentement. Marthe s'était endormie en prenant des somnifères et en se positionnant ainsi, connaissant à l'avance le procédé que le tueur allait utiliser pour la faire passer de l'autre côté. Son suicide pour échapper à la justice et à la maladie était commandité. Chapeau la vieille ! Cette femme était d'un sacré tempérament.

La porte de la chambre était fermée à clef mais celle-ci n'y était pas. Le tueur était parti avec. Il n'y avait eu aucune effraction, Marthe avait dû donner un trousseau à son homme de main pour qu'il puisse œuvrer tranquillement. De la même façon qu'elle lui avait refilé d'autres infos. Par exemple l'habitude qu'avait son mari de se mettre à sa fenêtre quand il faisait beau. A quel endroit pêchait régulièrement Étienne Laroque. Où étaient rangées les bottes du jardinier. Puis je me souvins du cahier dans lequel elle écrivait lors de ma dernière visite. Je le cherchai et le trouvai à l'intérieur du secrétaire non loin de la cheminée. Je le saisis et l'ouvris à la première page. Je fus confondu.

Les premiers mots étaient : « Mon cher commissaire ». Ce cahier c'était une lettre. Elle m'était destinée. Je n'avais plus rien à faire dans ce lieu funeste. J'empoignai mon téléphone et j'appelai Fred pour qu'il envoie ses sbires. Il était sur répondeur alors je prévins Magali. Voilà c'était parti pour la cinquième fois. Cinq cadavres en moins d'un mois. On n'était pas loin d'un record dans le genre. Puis en père peinard je redescendis par où j'étais monté. Je mis au courant les deux compères qui attendaient sagement. Ils ne firent aucun commentaire. Jean-Antoine se signa et repartit vers ses écuries et Charlotte, pragmatique, m'annonça :
- Bon ! Ben moi je vais me tirer d'ici. Je ne vais pas rester un jour de plus dans cette baraque. Je n'ai pas envie de me prendre une flèche moi aussi. Et leur préavis de merde ils peuvent toujours s'asseoir dessus.

Je lui conseillai toutefois de donner son adresse avant de partir. Mais elle me répondit avec un sourire salace qu'elle ne comptait pas quitter le village. Elle savait où aller coucher. Je connaissais un gendarme qui allait avoir du mal prochainement à répondre à l'appel du matin. Je revins à la cuisine et posai le cahier sur la table. J'avais devant moi une petite heure avant que la scientifique ne rapplique. Je fouillai les placards à la recherche d'un truc à boire. Une bouteille de Floc de Gascogne fit l'affaire. Je me servis un verre et commençai à lire.

48. Je refermai le cahier

Merci Marthe de tes confidences, ironisais-je au fil de la lecture. Je n'en prendrais que les deux tiers mais cela valait mieux que rien.

Elle donnait des explications claires au sujet de sa recrue. Ce type avait été une vieille connaissance de son mari du temps de l'armée. Une période obscure que nous n'avions pas eu le temps d'approfondir. Il avait rendu des services moyennant finances au capitaine. Marthe avait gardé, derrière sa fourberie féminine, les coordonnées du tueur. Elle écrivait qu'il était inutile de perdre du temps à sa recherche. C'était un véritable professionnel. Elle en avait effacé les traces. Elle s'accusait sans équivoque. Elle lui avait demandé clairement de tuer et dans l'ordre qui lui plairait, Étienne Laroque qui avait avalé sa particule, Paul Frémont le toubib parjure et son mari Jean Auguste Pringeant, le capitaine violeur et tueur de bébé. Puis de faire en sorte que l'on accuse le jardinier pour se couvrir elle et sa famille. Elle lui avait indiqué son adresse au village pour qu'il puisse surveiller ses déplacements afin qu'il n'ait point d'alibi les jours des meurtres. Ainsi que l'emplacement de la cabane. Libre au tueur d'improviser. Ce qu'il avait fait avec les bottes et les empreintes sur la dernière flèche. Quant au choix d'un arc et des flèches à la place d'un bon vieux revolver c'était pour aiguiller les soupçons vers Driss Ben Arfa. La période choisie en même temps que le Papogay c'était la touche finale, pour davantage noyer les recherches. Chacun savait que les flics et les gendarmes étaient de grands naïfs.
Ils avaient tendance à aller au plus simple.

Marthe consacrait un chapitre à expliquer comment la situation lui avait échappée quand Driss Ben Arfa s'était enfui de la gendarmerie. Julie avait cru bien faire en le conduisant chez Farid. Elle soutenait que celle-ci n'était pas au courant de ses manigances meurtrières. Elle avait fait ça pour venger sa fille et sa petite-fille des viols perpétrés à leur encontre. Elle précisait, connaissant son fieffé de mari, qu'elle avait eu des doutes depuis le premier jour quant à la disparition du bébé de sa fille. Que ses doutes s'étaient transformés en évidence quand l'ADN avait indiqué clairement que Farid n'était pas de la famille. La découverte du petit corps au fond du puits n'avait pas été une surprise pour elle. Marthe Pringeant disculpait sa fille de toute contribution aux agissements de ce drame dont elle assumait la totale responsabilité. Bref elle se disait la seule coupable. Pour finir elle concluait qu'elle avait chargé son homme de main de mettre fin à ses souffrances. Clore avec panache l'ultime chapitre de cette navrante affaire. Elle s'était servie du pognon caché dans le coffre de son mari dont elle connaissait depuis longtemps le code pour payer le tueur. Le reste de la missive posthume était une suite élogieuse à mon égard et à ma sagacité. Elle précisait qu'elle mourait heureuse du devoir accompli. C'était une immense satisfaction d'avoir expédié « al patres » ces trois ordures. Et aussi d'avoir sauvé par la même occasion le patrimoine familial que le capitaine avait l'intention de dilapider. On ne saurait jamais, me dis-je, si sa première motivation avait été la vengeance ou le fric. Mais avec la pointe de cet humour noir qui la caractérisait, elle me donnait cependant rendez-vous dans l'autre monde, dans un avenir incertain, pour discuter des détails de l'affaire. Sacré bonne femme !

Je refermai le cahier pensif. Éléonore et sa fille s'en sortaient bien. Mais la vieille Marthe disait peut-être la vérité. Après tout elles ne savaient rien ou si peu que ce n'était plus la peine que je me prenne la tête avec cette histoire. Le polar tirait à sa fin. Il était de cette couleur qui obscurcissait invariablement l'âme. Celle du goudron qui dévorait l'océan.

Je me roulai une clope. L'esprit vide de nouvelle réflexion j'attendis patiemment les collègues. Quand ils déboulèrent je les laissais faire leur boulot sans m'en mêler. J'avais encore le nez dans mon paquet de tabac, jouant avec mon Zippo, quand Magali apparut avec un arc dans les mains.
- Regarde ça ! s'exclama-telle.
- Putain de moine ! Où était-il ?

- Sous le lit tout simplement. Il y avait à côté huit flèches en carbone dans le carquois de Perez qui en contenait douze.
- C'est un tueur honnête. Il a rendu les munitions qu'il n'a pas utilisées. A mon avis on ne le chopera pas. Tiens ! Lis ça. Et donne le au juge. Il en fera ce qu'il voudra.

Je me levai de ma chaise et la cuisine vacilla. Cela me le faisait de temps à autre lorsque je me redressais trop vite. J'attendis que ça passe. Je tournai une demi-heure, un tantinet déboussolé, ne sachant quoi faire. Tout autour c'était une fourmilière de képis. J'avais l'esprit comme une orange pressée. Il ne restait qu'une marmelade juteuse imbuvable. C'était fini, râpé ! Il n'y avait plus rien à gratter. Le film tirait à sa fin. Puis j'allai voir Magali. Je la pris dans mes bras et lui plaquai une bise sur chaque joue. Elle n'eut pas l'air étonné. Elle avait admis que j'étais un louftingue. Je tournai les talons et pris la route de l'hôtel chercher mes affaires. Camilla était partie je ne sais où... Mon sac était dans l'entrée avec un mot laconique. « Ne cherche pas la facture... ». Cette femme énigmatique était déjà pour moi une nouvelle égratignure. Une heure et demie plus tard j'étais à Toulouse. Je laissai la Peugeot au parking du commissariat et grimpai les étages jusqu'au burlingue de Fred. Il était là, derrière sa table de travail, se dépatouillant sur un dossier merdique. Une pile d'autres faisait écran entre lui et moi. Des affaires en instance… Le nombre des malfaisants augmentait chaque année. Celui des flics, des défenseurs de l'ordre, stagnait lamentablement. A quoi bon raquer des impôts ? Pourquoi la population n'avait-elle pas encore tout cassé ? Mais j'avais la réponse. Les moutons ne se révoltaient jamais et je faisais partie du troupeau.

Je le mis au courant des derniers événements. Il était bien évidemment déjà averti. Je lui fis part de mes conclusions. Nous tombâmes d'accord. Le tueur était loin. C'était un professionnel. Le gars ne devait même pas être fiché. A moins d'un coup de chance pour l'alpaguer nous étions berniques. Quant aux trois zigotos du château ils devaient se la couler douce au soleil. Là aussi on l'avait dans l'os. Restait Farid au chaud pour quelques années à la prison de Muret. Les autres étaient au boulevard des allongés et la vieille Marthe allait prendre le même chemin.

Je fis mes adieux à Fred et aux gars que je connaissais puis je me tirai de l'étage. Il était quinze heures passé. Dans le mouvement de la matinée j'avais sauté le repas. Au distributeur automatique de la crim il y avait d'ordinaire des trucs à bouffer, des sandwichs en forme de triangle, avec du pain de mie et du jambon fromage. Les morfales du commissariat étaient passés avant moi. Je me rabattis sur un café et des madeleines. Puis je fis appeler un taxi pour me rendre à l'aéroport de Blagnac. Avec un peu de chance je pouvais prendre un vol plus tôt.

49. La voiture roulait cool

Une Mercedes dernier modèle stoppa devant le commissariat. C'était mon taxi. J'avalai ma dernière madeleine et le chauffeur s'empara de mon sac qu'il déposa dans le coffre. Je grimpai à l'arrière puis le taxi démarra. Très vite le gars essaya de me tailler une bavette mais je n'étais pas loquace. J'éludai ses questions. Il comprit qu'il ne devait plus m'enquiquiner avec des questions stupides. Une réflexion de mon grand-père me revint en mémoire. J'étais gosse mais cela m'avait frappé. Le vieux était un taiseux. Un jour dans une voiture où ma mère et ma grand-mère causaient à ne plus respirer il avait balancé à un feu rouge : « Vous parlez, vous parlez mais vous ne dites rien ! » Cela avait eu pour effet de les faire taire. Deux minutes. Pas plus ! Mais ce que le vieux n'avait jamais su c'était qu'il avait marqué ma mémoire pour toujours. C'était de cette façon, souvent, que les morts, se rappelaient à notre souvenir. Et je vins à me poser la question : quelle phrase Marthe Pringeant m'avait-elle offerte avant de mourir ?

La voiture roulait cool. D'autres nous dépassaient. Des visages inconnus défilaient à travers les vitres. J'avais hâte de retrouver mon chez-moi, mon ordinateur, mes habitudes, mon balcon, et la vue triste sur les entrepôts déserts de ce bras de Seine où de pauvres paumés venaient se perdre dans des rêves de merde. Moi aussi j'avais une envie urgente de rêver avec un besoin impérieux de me remettre à écrire.

Dans l'avion je songeais à la relation ambiguë entre Farid et Éléonore. Cette bourgeoise qui pendant des années avait osé mettre les pieds dans ce quartier chaud du Mirail. Je me l'imaginais, la première fois qu'elle s'était pointée chez la mère Aghmat, avec sa dégaine, bon chic bon genre, en se frayant un passage à travers la bande de loulous qui habitait l'escalier. Par la suite, les gosses avaient appris qui elle était. Elle avait eu droit à circuler comme n'importe quelle femme de la cité. Mais ce qui était étrange c'était l'affection qu'ils affichaient l'un envers l'autre. Pour Farid je comprenais. Il n'avait jamais connu sa mère biologique. Celle-ci, tombée du ciel, devait le faire rêver. Elle lui avait avoué qu'elle était sa mère bien avant l'épisode de l'ADN. C'était évident. Quand je l'avais interrogé à ce sujet il n'avait pas bronché. Mais ils avaient gardé ça pour eux. Comme un secret, une attache profonde, qui reliait deux mondes, celui du fric et de la pauvreté. L'avait-elle amené au château ? Cela était peu probable à cause de la présence du capitaine. Cette mère l'avait gâté enfant puis plus tard elle lui avait donné du fric. Que lui avait-elle promis en échange de sa participation à leur plan foireux ? Je souhaitais cependant qu'Éléonore, aille voir en taule ce fils qui ne l'était pas. Ce garçon qu'elle avait manipulé avec art ! Mais il avait pu agir aussi de sa propre autorité. Comme le fils qu'il croyait être. C'était les sentiments d'Éléonore qui me posaient un problème. Qu'elle l'ait aimé au début, je le croyais. Mais en apprenant qu'il n'était pas sorti de son ventre, quelle avait été alors sa réaction ? N'avait-elle pas conservé le lien qui les unissait par simple calcul, en se disant qu'un tel gamin déluré pouvait lui rendre un jour service ? Comme son père qui avait utilisé à merci Étienne Laroque. Je n'aurais pas mis ma main au feu sur la sincérité de cette femme. Le monde était ainsi fait. Un monde où l'amour, la violence, le fric, le vice et le pouvoir tournaient inlassablement dans la grande roue du loto de la vie. Le tirage qui avait eu lieu au château de Roquenoir avait donné cinq meurtres.

Je regardai par le hublot et je vis posé sur l'aile de l'avion mon oiseau. Sa houppette était rabattue sur sa minuscule tête de piaf. Il ne bougeait pas et jouait, ce con, à Fan la Bise. A force de le fixer je m'endormis. Quand je me réveillais au-dessus de Paname il n'y était plus.

FIN